相逢一笑宮前町

增訂新版

廖輝英 著

編者的話：

百年台灣的女性剪影

上世紀八零年代，廖輝英以《油麻菜籽》與《不歸路》在文壇漂亮登場，兩部小說也預告了小說家日後兩條創作主線：傳統與都會。

身為女性主義創作者，廖輝英最關心的當然是女性的處境，循著歷史的軌跡，她尋找女性生命中宿命與非宿命的切入點，並從中演繹生命存在的意義，也因此有了「老台灣四部曲」：《輾轉紅蓮》、《負君千行淚》、《相逢一笑宮前町》和《月影》，細細譜繪台灣阿嬤群像。

這系列作品設定在日據台灣時期，廖輝英花了五年的時間做田野調查，諸如當時女子的耳飾衣裳、日據時代的配給、牛墟的情況、學制問題、養鰻場、養女制度、唐山過台灣的羅漢腳奮鬥歷程、二二八受難者的家屬真實生活、查某間（妓女戶）、療養院等等，均做了最詳實的考據。從舊台北的大稻埕、艋舺、大龍峒，當時台灣女子受教的第三高女、總督府療養院，到老台中的葫蘆墩等，隨著故事，舊日台灣生活群像，賣布，做醬油，搖鈴鼓的賣貨郎，由大戶人家到販夫走卒，老台灣生活的浮世繪次第展開。

對傳統女性，廖輝英是寄予同情的，在家從父，出嫁從夫，情感問題依附著經濟面，也就是生存的問題，當她們失去男性的倚恃，大部分人只能像生命的散兵游勇，不知為何而戰？有什麼可戰？但也有些女性展現女性的韌性，在威權的龐大陰影中，見縫插針，一步步挺過來。

「老台灣四部曲」書寫的正是這類的女性，嚴酷的大環境（二次大戰殖民地台灣無可奈何的悲情）、悲慘的小環境（童養媳、養女、罹患重病的富家女、丈夫心繫他人的先生娘）、所遇非人的不淑人生，還有戰爭帶來的生離死別。種種磨難，紛至沓來，成就了一段段曲折感人的生命歷程。

韌性，堅毅，秀美，正是百年台灣的女性剪影。

當年花下逢君

——寫在九歌新版之前

每次重新拿出舊作翻閱，當年長期徹夜苦寫的情景，總是即時浮現；書中人物的悲歡離合，霎時湧上心頭！不可思議的是，這些年被世事千錘百鍊到已甚少流淚的自己，忽爾就淚流滿襟、無可自抑。

為什麼如此敏感脆弱？是什麼人、是什麼事，讓我變成這樣？

我很深刻的反觀自省，一方面慶幸自己這顆心依然如此柔軟、易感、敏銳，一方面發現：人生很多恩怨情仇，到頭來依舊只有寬諒，才能找到告慰此生的唯一出路——既安頓了自己，也開脫了別人。前者是做為一個寫作者極端重要的質素，那其實就是純真的力量——沒有純真，就無有感情；而缺乏感情，如何有創作偉大作品的可能而後者，我覺得是做為一個有價值、有尊嚴、有智慧的人，必須要有的涵養。

重讀整整十年前出版的拙著《相逢一笑宮前町》，就給了我如此的感慨：劇中人的慘痛遭遇、無可退縮的堅忍，以及少人能及的寬宏大量，組成了這本小說的精神。一代一代不同的女人，面對似異實同的命運——嚴酷的大環境（二次世界大戰殖民地台灣無可奈何的悲情）、悲慘的小環境（身為窮人家的女兒，養不起只好送人當養女，又遇到毫無憐恤疼惜胸懷的養父母，其命運可想而知）、所遇非人的不淑人生，一個美麗而堅強的女子，一段曲折感人的生命歷程，所有的源頭，其實都肇因於當年在人生的某一刻、在舞台的某一隅，雙方相逢在命定的時空環境，牽引出一連串的遇合與故事。

想像一下其中那最耀眼的一幕：妙齡女子與適婚男兒，在美軍B-29轟炸機的空襲警報聲中，倉皇而美麗的邂逅，她對他嫣然一笑，挑動了他的心弦，也開啟了彼此的姻緣路。即使這一切無緣永續，但任何時候回首，那一剎那的真、那一剎那的美、永永遠遠印烙在心版上，或許微弱，卻也的確照亮著往後灰暗的人生路……

愛情，不正是這樣開始？這樣綻放？這樣無可奈何的萎謝？所有人記得的，都是它最初的美麗——是啊，當年花下相逢，我們相對一笑……

在宮前町、在風華正茂的那一年……

廖輝英
二〇〇五年四月八日
於台北

昨日，
在時間的長河裏，
我們相逢一笑……

1

大清早從山上出發，帶著睡眼惺忪的文娟，儘管一刻也不敢歇下來喘息一下，但來到宮前町，眼看就要近午。朱天送把斗笠自頭上摘下，用力搧了兩搧；汗巾已經半濕，仍舊拿來胡亂抹了把臉。

扭回頭看文娟，孩子已哭哭啼啼好一會兒。天可憐見，平日呼慣罵慣，臨到這一天，居然也起了不忍之心。想想自今早五點出門，走到這會兒近午，足足也有五、六個小時，他長身大步的前頭猛趕路，文娟那叫名六歲的孩子在身後半跑半跌，實在也吃足苦頭。

想到這裏，朱天送便把粗嗄的聲音放軟，對這排行最小的女兒說道：

「快到了，以後在陳家，要吃什麼有什麼，不會像在山上一樣……三餐都吃番薯籤，餐餐都吃不飽。」

文娟嗚咽著低聲抗議：「我走不動，我的腳起泡了。」

小文娟將木屐脫下拿在手上，腳掌、腳背顯然都有被雜草割傷、刺傷或被山石刮傷的創痕。

朱天送心下一軟，伸手想要接過文娟手中那包裹了她全部衣物的小包袱，文娟沒敢遞給他，實在是父親平時嚴厲慣了，今天早上偶然流露出來的慈藹，畢竟無法祛除文娟的畏懼。一整個早上，文娟把那唯一一雙和三姐文梅共有的半舊不新木屐，時而穿在腳上走一段路，又時而捨不得脫下來，掛在手指間赤足奔跑著。

山路原是走慣的，不同的是平常沒走過這麼長、這麼久，又這麼快的路，連一向赤腳慣了的文娟也受傷忍不下去。木屐原來是三姐文梅的，為了文娟要送人當養女，離開朱家，文梅特別大方的將它給了文娟。

小小年紀的文娟，出身貧家的緣故，早已特別曉事。三個多月前，自從遠房一位表親來說項，談價錢、提條件，雙方有了個交易的譜之後，準備收養小孩的那對夫妻，特別翻山越嶺來到朱家看孩子。

那陳姓夫妻也並非特別中意文娟，而是因為文娟年紀恰當，他們要的就是這麼個小小孩罷了。知道自己要被收養之後，文娟惶然哭過兩回，第一次給她阿爸朱天送吼回去：

「妳若是這副哭相，不討養父母喜，擔心他們虐待妳！」

第二次，阿爸卻絮絮而無奈的對她說：

「妳要我怎麼樣？顯然的那一方苦田養不活大家，我再拖磨也變不出米來，不是我不養妳……姐妹妳們四個，人家相中的是妳，這是妳的命。未定苦盡甘來，妳比她們三個都要阿娘命。妳哭什麼呀？哭得霉氣，對方說不定不要妳了。」

文娟似懂未懂，既怕未來的命運，又擔心萬一對方變卦，自己就成了全家的罪人。因此，竟也有了屬於她那個年紀的覺悟：不哭了，等著她父親帶她到新家去。

這新家可真是迢遠，阿爸講的白米飯，未知真假，倒是兩條腿走得如鐵杵，幾幾乎都快沒知覺了，竟然還到不了。

朱天送這時又回頭對這最小的女兒說話：

「木屐穿上吧，說不定到了新家，他們就買雙新的給妳。要不然，命歹的話，不肯讓妳穿木屐，留著也是白留，反而糟蹋。」

對這話，文娟半懂不懂，只知道木屐平時少穿，此刻穿了反而打腳得痛，倒不如赤著腳跑來得順當。

如此又走了十來分鐘，朱天送終於停在一百六十五號前。那是一幢簡單的台灣式房子，光廳暗房，木門外面是一大片沒圍籬的泥土庭院，木門裏面六張竹椅子、一張四角木桌，影影綽綽幾個人影。

不等天送趨前詢問，屋子裏就跑出一個男子來，不是別人，正是這一次將文娟送養陳家的介紹人蔡水木。

水木仔嗙面就嚷嚷的道：

「怎麼到這時才來？大家等快兩個小時了。」然後又小聲探問：「陳家還擔心你改變主意，捨不得了。」

天送有些難為情，訕訕解釋：

「一大早天撲撲亮就出發，孩子走得慢……」

「好了，好了，既然人來，就趕快裏面請吧。」水木仔伸手扯著天送的臂膀拉他進屋。由於天送人長得高大，足足比水木高出大半個頭，所以倒像水木仔勾著天送的手臂被帶進屋裏去似的。

進了堂屋裏，陳春發夫婦老早起身，以主人的姿態欠身讓座。

四個大人全部落座，這才發現今天的主角朱文娟還站在外面，抱著她的小木屐，又餓又乏的噙著淚水，等大人們發落。

「阿娟，進來，入到裏面來。」朱天送盡量控制著聲音，免得十足莊稼本色不小心流露出來。

朱文娟低頭小步進了屋子，瑟瑟縮縮站到她親爸坐的竹椅旁，悄然用袖子拭掉眼淚。

「吃茶啦，一路辛苦，那麼遠的路。」陳春發以手示意，待到朱天送端了茶杯湊到嘴邊喝了，這才指指天送旁邊一只圓木凳子，對那瑟縮一旁的文娟藹聲說道：

「妳叫文娟，是吧？坐下吧，走了大半天，一定累壞了。」

文娟被叫到名字，先是觸電般嚇了一跳，等聽到陳春發對自己講話，既不粗聲嚷嚷，也不頤指氣使，一顆惶惶然等待未知命運的小心靈，此時但覺一寬，不知不覺，感激、放心兼且還帶幾分傷心的淚水又湧了上來。

她悄悄又用衣袖拭了拭眼睛，很認分的依言摸著圓凳子坐上去。凳子有些高，坐上之後，兩條腿便懸了空，於是眾人都看到那雙因走長的山路而傷痕累累、不忍卒睹的六歲女童的雙足。

朱天送訥訥解釋：

「有穿木屐，大概走不慣……我一路趕，沒有注意到她的腳……」

陳春發那結褵十年始終未生育的太太陳王妹，見到文娟這副樣子，觸動惻隱之心，親手端起一只杯子，盤子裏揀了一塊米製的梅子糕，走到文娟跟前，輕輕遞到小孩手中，和婉說道：

「又餓又乏，把糕仔吃了，喝點茶，墊墊肚子。」

莫說文娟沒吃過米製糕點，只怕連見也不曾見過。她手裏放著，先還遲疑，但那白白摻著小小紅斑點的糕餅，不僅看著誘人，連那香味，透著米香和糖香，也格外的引人垂涎。

她把糕拿近鼻前，嗅聞一下，之後，終於慢慢、一點一滴的嘗了起來。

大人們看著她開始吃喝，這才回到彼此的正事上頭。

介紹人蔡水木清了清喉嚨，首先開口：

「現在，孩子帶來了，契約也寫好放在這裏，我們把事情辦一辦，大家也好做自己的正事。」

說話間，陳春發將契約推到朱天送面前。天送望了望，一張飽經風霜的臉熱了起來，還沒來得及開口，水木便接下那張契約，替天送拿主意：

「你蓋個手印就成了。契約裏寫明文娟自訂約日起，歸屬陳家，此後你就與她無涉，陳家原則上希望你不再與她來往——」水木看天送一眼：「兒孫自有兒孫福，春發兄嫂自己沒有生養，自然會將她當作親生一樣疼惜，你就放心，不用再相尋了，否則養的這邊，人家也會很困擾。」

天送聽著，黯然起來，微微點了點頭。

水木因之又說：

「陳家給你的是一百四十八元，這是我跟他們理論多次才有的價錢。你，認為怎麼樣？」

天送的心熱了起來。一百四十八元，白米一斗才一塊一毛錢，他哥哥的兒子讀師範，據說畢業出來教書，月給四十五元。一百四十八元，足足有三個多月老師的薪水，夠他把那土角厝翻一翻了。

這不能不說是一筆大數目。不過，卻是用自己親生女兒換來的。

生她、養她……也罷，文娟跟著自己，沒有好日子過，不說吃沒吃好、穿沒得穿，還得跟著他一起耕作那什麼也長不出來的苦田。尤其他老婆前年過世之後，天送對這世間的心冷了一半，提不起什麼勁再打拚了。年過五十，沒半個兒子，只有這四個菜籽命的女兒。最小的文娟才六歲，他可有那個生命和力氣拉拔她到自立或嫁人？即使有，十年、五年的，也絕不會有什麼好日子過，到了後來，她仍然是要怨他；倒不如把她給了人家，可能還有好日子可過。

自從大女兒文彩在五年前出家之後，朱家就元氣大傷。

文彩生得普通。不過，人家壞手壞腳都嫁得了一個可供衣供飯的夫婿，何況文彩好手好腳，算是拿得出去的。就算嫁不了商賈人家，販夫走卒或莊稼田漢，還怕沒人要娶？

不曉得孩子當時怎麼想的，好像是不願世世代代這樣生養下去，讓後世子孫一代代如此窮現世下去。世世代代，難道不會有翻身的機會？難道……唉，也難怪文彩她，他們山坡上那塊地，種過番薯之外，其他也長不出什麼，土地貧瘠，連人生也沒希沒望。

文彩二十歲那年出的家。

很突然，沒告訴任何人，等他知道，趕到庵裏，文彩已經落髮。

天送很受了一些驚嚇。在此之前，他難免怨天，不過還算認命，辛苦認真的耕作那塊苦田，和老天在飢餓邊緣討價還價。賴活了四十餘年，一個他養大的女兒，突然用出家為尼來拒絕繼續過他一向過慣的日子。

這使他十分震驚，更令他不得不懷疑這樣過日子值不值得。

就因為有了這種懷疑，所以當水木來向他提起要將文娟送給別人當養女時，他沒有考慮太多就答應了。

橫豎跟他也是歹命，吃不好、穿不暖，未定亦嫁不了好尪婿，豈不更害了孩子一輩子？送到台北，到底是都會，說不定見多識廣，孩子會有不同的前途。

只聽水木身旁又說：「那就這樣說定了，你這裏打個手印。」

天送依指示蓋了手印，惶惶然也不知說什麼好。

「本來保正說好要來見證，適巧他妻舅家有白事。反正我做中間人，不會叫你吃虧的。」

天送只見一張印有椰子樹的百元大鈔，和零零星星一些紙票子，一起拿到他眼前，陳春發客氣的說：「你點點看。」

天送匆遽而害臊的將錢拿起，數也不敢數。然後又更難為情的把手上那小包袱，重重放到自己原來坐的竹椅上，說道：

「這是文娟的兩件衣服，破了，舊了。以後就願望陳先生多多疼惜她。」

說完，紅著眼睛看了看文娟，翻身就要告辭出去。

「等等——朱——」陳春發一把拉住朱天送，殷殷勤勤的留人：「說起來大家就是親家了，哪有第一次見面就這樣走了？何況又是過午。」

「我要走啦，回程又得走一趟長路。」

「就因為這樣，更不能讓你空肚子走長路回去。來、來、來，免客氣，不成樣子，但的確都準備妥當了。」

陳春發將朱天送、文娟和蔡水木一干人，半推半送，請進後面飯廳裏。

只見一張大木桌，蓋著大大一個竹編碗菜圓蓋子。

陳春發掀起碗菜蓋子，原來桌上已置辦了幾樣菜色：一盤白切肉、一條煎魚、一盤韭菜炒豆乾、一盤鹽炒土豆。

陳春發一邊延坐，一邊大聲對自己的老婆吩咐：「阿妹啊，盛飯——酒，順便倒出來。」

朱文娟被叫到廚房裏，在灶前早就給她盛好一碗白米飯，上面有魚有肉有菜有土豆，桌上有的，一樣也不少她的。

陳王妹一邊手腳忙亂著添飯裝酒，一邊招呼文娟用飯。

「不要客氣，以後這就是妳自己的家了，小孩要吃飯才會長得好。」

朱文娟捧起飯碗，用筷子挖起第一口清白飽滿的白米飯，送進嘴裏。前頭嘈亂熱鬧的聲音，使她認生的心安定不少；米飯的香味甜洮，撫平了她的傷痛。做養女，看來不像傳聞中那麼可怕，至少吃得飽飽的，不像自己家中有一餐沒一餐，像一天到晚餓著似的。

文娟嚥下第一口飯，聽到飯廳裏她阿爸粗豪的聲音吆喝著：「乾啦！」很喜氣的聲音。

那麼，做養女竟似乎是一件喜事了。

2

陳春發家自上一代起即落腳在這日本人把它叫做宮前町的所在。陳家勉勉強強稱得上地主，在滬尾地方有一兩甲田地，租給佃農耕作，收穫時，因為不算太好的良田，所以陳家和佃農以五五拆帳的方式分享收成。

就因了這一方中等田地的存在，快四十歲的陳春發，得以蹺腳捻鬍鬚，悠哉遊哉也遊手好閒的過日子，什麼營生都不曾認真做過。

他的老婆王妹，原是大稻埕竹圍內的農戶之女，十年前，經媒妁之言結為夫婦。

王妹小陳春發十二歲，娘家耕著幾分地，大約只能餬口度日的程度。

嫁給陳春發之後，日子寬裕起來，王妹原來單薄的身子富泰許多，尖銳的下巴也圓潤不少。她生得高，人一胖，那雙纏過又放的半小腳，走起路來便顫巍巍的，好像支撐不住那身量似的。

夫婦兩人，感情算是滿好的，唯一美中不足的是始終生不出一男半女。按照相理看，陳春發雖不特高，但五呎八吋的身量，加上虎背熊腰，乍看之下很像章回小說裏落草為寇的草莽英雄。

王妹生得標緻，尖尖的瓜子臉，吊吊的狹長鳳眼、鼻子、嘴唇，什麼都細細小小的，若非身材也高，否則簡直和她的夫婿陳春發恰恰長得相反。

剛嫁的時候看不出來，嫁後三數年豐腴之後，王妹那宜男的臀部便渾圓起來。

夫妻兩個人有人樣、錢有錢財，偏偏就是無法生育，這也印證人生沒有圓滿這回事。

大約五、六年前，陳氏夫婦曾透過介紹，領養一個五歲女童。當時結婚不算太久，生育的希望仍未完全斷絕，老一輩的人相信一種說法，就是未能生育的夫婦，先領養一個孩子，往往能帶來懷孕的好運。

陳春發和陳王妹將第一個養女改名叫招弟。招弟個性平和，可能稍稍有些遲鈍。到養父母家一年多，非但不曾招來什麼弟弟或妹妹，自己反倒意外橫死。

原來有天招弟一個人悶得發慌，坐在門檻對著眼前的馬路發呆，要死不死，一個日本人叫小宮三郎的，開了部車，也不知因為如何，車子直接面對陳家正衝而來，招弟就活活給撞死了。

小宮三郎後來只賠了兩百元了事，算是對招弟的死和陳家被撞壞的客廳部分做補償；至於有沒有吃上官司，因為保正語焉不詳，所以住在附近的台灣人，包括陳春發夫婦，沒有一個知道。

招弟的死，給陳氏夫婦帶來很大震撼，街坊鄰居議論紛紛，最毒的閒話便成了如此：陳氏夫婦祖上無德，所以不但自己生不出一男半女，就連領來的養女也養不活——天注定他們絕子絕孫。

謠言甚囂塵上，這使陳氏夫婦好幾年都沒有心情，也缺乏勇氣再談領養子女的事。

這一晃五年過去，眼看陳春發都是望四之年，王妹也過了生育高峰期，五年前招弟死於非命的事亦已日漸在人們的記憶中模糊淺淡，這才又興起養兒育女的念頭。

第一次坐人力車到山上去看要領養的朱文娟，朱家窮到只合家徒四壁這境況。文娟長得眉清目秀，三姐妹中最是好看；皮膚蒼白，大約是家傳，三個姐妹都如此。文娟眉是眉、眼是眼，什麼都像模像樣，惟獨那臉型，不，是那下巴，看了有些叫人不順眼。

陳王妹端詳她半天，終於恍然大悟！原來朱文娟下顎有點方，是個看來有些倔強不服輸的女孩。做養女的命，又哪裏能有逞強的地方？王妹在心裏忖摸測度；轉念又想，朱文娟伶俐聰明，這倒是比招弟討喜的地方，儘管是養女，犯不著養個呆頭呆腦的來生氣。至於倔強不倔強她王妹倒不怕，自信壓得住這俎上肉的，憑她王妹，連剽悍的陳春發，都給她治得服服貼貼的，何況這小小女孩？

不過，那麼快決定要領養朱文娟，倒不是陳王妹的意思，而是陳春發。春發說得好：「橫豎不過是個養女，也不指望她傳宗接代。孩子只要乖巧，看起來順眼就算了。」

朱文娟因此以一百四十八元的代價進了陳家門，改名叫明珠。

明珠在陳家住熟之後，比起從前自己生身之家，這裏自然食物充足。別的不說，至少白米飯經常吃到，偶然吃兩頓稀飯，即使摻有大塊番薯，白米也粒粒可見；不像山上朱家，難得見到白米飯。陳家的菜肴，通常一餐兩樣菜，豆腐，豆乾最尋常，肉絲炒筍片、肉絲炒蘿蔔絲等亦經常上桌。最不濟，也有曬乾的醃黃瓜、醃蘿蔔，有時日本人帶來的醃漬黃蘿蔔也成為佐養用品。

半年多以後，陳明珠已經習慣了她「陳明珠」此刻的身分，偷偷飲泣的驚惶之色已消失殆盡，雖還不會和左鄰右舍的孩子玩在一塊，至少站在一旁默默觀看已是尋常。

陳家人口簡單，除了後院養了四、五頭豬之外，每日家事不外劈柴火、起大灶、洗衣、燒飯這些事。

明珠一開始，被陳春發帶著到街上去打酒。

陳春發習慣帶著一個小甕，敞開他的外八字腳，噼哩啪啦往巷口走去。小明珠則在他身後兩步遠的地方，亦步亦趨但瑟瑟縮縮的跟著。

春發喝酒，不甚講究品味；喝起酒來，也甚無品。

講到品味，他不但什麼酒都喝，也什麼酒都分不出特別的不同，手頭寬點或心血來潮，他就買二十錢一瓶的金雞紅露或同樣價錢的凱旋清酒；沒什麼錢時，打七錢米酒，再加三錢土豆，也夠他獨酌一個晚上。

明珠有時聽街坊一些婦女背地裏說閒話，她養父在她們口中，幾乎等於有酒就好的十足酒鬼。而且酒鬼喝到一定程度，不是高聲唱歌，就是有一句沒一句，想到什麼就罵一罵，好像一人兼飾兩角對罵著。

明珠跟過春發到街上去了幾趟之後，春發再也不自己打酒、買酒，而是喚過明珠，給錢讓她代勞去。

這春發酒喝一些，煙也抽一點，所有的這一切消磨，照一般講法就是；他太閒了，閒得無聊，自然只有往這些嗜好上去消磨。有人又幸災樂禍的說嘴，如果不是王妹管得住他，他不也嫖去了？來個酒色財氣四喜全沾。

除了差遣明珠之外，平常時陳春發倒也甚少搭理這小養女。

陳王妹就不同了，她教明珠揀菜、淘米、摺衣、掃地，還在餵雞、餵豬、燒飯、起灶這些時候，把明珠喚到邊上讓她見習，很有早一點將所有家事交棒的意味。

那一年過新年，陳氏夫婦又抱養了一個交兩歲的男嬰當養子。這男娃娃是陳王妹大哥的老五，生得眉目清朗、唇紅齒白的。陳王妹娘家原甚清苦，她大哥又已有四個男孩，自然就把最小的過繼給她。

俗語說：「姑疼姪，同字姓。」那男娃既是和王妹同姓的姪子，又是準備替陳家傳續香火的，王妹之疼愛他，當然沒有話講了。

由於這件大喜之事，陳氏夫婦特別高興，那年節將屆之時，在銀行換得的一塊錢龍銀，大大的、圓圓的，拿出來照眼十分；除夕那餐飯才吃過，明珠把碗筷收到灶下，一杯一盤慢慢洗了乾淨，抱著取名叫昭雄的新弟弟，陳王妹擋不住眉梢那份欣喜，揚著聲音叫明珠，把小養女喚到他們夫婦跟前。

「這是妳在陳家第一個新年，哪，給妳做的新衫褲，明天一早可以換上。」

明珠默默接過那套摺得好好的新衣褲，也不懂得道聲謝，準備退下。

那邊陳王妹卻又發話了：

「託妳弟弟的福氣，妳阿爸要賞妳一個大龍銀當壓歲錢。哪，跟妳阿爸磕個頭，說個吉利話呀！」

陳春發把龍銀封在紅紙裏，遞給明珠，笑呵呵說道：

「好好留著，可以當嫁妝哩，夠我打上十幾次老酒。」

明珠靦靦腆腆的接了，也不曉得說什麼話才好。陳王妹搖搖頭，嘆道：

「這孩子嘴巴不甜，注定要吃虧。」

「隨她去，乖乖就好。」

「妳託了弟弟的福，以後可得幫我好好照顧弟弟。」

明珠自然弄不明白，如果不領養昭雄弟弟，他們過不過新年？有沒有新衫褲可穿？日子會不會過得一樣？

但是，昭雄來了，生活的確發生前所未見的變化。

陳春發夫婦特別買了煉乳來餵昭雄，那麼貴的東西，只要昭雄一哭鬧，陳王妹就迫不及待的去沖泡煉乳餵昭雄。

有一次，春發盯著王妹自罐面上打的洞口傾倒煉乳，忽然說話：

「喂，一次倒這麼多，用不了三次就沒啦。」

「你知道什麼？沖太淡沒滋養，小孩一肚子水不禁餓，動不動就要哭的。」

王妹理直氣壯的把丈夫的問訊堵回去，自此之後，昭雄吃濃郁的沖泡煉乳便成理所當然。理所當然久了，就變成陳家的一種吃食文化。昭雄喝煉乳，足足喝到他五足歲的時候。

明珠每次看著養母沖煉乳，空氣裏彌漫的那種混雜著奶和糖的香甜味道，經常引得明珠垂涎欲滴。可是養母從不曾有一次施捨般給明珠嘗嘗那滋味。在明珠那小小的心靈中，也許對那白而濃稠的乳汁，另有思戀母親的情結在吧。

養母雖要明珠好好幫著看顧昭雄，但王妹卻一點也不放心明珠碰昭雄，除了幫著看他防他摔跌之外，絕對不准抱他。

有時當明珠看著昭雄，而昭雄突然啼哭起來的時候，王妹會匆忙趕過來，用她那吊梢眼狠狠瞪住明珠，厲聲喝問：

「不是妳擰他、捻他吧？」

明珠這時，不管曾擰弟弟與否，一律以木然的眼神回答養母。王妹問不出所以然，往往就罵：

「妳天生小媳婦、小養女命！瞧妳那苦瓜臉，討人嫌啊！如果妳膽敢動妳弟弟一根寒毛，看我怎麼整治妳！」

昭雄愛哭，又一副被寵壞的樣子，明珠有時妒恨交加，會狠狠的戳他一下，昭雄學話遲，不會告狀，只有哇哇大哭。

陳王妹趕過來，一見明珠神色不定，二話不說，一巴掌就過去，也不管是頭是臉，總要連打她三、四下才會住手轉而大罵。

這樣不由分說被打罵慣了之後，只要昭雄一哭，明珠神色就見倉皇，也一定挨打挨罵。惡性循環的結果，變成一點細事就打罵，而打罵越多越不可能申辯，明珠就成了她養母心目中陰深而一肚子曲折的討厭小養女了。

不過，公學校入學時，陳春發仍然叫明珠進學校讀書。在他以為，七歲小兒，事實上也夠不上人力，不如讓她唸個書、認些字，將來說不定還派得上用場，譬如幫昭雄記個帳什麼的。要不然，去公學校學點臭狗仔的日文、日語，等她十多歲出社會當店員，也還能掙一份月給。難不成就白白養她了？

而上學這件事，不知令明珠多麼興奮！她想不到自己竟也能穿著海軍領的制服，端正坐在課堂上，「阿、伊、屋、約、喔」的讀著五十音，學加減法。

學校生活儘管有點緊張，不過，比起粗糙和驚懼的家庭生活，簡直有如天堂。七歲的明珠，當然不會明白上學對她會有什麼大不了的影響力，更無從知道：認得幾個字，自己的人生會有什麼大不同。她只是純粹出於喜歡，努力而飢渴的用功著。

上學之後，該做的事非但沒有減少，反而因為身量長高、年齡增加，承擔的工作越來越多。家中一應跑腿的工作，全由明珠負責，最常做的是幫陳春發打酒、買煙和火柴；廚房二手的準備工作如洗、揀和善後工作，打掃、帶昭雄等等，早就全由明珠一手包辦。逐漸的，洗衣、幫昭雄洗澡、劈柴、起大灶、斬豬菜、餵豬等工作，全都變成明珠分內的事。

光做事也就罷了，偏偏做完之後還要經過驗收，而驗收及格的標準又往往過高，陳王妹現在不用手打了，她嫌手打自己會疼，而找來了一根男人手指般粗的藤條抽明珠。打的部位也不一定，全看當時打人和被打者互動的方位與手順的角度。

只會悶聲哭泣的明珠，不肯求饒又不哀哀叫痛，最令陳王妹生恨，她把這歸罪於明珠的陰險記恨，打起來更理直氣壯。

虧得也是明珠不嚎哭、不亂竄，所以街坊鄰居許久都不知悉明珠挨揍的事，只可憐她早起晚休，做個不停，裏裏外外，轉進轉出，陳氏夫婦那買養女的一百四十八元可真划算，這小養女當真物盡其用，在陳家四年，以一個月月給最低工資八元算好了，一年須付薪九十六元，那買她的一百多元，只夠付一年半薪水罷了。

「沒謝世呀，那生父生母真狠心。」

「唉，也是沒辦法吧，如果不是真窮，誰肯賣自己的親骨肉？」

「所以人家說，不能生的母的，最毒！沒經歷過那種車裂之苦，哪會曉得生育一個人不容易？」

「說來也怪，她自己沒生，養一個男一個女，不是指望將來靠他們？現在這樣折磨她，不怕她記恨？」

「養的總是不會同心，她也知道，不必指望太多啦。」

三姑六婆，儘管議論紛紛，但「一人一家事」，休管他人瓦上霜的古訓，倒還管用，大家只在後面可憐明珠那孩子，倒也明白不能插手多嘴。

昭雄喝煉乳足足喝到滿五歲，這充足的營養使他像脫胎換骨般，比同齡的孩子高半個頭，血色也較足。

那孩子也怪，一直到滿了四歲才開口講話。他雖被陳氏夫婦寵愛，也眼見養姐明珠做牛做馬、被打被罵，但他稍稍解事之後，對明珠卻顯得很親，一點也沒有欺壓她的行止。

明珠在打罵生活之中，慢慢也察覺了昭雄對她的親，兩姐弟間，逐漸就發展出如同根骨肉般的手足之情。

明珠在公學校的功課，最多只稱得上中等而已，主要原因是她常缺課，又不能溫習。只要家事一多，或家裏有任何需要，陳王妹便要她停課，陳王妹只有一個信念：

「讀書有讀書的命。讀那麼多書幹什麼？莫非要做姑婆？」

依她的意思，早早就想令明珠休學回家了，只是明珠苦苦哀求，保證她一定以家事為重，如果家事做不好，絕不去上學。這才苟延殘喘、斷斷續續讀到此刻。

陳春發喝酒越喝越多，即使是白天，完全十足的清醒都不可得。

五十四歲生日那天，中午吃過豬腳麵線加紅蛋之後，陳春發便著妻子挑了一隻小母雞，要明珠拿到台北大橋再過去的豬屠口附近，送給他一個外甥，賀那外甥弄璋之喜。

明珠小心翼翼，用了個草編的籃子，提了那隻小母雞，往豬屠口的方向走去。

雖說到台北四、五年，陳家跑腿的事，大大小小都是她一個人在做，但跑的範圍，其實都不出宮前町。所以明珠真正熟悉的地區，也只有宮前町而已。

這次到豬屠口，陳春發只含含糊糊指示了幾個大方向，就催著明珠上路。

明珠畏縮著不敢出門，畢竟只是十一歲不足的孩子，又不是成天在外遊蕩、滑溜溜的個性。

「妳還不走，難道要我送妳去不成？」陳春發的大嗓門帶著薄慍：「妳不識字？是啞巴？還是怎的？給妳讀書寫字圖什麼？為的是讓妳在這社會上跟人立足不會輸給人家，結果妳連問個路都有問題、都不敢，這不是明明要氣死我嗎？」

明珠一見養父兩眼一瞪，趕緊提起草籃子，再不敢有二話的出了門。

就這樣一路走走停停，草籃子裏那隻三斤重的母雞，初提時，也就是三斤重；但越走越累越慌，原來三斤重的東西，逐漸就加了重量。

依著陳春發的指示，卻在早一個路口轉了彎，這一走真是十萬八千里遠，怎麼走也走不到，等到發覺不對，這羞澀而驚惶的女孩子才想到要開金口問人家。

問出頭緒再往回走，回到原來轉彎的路口，再沿大路走下去，以後為了免犯方才犯過的錯，明珠每逢路口就拉住過路客或居戶問個清楚。結果摸到她那剛生兒子的養表哥住處，整整過了三個小時。

把雞送到，人家想留她坐坐玩玩，一來認生，二來心虛，明珠連茶也不敢喝就打道轉回去。

這一路回頭，少了手上那三斤重的肥母雞，走起來就輕鬆多了。

又因為方才忙著找路，不曾仔細瀏覽沿路風光，所以回程時自然難免東看西看。結果，到處看的結果，不由得勾起玩心，越走越慢，而且毫不知覺。

不等她走到家，天就黑了。

才剛進門，陳王妹的聲音拔得高高的罵，切齒咬牙，恨不得撕碎她：

「妳死到哪裏去了?人家去唐山也轉回來了!兩個把鐘頭的事，妳去了大半日!我以為妳遇到什麼災難，白白操心——妳呀——」

「啪!」的一聲，明珠的左腮吃了一巴掌!由於太用力，她不覺撞到牆上。

此刻在後面餐廳的陳春發也聞聲出來，他這時已喝得八分醉，踉踉蹌蹌走出，被他老婆的聲音挑釁起骨子裏的暴戾，手起手落，一個拳頭便打到明珠頭上去!

明珠剛吃了一耳光，正在耳鳴目眩，冷不防又被陳春發那又重又粗的拳頭打到腦門，立即矮了下去!

陳春發、陳王妹都以為她裝佯，異口同聲的罵：

「裝死！妳裝死！打妳一拳，妳就倒了，妳在騙猶不成！」

「死查某囡仔鬼！缺人管教，一出門就有去無回，還敢裝死！」

這一罵不要緊，隨著罵語，又是一陣拳打腳踢，兩人都打得興起，自然不管打的什麼部位了。

那年頭，哪一家不打孩子？有的甚至照三餐飯打，打得孩子滿地亂竄，也沒人說話。莫說養女、養子，自己親生的照打不誤，所以陳春發夫婦也就不避諱自己的打聲罵語了。

左鄰右舍其實大半個下午就聽到陳氏夫婦在唸叨了。從唸叨到開口責罵，人們都體諒做父母的憂心，心裏甚至還有點怪責明珠那孩子行止無方，看不出那麼文靜的女孩子還有這一面。

此時聽陳氏夫婦高聲併罵，又聽「裝死」、「假仙」這些罵話，不問可知是在打人。奇怪的是吵嚷半天，就是沒聽到明珠吭一聲。

約莫過了一、二十分鐘，陳氏夫婦老早歇手，只是還十分不肯原諒，望著那趴在地上一動不動的明珠，有一句沒一句的罵著：

「妳倔強，做錯事還不能管教，是不是？妳擺那個姿勢給誰看？」

「不要起來，就別給我起來！有本事就這樣躺著。」

「就是這死樣子，不得我心，要疼她也疼不入心……你看這副模樣……」

陳王妹欺身近前，恨恨的出手就在明珠手臂上擰了一把！

那明珠沒有動靜，陳王妹心下有點驚惶，又用力將明珠揪翻了身，仰躺在地。

只見明珠兩眼微往上吊，唇角全是白沫。

陳王妹吃了一驚，手一放，尖聲叫道：

「老的，你過來看看！」

陳春發張眼一看，酒醒了大半！忙忙抓住明珠肩膀，用力搖她：

「明珠，醒醒！醒醒！」

陳王妹也跪下來，用尖尖的手指去掐明珠的人中，又伸手去拍打明珠的臉頰！

「哪曉得她是真的……」

「還有鼻息——妳讓開，我把她抬到床上！」

陳春發手忙腳亂將明珠抱到榻上，兩人正緊張萬分的又怕又叫，企圖把明珠叫醒。

只聽「哇」的一聲，一直將一切看在眼裏的六歲小兒昭雄，這時見明珠那副樣子，以為姐姐被父母打死，張開嘴便大聲哭叫起來：

「姐姐死了——姐姐死了——」

「你給我閉嘴！」陳春發這頭正急得不知所措，冷不防又被昭雄這樣哭鬧，本來還有幾分鎮定，此刻全亂成一團，開口便是暴喝，把昭雄罵得更加大哭。

「昭雄，走開！你出去！」陳王妹急急揮手，企圖將兒子支開。

昭雄被父母一罵一趕，果真就一路哭了出去。王妹的意思，本來是叫昭雄到客廳去，偏偏孩子在又哭又怕的狀況下，不覺就走出家門。

陳家左鄰是個姓張的木匠，名喚進丁，才三十來歲；右手住的則是在日本帝國會社吃頭路的楊添福。這兩人全是安分守己、克勤克儉，而又不太欣賞陳春發愛喝酒、大嗓門作風的人，只是因為大家是鄰居，所以多少睜隻眼、閉隻眼，不相聞問彼此家務事罷了。

當時各家才吃過晚飯不久，秋風正涼，許多人都搬了板凳在前院乘涼，有一搭沒一搭閒聊著。

陳家夫婦打罵明珠的事，並不特別避人耳目，昭雄此刻又大哭走出屋子，有好心，亦有好事的人便攔住孩子問他：

「昭雄，你哭什麼？你阿爸打你嗎？」

昭雄是小孩子，聽到有人問，不懂禁忌，哇哇便和盤托出：

「阿爸和阿母打姐姐……阿姐……死了……」

「小孩子不要亂講！」

「……阿姐躺著……眼睛閉……喚不醒……」

張進丁一聽，便站起來，說道：

「這還得了！出人命了！」

「小孩子講的話，有幾分可信？」

楊添福比較沉著，便說：

「我們幾個人進去看看。沒事最好，有事的話，看看能幫什麼忙？」

眾人便相偕進到陳家去，那楊添福畢竟有點年紀，見過世面，邊走便邊揚聲招呼：

「陳仔，你們昭雄哭說明珠死了，我們大夥來看看——」

語未畢，一群人已進入明珠躺著的臥房，只見明珠雖未如昭雄所言「死了」，但兩眼發直，似乎認不得人，口角又滿是白沫，臉頰靠左眼處明顯腫大，左鄰右舍當中就有人首先不客氣的發難：

「怎麼打成這樣？」

「孩子要管教沒錯，不過，像這樣，下手未免太重了！」

陳春發夫妻兩人，見事態已是如此，不免為自己辯解：

「也不過打她兩下，就昏死過去。」

「平常不是沒打過……一開始以為她裝死，哪知──」

「打也打了，打成這樣子，道理上，應該請個醫生來看。」張進丁一旁便仗義替明珠講話，口氣十分率直：「陳先生，用錢買來的，保她好手好腳不是比較方便？使喚她做事，也該要她身強體壯，否則買她的錢豈不像石沉大海，沒影沒蹤了？」

「是啊，平常看她做牛做馬，真乖巧的一個女孩子啊。」

「下手太重了，如果打她破相，將來她出嫁，你們不是少賺她一筆聘金？」

「這叫喜沖喜啦，你過生日，又拿雞去向他人道賀生子……喜沖喜，沖到這孩子。」

楊添福仔細端詳明珠的樣子，搖搖頭，明為向陳春發說話，其實等於對大家宣告：

「明珠這樣子，最好找個醫生來看，不然後果如何，沒有人能預料。」

陳春發這時也發覺自己打得重了，只好對眾人表示態度：

「勞煩哪位少年的跑一趟，幫我去請街上的鍾醫生。」

街坊中就有鄰居差遣自己十五、六歲的兒子趕緊去請醫生。

紛紛擾擾中，不知過了多久，明珠的意識逐漸恢復，身體上的和頭殼上的劇痛也隨著意識恢復。她眼底出現的街坊鄰居臉上那種關懷與同情的神色，更加速她對方才所發生事情的記憶。

明珠的眼淚，大顆大顆滾落下來。四年來，身為養女的諸般吃苦和受虐，此時一股腦兒自身上的傷口鑽入體內，來到心口。

那陳王妹偏偏千不該萬不該罵了一句：

「妳裝死要嚇誰？」

這句話即刻引起公憤，楊添福正色說道：

「妳這查某人怎麼講這種沒有天良的話？這個囡仔被妳打到人事不知，差一點去向閻王報到，大家都看到的了。怎麼妳還說得出這種沒天良的話？」

「是呀！阿妹姑，別人的子死不了，妳自己沒生，既然領來養，就要當作親骨肉那樣疼惜才是。」

大家的搶白還沒止息，請人和被十萬火急請來的醫生一起來到，眾人隨即噤口。

那鍾醫生仔細檢查了明珠的狀況，被撩起衣裳的背部遍體鱗傷，觀者無一不動容。

鍾醫生抬起頭來，對陳春發說道：

「這個現象是腦震盪，非常危險，必須好好靜養兩天。至於身上的傷痕，實在是……，做父母的出手這樣，太不人道了。」

醫生的話，把陳春發說得臉掛不住，他訕訕的辯解：

「喝了一點酒，又擔心她出事，氣她出去一個下午，所以——」

「不管如何，頭殼不能亂打，有時會出人命，這是非常危險的打法。」

鍾醫生開了藥才離去，鄰人們也沒有理由再繼續留下，一個個都走出陳家。

不過，從此陳氏夫婦虐待養女明珠的事，算是大家都知道了。還有人認為，虐待狀況可能比這一次還殘酷，只是明珠是個咬牙忍受、不哭不嚎的人，所以大家不知道罷了。

「這次要不是打到明珠昏死過去，只怕事情還不會被揭發。」

「窮家庭日子不好過，但是，至少骨肉相聚。為了一筆錢，把自己孩子斷送，自己看顧不到，孩子只有隨人捏弄了。」

「歹命人，沒辦法。」

明珠整整在床上躺了四、五天。能夠起來走動時，陳氏夫婦一點也不曾顧念她的傷勢，倒好像結了仇一般，彷彿她害他們在街坊鄰居面前失了立場和尊嚴，這筆帳更惡化了他們之間的關係。

也由於這個事件，陳氏夫婦不准明珠再到公學校去唸書。

3

明珠到十二、三歲那分際，抽長得特別快速，本來還是個小女童的模樣，突然長了大半個頭，僅有的兩三套衣服，件件嫌短。衣服一不合身，成日又像個小媳婦般瑟縮，整個人看起來就不對勁。

現在，挨打挨罵已成了家常便飯，從前只有陳王妹打罵，自從上回送雞事件之後，陳春發的打罵變成公然而劇烈的了。鄰居們有時見到明珠又被揍，只有搖頭嘆息：

「真的是上回喜沖喜沖到了，你看他現在把她當眼中釘般，照三頓飯修理。」

「查某囡仔，難道能打到出嫁？也該顧全她面子吧？」

這一日，春發起床，照例又要喝酒，瓶子一倒，竟然沒酒。口乾舌燥，加上酒癮又犯，揚起嗓門便叫：「明珠——明珠——」

明珠正在斬豬菜，一手全是豬菜藤葉滲出來的乳白色汁液，黏答答擦也不曾，甩了菜刀便站起來，趕緊邁進客廳。

「妳啞巴不成？叫得天皇老子都聽到了，妳應也不應一聲！」

明珠不吭氣，只垂著手站在那裏。

「哪，去打七錢米酒，剩下三錢就買些土豆回來配酒。」

春發把一角錢丟在桌上，頭也沒抬，整個人像癱在豬肉攤上的一大片肉般，就垮在大藤椅上。

這些年，春發老了些，人也益形胖大，行動便遲緩加倍。從前，他有事沒事，會牽著昭雄出去蹓躂，現在昭雄上了公學校，自有玩伴，不再肯跟他，他索性更疏懶，一天到晚喝悶酒。

明珠默默拿起一角錢，穿過暗黑的房間外邊走廊，到廚房裏去拿打酒的瓶子。

她將手放在襟前擦了兩三下，自後門彎出去。

那堆未剁的豬菜仍堆在地上，得好一會兒工夫才切得完；回來還得趕緊劈些柴，以便再起灶燒午飯。午飯以後是晚飯，永遠沒有止息的終點。

她要永遠如此損耗下去嗎？永遠損耗在這不見天日的家庭之下？

在陳家做了六年養女，該做的都做了，以長工來算，那一百多元夠買什麼？何況，長工根本不可能挨打。

她識字不多，日語勉強可講，別的工作不必說，至少當個小店員是沒問題的。如果養父母不肯讓她出去工作，她可以自力更生，用自己賺的錢住到外面去。不！不！這太離譜了，會被指責為大逆不道、忘恩負義，再也無法在這封閉的社會裏立足。

何況，光是爭取要出外做事，也許就會惹來一頓毒打……如果她把賺的錢都給他們，是不是可以換來這起碼的自由與尊嚴？

明珠邊走邊胡思亂想，最近這一年多來，要掙出牢籠的想法，不斷出現腦海。若忍辱在此過一輩子，沒有了時。歹命人，應該有權利爭取一個出頭天的機會吧？

打也罷，罵也罷，她都能忍。問題出在，她慢慢發現自己也有尊嚴，也有對未來日子的一點點微不足道的憧憬。過去被環境和養父母撕裂的自尊，她想冀望於將來，一點一滴再拼湊起來。而要拼湊回那一片自尊，不得不寄望於外面的世界。

她多次藉著打酒購物的機會，細心觀察幾處商家，尋訪一個像她這年紀、沒有特殊技能的小女子能做的工作。

然後，她也在等待一個可以向養父母提出的時機。

打完酒、買了花生米，明珠因著今日尚有許多工作待做，很快打道回府。走到巷口，只見一頭大狼犬，蹲踞不遠處，一見她走近，即刻發出一種可怕的警示低吼，並且站起身子、弓起了背，做出蓄勢待撲的姿態。

明珠站在那裏，無論如何打不起勇氣冒險穿過。

她遠遠的，一手拎著酒和花生，一手拾起地上一截斷裂的木塊，右腳用力一頓，作勢要攻擊。

大狗見她的姿態，非僅不怕，反而「嗚——嗚——」發出更具威脅性的吼聲，作勢欲撲。

明珠緩緩而謹慎的後退兩步，一顆心因恐懼和焦急而快速亂跳。恁大一條狗，莫說被咬，光看著也令人心驚。這條巷子，從沒見過哪一家養了這麼一頭狗，不知是哪來的？牠的主人也太沒公德，放著這麼一頭猛獸在交通要衢上把關，叫人家怎麼敢走過？不是只有小孩，只怕連大人也不敢貿然穿過。

而這卻是這條死巷唯一的出入口。

明珠苦苦站在那裏，只盼有個大人要出入，能順便掩護她一下，將她夾帶進去。

卻苦那段時間，不上不下，居然沒個人經過那裏。

明珠絕望的苦守那巷口，想想又往巷外倒退，隱身起來。心想，那頭狗見沒人，或許失掉興趣，轉而他去也不一定。

過了會兒，明珠又探頭偷窺，只見狗仍在原地彳亍，絲毫沒有離開的意思。

明珠絕望的蹲了下來。完了，即使現在回去也嫌太遲，她養父每天心情最壞的時候，就是無酒可喝、光耗著乾等之時。

看來一陣毒打或狠罵逃不了。

想到這裏，明珠不禁愁苦又不甘起來。

她十三歲，已經瞭解許多事，也明白人與人之間的關係有些是無道理可循。像她與養父母之間就是。

她可算是非常乖巧、聽話而不抗辯的養女了。然而，養父母總像和她有仇似的，沒有一件她做的事令他們有合意的感覺。她養母不時愛說，她不吭聲最討人嫌了；然而，只要她開口，甚至是辯解自己的行為，往往只會招來一陣更毒辣的打罵。

到了最後，明珠累積這幾年的經驗，終於得到一個結論：養父母是徹底不喜歡她，如鄰人所說，他們彼此之間無緣，相剋或真是上回的喜沖喜。

既然如此，無論她做得多好，結論都是一樣，她在這個家，鐵定是翻不了身了。

她唯一的救贖，就是從這個家離開。

離開！是的，離開！

陳明珠心裏唯一明確、清楚而肯定的意念，真的只有離家這念頭。至於如何離開、何時離開、離開以後要怎麼生存，完全沒有概念。

畢竟，她只是個十三歲不到的孩子。

那個近午的白日裏，一個奉命打酒的小養女，因為一頭狼犬阻路，無奈的蹲坐在巷子口等待。秋陽似酒，而這小女子卻看不到自己的明天在哪裏。

過了許久許久，就在明珠幾乎要睡著的當兒，忽然聽見一陣皮鞋聲，又夾雜著低低的「唉——唉——唉——」動物呼吸之聲逼近。

明珠睜眼一看，原來是方才一直踞在巷子口不遠處的那頭狼犬，和牠的主人——一個日本警察。

明珠目送一人一犬離去，這才提起打來的酒，快步回家。

進了家門，她養父陳春發依舊坐在原來的位置，只是原來是斜躺，現在則是端坐。

見到明珠回來，春發木無表情，只冷冷的對她說：

「把酒拿過來。」

明珠原以為會有迎頭痛罵，結果沒有。她猶疑著是否該先行將路上遇狗的事說出來，以為自己的遲歸解脫。就在猶豫間，春發的左手伸向她要拿酒，她趕緊兩手奉上。

陳春發左手抓穩了酒瓶，右手同時揮拳，重重擊打在明珠頸上！

明珠出其不意被襲打，一個踉蹌往前栽了栽，但本能與經驗使她迅即往後倒退，離開了她養父的暴力範圍。

陳春發一拳得中，第二拳來不及擊出，明珠已如鱔魚般溜走，這使他有種再也掌控不住他這養女的失落挫折，他暴聲怒罵：

「走！走！妳有本事走，我就叫警察把妳抓回來！妳可是我用一百四十八元買來的，要走可以，錢賠來！否則要妳進牢裏！」

陳春發的聲音大如雷鳴，莫說左鄰右舍，只怕連半條巷子遠都聽得到。此時，有事沒事，已有人探身出來看究竟。

明珠溜出大門，其實初心並不曾有離家的意思，她只是想逃開養父的毒打罷了，她聽人家說，腦殼如果經常被重擊，不僅危險，而且會變笨。累積幾年被打的經驗，發展出她一套獨有的自保防禦措施：挨揍難免，不過必須使它減到最低。

胖大的養父行動遲緩，而且也不甚愛動，明珠一逃出大廳，便確定他不會追來。她抬眼看看依然刺目耀眼的陽光，悲哀的想，午餐她來不及趕回來做，注定是不會給她吃了。而那些工作，像斬豬菜、餵豬、洗豬圈、飼雞鴨、劈柴火，卻無一可以倖免，全得餓著肚子去做！

這是什麼世界，連個給她申辯的機會也沒有，人家再嚴的官府，也有問供取供這一著，疑犯可以開口申申冤枉，她卻不能！

明珠噙著淚，越想越命苦，就在淚眼模糊中，瞥見探頭探腦在窺看的鄰居……

天啊，她十三歲，她也有屬於一個人的尊嚴，不是一隻困在籠子裏的猴子，被主人鞭打，然後讓旁觀者在一旁用同情的眼光憐憫她！她要的絕不是這些！

她恨的還不只這些，她恨的是她無路可走，仍然得在這煉獄裏煎熬！

明珠向右彎進她家的豬圈所在，上午才剁了一半不到的豬菜，仍然原封不動堆在原地。本來也不冀望會有誰來代勞，只是此刻，擔驚受怕又挨責打之後，再面對這一堆每天必做、永遠做不完的差事之後，突然非常沮喪罷了。

如果不是養父母和昭雄三人必須吃飯，養母一定也不肯勞駕去起灶燒吃食。有她這嫺婢，養母已儼然人家有錢主母的樣子了。

明珠拉起已很短的袖口，用力拭了拭自己的淚水。

不哭啦！可惜了這些眼淚，於事無補。

她拿起有些生銹的菜刀，用刀剁著一把豬菜。

「妳這賤婢！死到哪裏去，這會兒才回來？」

養母不知何時自廚房中轉了出來，踮著那解放小腳，遠遠的站在廚房口罵著明珠！

「豬菜先不用剁了！妳這豬頭豬面的賤婢，沒腦筋可想是不？日頭赤炎炎，要燒飯的柴火一根也沒，飯煮一半煮不熟，妳不快去給我劈些來，顧著那些豬幹什麼？」

明珠一聽，只得丟了菜刀，起身去柴房裏抱一捆粗木頭出來，丟到空地上，再去取了柴刀出來，準備劈柴。

陳王妹又罵：「柴火早沒，不肯劈多些存著，妳惜力呀，惜力好去外面冶遊是不？」

陳王妹的聲音也是出了名的拔尖而高亢，不愁左右鄰居聽不到。

明珠拿起柴刀，對準左手捏著的一根木塊劈了下去！

她去冶遊？她如果有那個命、有這個膽子，老早就不會蹲在這裏劈一些她甚至享用不到的柴火！

明珠越想越氣、越氣越不甘心，不爭氣的眼淚不斷的湧了上來。

附近開始有吃過午飯出來嬉戲的孩子，有人跑遠，有人就在附近。

「哈哈哈——大腳婆，愛剔頭——」

「大腳婆——臭頭雞仔明珠，天天挨罵又挨打，可憐小養女——」

前頭賴家的勇仔和黃家的大頭，一向最喜歡惡作劇，明珠多次遭受過這些七、八歲孩子的戲弄和揶揄，束手無策。誰也不會為小養女撐腰，這是天經地義的事！平常聽他們像唸詩歌一般嘲弄她時，明珠多能自我調整，將之當耳邊風般聽若未聞。但她今天很洩氣，一連串的打擊令她幾乎要崩潰。她憶起平常聽鄉里老人家講古時所言，什麼人性本惡，可不？這些孩子，自己與他們無冤無仇，他們就那樣找她嘲笑尋樂子，這不是人性本惡是什麼？做養女並非她自願，他們來生頂好就出生做人家養女，試個鹹淡……

眼淚打糊了明珠的視線，她沒去拭它，只憑直覺繼續劈柴，用力的，洩恨一般的！

忽覺刀下不知劈到什麼，有個慘叫聲淒厲的響在耳邊！

「唉——呀——阿母——」

明珠整個人觸電一樣，趕緊丟下木頭，用左袖把眼淚狠狠擦了一把！

眼前景況真是觸目驚心！明珠丟了柴刀，失神的盯著大頭仔那根被自己斬斷只剩一層皮的大拇指！

「喝！糟了！糟了！大頭仔的手指頭被明珠給砍斷了！」

「喝——該死了——明珠該死了——」

早有人分頭跑去黃家和陳家通風報信，兩家的大人，不一會兒全趕到現場！

陳春發不由分說，先對一直蹲在那裏失魂落魄的明珠拳打腳踢一番，才轉頭和黃家大頭仔的父親黃木順商量對策：

「手指還可以連起來，我那天聽人家說過——快一點，我和你帶大頭仔去——」

黃木順沒了主意，聽陳春發如此說，只得和他兩個人，抬起大頭仔，往巷口飛奔！

陳春發臨走前，狠狠對明珠撂下狠話：

「妳把皮繃緊一點，我回來有妳好看的，非得大大請妳吃頓大餐的不可！」

明珠目送著她養父三人往巷口急跑著遠去，心裏除了害怕，已經容不下任何感覺。

挨揍事小，可怕的是她竟然剁了大頭仔的大拇指！她弄殘了一個八歲孩子！

老天明鑑！她陳明珠、她朱文娟，絕對沒有存心要剁那孩子的指頭！她……冤枉呀！事出突然，她根本沒有看到！

天啊！祢要垂憐，讓大頭仔的手指接得起來，保佑他不可殘廢，否則我陳明珠的罪孽可不得了了……

「死查某鬼仔！妳不甘願劈柴，是不是？賭氣去剁大頭仔的手指！妳不要命了！妳！」

陳王妹聽到動靜，看到丈夫陪黃木順送大頭仔去接骨師那兒，心頭無名火頓時冒起三丈！這嫺婢！叫她劈個柴就不甘不願，如今弄出這等大事！醫藥費不用說他們陳家得付，萬一大頭仔那根指頭接不起來，她陳家以後怎麼面對黃木順那一家子？如何在這裏無罣無礙的立足下去？

不想不氣！當真是不想不氣！

陳王妹抄起一根擎竹竿的叉子，踮著那雙解放小腳，掩至明珠身後，手起棍下，連珠罵聲也隨之衝口而出！

左鄰右舍這下子因了這件大事，幾乎全都傾巢而出！大家目睹陳王妹杖打明珠，把那小養女打得滿地亂滾，除了暗自為明珠嘆息之外，沒人出面勸架。

那陳王妹好不容易逮到一個機會，能夠理直氣壯而且在眾目睽睽之下責打明珠，不但順手，而且稱心，真有越打越不能歇手之勢。

終於，添福嬸看不過去，前來勸架了。她一手去攔那棍棒，一手去拉陳王妹：

「好啦，好啦，阿妹官，明珠快給妳打死啦。」

「打死最好！這賤婢！」王妹咬牙切齒恨道，揚起手上的叉棍，又要抽打。卻被添福嬸攔住。

「我剛剛問了勇仔和麗花，都說是大頭仔自己把手伸過去的，要搶她刀下的一截木頭，明珠那時低著頭在劈柴，好像也在掉淚，自然看不到其他——妳打她這一頓也夠了，才多大的一個孩子？」

「多大!?」陳王妹嗤之以鼻：「好命的，人家可以結婚生子啦。」

「妳說的不差，好命的早可以結婚生子。孩子已經這麼大，怎好再當街這樣像打狗一般打她，總該多少給她留點面皮才好。」

不待陳王妹再說，早有進丁嫂、進丁他老母、阿爸，勇仔他父母、麗花她娘等左右鄰居，你一句我一言的為明珠說項：

「換作是妳，刀起刀落，也不見得能收束得住，誰料得到會伸進一隻手！」

「大頭仔一向比別人狡黠！怪不得明珠，怪他自己！」

陳王妹被這一包夾，再也下不得手。她只好悻悻然說：

「叫我拿什麼臉去見木順姑呀？剁掉她家大頭仔一根手指！」

「事情發生，沒法度啦，諒她也能諒解，再叫保正嬸去向她說說，沒事的啦。」

陳王妹被大夥勸回屋裏，那明珠匍匐在地，臉埋在地上抽泣著，瘦骨嶙峋，一身短得不能再短的衣褲，襯托她無處安置的長手長腳，更顯楚楚可憐。

張進丁他娘和他老婆，婆媳兩個一起去拉明珠起身，又半夾半拉，將明珠帶進張家去。

明珠哭得死去活來，只差不曾岔了氣。

張進丁母、妻，一邊勸她，一邊款待她坐。等明珠哭聲漸歇，這才由廚房裏端出一碗飯菜，勸道：「算妳命歹，只好認命。好在也熬了這些年，快熬出頭了，等妳找個人嫁，一家一業，自己做主，就不用受這種苦。來吧，吃飯，萬事莫如吃飯大，不吃，要做那麼多事，怎麼撐得住？」

明珠哭過，心情得以平靜，兼且肚子餓過頭，渾身無力，終於在張家婆媳勸慰下開始扒飯吃。

進丁老婆看明珠那身過小的衣褲，不覺對婆婆提起：

「我的衣褲給她穿，最多寬一點，長度倒是相當。好不好我拿套半新舊的給她穿？」

「那怎麼成？」進丁老母畢竟見識足，想得周到，即刻反對：「那不忤了陳家那兩個的意？他們不是買不起，是不肯給她穿！——吃頓飯還罷了，陳家那兩個不知道；給她衣服，豈不再害這孩子被毒打？使不得！」

「那倒也是。」媳婦兒應著，一時也沒辦法：「都這麼大了……那兩個倒很疼昭雄。」

「還用說！姑疼姪，同字姓！」

到了下午三點多，陳春發和黃木順，帶著大頭仔回來了。

大頭仔被剁到手指的事，早已傳遍全巷，大家一知道他們回來，趕緊探身出來問消息：

「怎麼樣？接不接得回來？」

「幸喜接上了。」黃木順笑逐顏開的回道：「花了春發十九塊錢。」

春發一旁疲憊的說道：

「應該的，應該的，不然怎麼辦？還好馬上去接，也還好那阿祿師技術好。」

「那就好了！當作大頭仔一場血光之災，現在劫數過去啦。大家平安。」

明珠可沒有平安日子過。

看到養父回家，大頭仔的手指幸好又接了回去，明珠一顆懸著的心頓時放了下來。她不敢在張進丁家待太久，謝了主人，便悄悄出了張家大門，也不敢進自家屋子，乖乖躲到豬寮旁邊繼續剁她的豬菜。

也不知過了多久，聽到陳春發扯著喉嚨喚她：「明珠——進來！」明珠怯生生走進大廳，見她養父坐在桌前，那四角桌上橫擱著的正是她方才剁掉大頭仔的那把柴刀，還沾著血呢。

「過來！待在那裏幹嘛？」春發一聲暴喝，把才剛剛驚魂甫定的明珠，又喝得魂魄全無。她硬著頭皮，橫了心，想：最多再一陣毒打，慢慢走到她養父跟前。

「妳倒也真是能幹。這世間，我第一次知道有用柴刀剁人的，妳是第一個。」明珠不敢答腔，不知她養父何時要發動攻勢，又將怎麼罰她，可憐只有全身哆嗦的站在那裏等發落。

「妳這敗家精——我，真活活可以給妳氣死！」春發頰上的肉，因為激動而微微顫動，那使他看起來格外可怕：「手伸出來！」

明珠見她養父右手舉起柴刀，又令她伸出手去，頓時嚇得連哭也忘了，只哀哀苦求著似的叫了聲：「阿爸——」

「妳還知道有我這個阿爸！」春發哼哼冷笑兩聲：「手伸出來！不伸？好，我剁妳的頭！」事到如今，最多也只是個死！明珠閉上眼睛，心裏有了定奪：一旦她養父剁她手指，那她只有自我了結一途！反正沒手缺指的，活在這世上幹嘛？沒了手，哪裏還能做事？像她這種歹命人，除了靠這雙手討生活之外，還能靠什麼？沒有手，等於是要她不能存活於這世上一樣……

「還不——」

不等春發說完，明珠心一橫，將手伸了出去，放在桌面上，緊跟著閉上雙眼。

陳春發反舉柴刀，用刀背重重敲打明珠的手背。他仔細拿捏著刀氣，既要不傷她的筋骨，又要叫她疼得齜牙咧嘴的洩他一肚子憤，所以他看準了部位，一下一下的敲著他養女的兩隻手背！

明珠疼得冷汗直冒！但她一旦知道自己不是被剁手指，便有了生存下去的勇氣，她強忍著一下又一下的椎心之痛，仰望著上頭，無聲的呼喊著老天，問祂：自己的酷刑，要到何時才會終結？

春發敲打到認為明珠就在斷骨邊緣才住手，他歇了手，悻悻的罵道：

「走！走！走！別讓我看妳那副童養媳的討厭樣！」

明珠縮回那雙痛到一時失去感覺的手，顛躓著往外走。只聽她養父在身後大叫：

「該做的事都快快去做！妳打算餓死那些豬嗎？」

明珠哭到豬寮旁才敢稍稍放聲！

她的手，如針刺指內、如身遭車裂般無以名狀的痛楚！明珠用淚眼審視那一雙手背，腫的腫、流血的流血，竟無一吋是完好的。

她哭著去剁豬菜，哭著用那雙幾乎使喚不得的手去搗拌餿水剩菜飯、去清掃豬舍、去餵雞鴨……痛，一陣陣刺心入肺，也一聲聲提醒她：要離開，要離開！要離開！

到入晚，明珠已無法再做任何事了！她的兩隻手，腫大到不忍卒睹的地步！她在搬木柴回柴房的時候，因為累和痛而昏跌在地，左鄰右舍趨前一看，這才群情大譁！

「那雙手怎麼成了這款樣？夭壽喔！」

「春發！春發！你家明珠的手，是怎地變成這樣？」楊添福仗著自己有點年歲，直接登門質問陳春發。

春發有恃無恐，自認是在管教頑劣的養女，因此照實說了。

楊添福聽了，馬上跳腳：

「一個十三歲囡仔，怎堪得你們夫妻輪流打這麼多次，用刀背敲她，又不准她吃飯，還叫她去餵豬做事！那手腫成那樣，一定是有破洞、細菌跑進去，說不定是破傷風！做人父母，哪能這樣殘忍？即使是養女，未免也做得太超過了。」

「太夭壽啦！」一起登門的張進丁也附和楊添福，措辭更加激烈：「我們這些做鄰居的，實在看不過去，這事要找保正出面，大家解決一下。」

陳春發這時也惱羞成怒，忿聲道：

「你們是吃飽飯太閒，管到別人門檻裏的事！囡仔是我的，豈有不能管教之理？」

「管教？」年輕氣盛的張進丁馬上反唇相稽：「是管教還是虐待？」

楊添福伸手平息張進丁做意氣之爭，他回頭對陳春發說：

「春發仔啊，憑良心講，你打孩子打得是太過火，也不只這一次，長年如此。莫說是自己領來養的，有些情分；就算素昧平生，下手也有個分寸——我看這樣吧，我去找保正，問問她生父，要不要領她回去。你的意思怎麼樣？反正這孩子沒你的緣，不投緣啦。」

春發一聽要領走明珠，多少有點意外。還來不及想到其他，他老婆阿妹就發話了：

「領回自然可以，留在這裏惹我生氣。不過，她可是我用白花花的銀子買來的。」

「當初時，你們用多少買了她來？」楊添福謹慎的問道：「可是水木仔做的仲介？我可以問他。」

「一百四十八元，一角也不少。」春發精神抖擻著回答。

「那就照這數目把她買回去。」

「那怎麼成？」阿妹仔大叫：「不說我那一百四、五十元能生子錢，光這六、七年，她吃的、穿的無數，花了多少？」

「阿妹仔！」楊添福冷笑著，正色對陳王妹說道：「這些年，明珠為你們家做牛做馬，這可是有目共睹的事實。至於你們給她穿什麼、吃什麼，大家心裏也有數。這七年間，你幫明珠做的衣裳，春夏秋冬四季攏總算，敢有超過五套？如果有，看看今天她穿的什麼？連十歲小孩穿都嫌太小！」

「添福哥啊，話不是這麼說，這些年，我也給她上公學校。這年頭，莫說養女，連親生女兒，有的都不讓她讀書……」

楊添福想想也是，便說：

「錢的事，大家不用太計較。這事，我得找保正商量，讓保正來和你解決。」

楊添福走出陳家大門，出聲招呼那早被扶起，正呆坐木條凳上哀哀哭泣的明珠：

「明珠，妳跟添福伯到保正那裏去一下，只怕那雙手也得趕緊上藥。」

進丁嫂將明珠的背輕輕一推：「去吧，快去，保正伯會替妳做主。」

楊添福、張進丁，以及賴清河，三人帶著明珠，往保正的家走去。楊添福走不幾步，回頭對較年輕的張進丁吩咐：「進丁仔，你腿快，去幫我把水木仔找來，讓他到保正家去會合。當初是他介紹的，要回去也得勞煩他才是。」

張進丁應聲去了，直奔街尾蔡水木的家。

這一頭，添福和清河帶著明珠來到保正家。那保正姓鄭，已做了兩任，名喚金虎，人卻長得清癯嚴整，一點也沒有囂張怒拔的虎威。

鄭金虎看到陳明珠那副樣子，心裏便明白七、八分，等聽了添福和進丁的交相說明，他心中已有主意。

剛好這時，進丁找了蔡水木來，水木一見明珠那樣子，便先替自己開脫：

「怎麼會這樣？人真不能貌相，當初若不是看春發他倆夫妻殷實又忠厚，我也不會做這介紹人。說起來，明珠和我還有一點親戚關係，我也希望她命好。」

鄭金虎不管那些枝枝節節，直截了當說：「明珠在陳家大約住不下去了，水木仔就勞煩跑一趟，叫她生父下山，當面和陳春發了結，把孩子帶回去。」

「春發那裏，肯不肯？」水木小心探問，免得給自己攬來燙手山芋。

「錢給他，哪裏就不肯！」

「可是，她生父窮啊！窮，所以才要賣孩子，現在哪裏有錢贖她回去？」

「這個不用他操心。」保正揮揮手：「我先為他墊三百塊錢，他只管把孩子領回去，以後有錢再還我。」

「春發那邊，同意這個數目？」水木又問，在肚子裏算了一下，兩倍價，很可以了。七年利息錢，而明珠白白替他們陳家做了這幾年雜工。

「不由得他不同意，如此虐待小孩，有欠天良。真要追究起來，我這做保正的，說話是有幾分力量的。」鄭金虎做結論的說道：「水木仔，明天要勞煩你上山去告訴明珠生父，順便偕他一道下山，來辦個手續，把明珠領回去。」

「好吧。」水木搖搖頭：「事情怎會這樣？真是意想不到。」

「各位鄉親，多謝啦。明珠的手，我帶她去給醫生看看，上點藥。今晚就留她住我這兒，一直到她生父來把她帶走為止。」

「還好有保正伯大力幫忙，否則明珠這孩子可是苦海無邊了。」

大家一齊告辭，保正鄭金虎隨即帶著明珠上街，去給醫生上藥。上完藥，明珠那身短得不像話的衣衫，心生不忍，想她明日歸回舊里生身之地，一樣是窮，一樣買不起布、做不成衣裳，因此便在街上一家日本人開的瀧村百貨幫她買了兩套尋常衣褲，一雙膠鞋。

回到家，鄭金虎又喚過他老婆吩咐：「桂枝從前的舊衣裳還有沒有？找兩套給這苦命的孩子換洗。晚上讓她和春香一塊睡，明天她生父就來接她。」

桂枝、春香，全是鄭金虎的女兒，桂枝早就出嫁，春香也有十四歲了，只是個子小，沒有十三歲的明珠那麼高。

明珠和春香睡一張大床，木床上叮叮噹噹掛著幾個小巧的香包。見明珠在看，春香便慷慨的說：

「我姐姐桂枝做的，送妳一個。」

春香自鉤上摘下一個春桃的香包，塞到明珠手中，並示意她不要推辭。

時間尚早，春香拿來一堆炒蠶豆，慫恿明珠剝著吃。

「不是特意買的，家裏本來就有。」

明珠剝著蠶豆，想到人與人的際遇竟相差如此之大，不覺又為自己悲苦的身世哀傷起來。明天，就要回到自己的出生家庭，不知道姐姐們怎麼了？家裏是不是比從前好過一些？

七年來，她和生身父親及親姐妹一直不曾聯繫。在最苦的時候，想要喚一聲「阿娘」，才醒覺母親早已過世，無人可喚。父親畢竟隔了一層，而且是他將她賣給了陳家。

七年來不通音信，連託個人捎來消息也不曾。雖說當年生父與養父有承諾不來相尋，但畢竟是忍得下心腸不要她這個女兒了，連她是否被養父母疼惜都不曾打探……

想到這裏，明珠不得不怨她阿爸。但是，她家是窮啊，阿爸為了三餐，已經窮於支應，才會賣她。既賣了她，再來聯絡，不是更增加彼此的困擾？

只有怨自己命苦，不生在人家父母雙全或家境小康的家庭，像保正家，或像添福伯、進丁叔的家，再怎樣，全家骨肉團圓，不會被當作眼中釘……

不知生她的阿爸，明天來帶她時，會不會氣她不得養父母歡心？會不會責罵她？明珠想東想西、猜南猜北，到最後，她才發現自己竟然記不真切她阿爸的模樣。

六歲離家，年紀尚幼，經過這些年，一切皆已模糊。是的，連對生身之家的感情也模糊了、陌生了、不太真切了。

那一夜，十三歲的陳明珠，或者叫朱文娟，第一次嘗到失眠的滋味。

次日，直到太陽下山，去山上和明珠生父朱天送商討買回明珠事宜的蔡水木，才單獨來到保正鄭金虎家。

保正看到蔡水木一個人來，馬上問道：「明珠她阿爸呢？」

蔡水木嘆口氣，自己找了個位子坐，說：「人窮志短，窮怕了。朱天送說，三百塊錢，如果借了，這輩子還不起。所以只有多謝保正和各位朋友的好意。」

金虎一聽，不覺皺眉：「這是什麼意思？」

「唉，窮人家！他說，一切都是明珠的命，叫她認命。」

這就表明不管了，連來一趟也不肯。

金虎心裏雖不免怪責朱天送的狠心，但一聽到蔡水木來，便悄悄掩到客廳來等消息的明珠正瑟縮一旁，他很多話不好出口，只考慮要如何安置明珠，並向她委婉說明。

「我也勸過他——」

「知道了。」金虎截斷水木的話，說道：「生父既然如此，我們局外人也沒辦法強出頭。多謝你去跑這趟，辛苦了。這件事，我來處理。」

不等水木跨出鄭家，明珠斗大的眼淚便滾了下來，哭得兩肩抽搐不停。

鄭金虎看她穿著自己長女的方裾短衫和長褲，叫名十三，卻儼然有了少女的身高。不出幾年，也許就可出嫁，那麼，如果繼續讓她過從前的日子，只怕這孩子的一生就這樣完了。

他有三女二男，問題是不可能人家生父不管，他來強出頭；況且，如果他真能花掉三百塊錢把她領養過來，對陳春發那邊也不好看。領養之後，明珠是否能夠適應？

在在都是問題。

因此，鄭金虎溫和的喚著：「明珠，妳過來這邊坐下，我有話跟妳說。」

明珠抽抽答答走過去，依言坐下。

鄭金虎一向言簡意賅，開口便說：

「妳阿爸，我是說山上的生父，沒有能力領妳回去。所以，眼看妳仍必須回到妳養父那裏去。妳聽明白了吧？」

明珠哭得更慘，但仍點了點頭。

「所以，我明天一早必須帶妳回妳養父那邊。好在妳已經十三歲，過不了幾年，找個人嫁了，就可完全脫離妳養父的家庭。女子的人生，是從嫁人開始，那之後數十年，幸福才是真的幸福。這往後幾年，妳千萬得忍忍。妳養父那裏，我會盡量規勸。不過，聽不聽在他，我也沒法規範他。妳明白了嚒？」

明珠沒點頭，她小小的腦袋瓜，正努力在為自己未來的命運找一條生路、尋一線生機！再回去那地方，她可有什麼指望？

「莫再哭了！一個人的福分或災難，早就注定。但蒼天也很公平，人與人不會相差太多，所以妳小時吃苦，只要妳立意向好，有力量時佈施行善，一定會有後福……」

明珠的腦子終於逐漸清明，慢慢理出了一點頭緒。此時聽到保正講這類似「勸善」的話，她雖一百個不信服，但也沒心思去反駁，更不敢反駁。

只聽鄭金虎又說：「把眼淚擦乾。再不出幾年，妳一定可以出頭天的。」

「金虎伯——」

「妳有話儘管說。」

「我——求金虎伯為我介紹一個工作，什麼工作……都可以，我都願意做……我自己賺錢去還他們……我自己……贖身……」

明珠的一番泣血哀求，使鄭金虎聽了動容。一個十三歲的孩子，卻必須為自己的命運放手一搏，既可憫又可感。

明珠見鄭金虎一時不曾回答，怕他拒絕，因此很快自椅上滑下，跪倒在地，拿頭猛磕，撞在地上都有聲音。

鄭金虎趕緊起身將她強行拉起，說：「這倒不失一個辦法，讓我想想。」

「什麼事，我都願意做——」

「好吧，明天我去幫妳問問。一定幫妳問出個眉目。現在妳且收住眼淚，好好休息一晚，今天就暫且先不去找妳養父攤牌，等事情大致有個方向，再去和他商量。」

做了這個承諾之後，金虎開始頭痛。十三歲，什麼都不會，沒出過社會、不曾見過世面、沒有經驗……但，相反的，從另一方面來看，她什麼都肯做、什麼都能學，倒又路途寬廣。

外面的世界，有個丈量的標準，做多做少、做好做壞，有個準則，只要肯吃苦、肯學，應該沒有問題。明珠在陳家，粗活做慣，勤快與刻苦應該沒有問題，何況這是她在為自己的前途打拚，努力應該是沒問題的。

第二天一大早，鄭金虎心裏打好主意，設定好目標，這才動身出門。

他直接來到昨日幫明珠買衣衫的瀧村百貨公司。

這瀧村百貨，是純粹日本人經營的家族式百貨公司，瀧村家五個兄弟，加上一位長姐，共同經營這家什麼都賣的百貨公司。

鄭金虎因為做保正的關係，所以與日本人或台灣人都有一些起碼的交情。他其實也不知瀧村家是否需要人手，但想，以明珠這種打雜工的身分，一個月要不了多少錢薪水，瀧村家也許肯看在他的面子，多少破費一點而給明珠一份工作。

他只是試試看，不敢存太多希望，此地不成，至少他還有幾個目標可以試試。

瀧村家老大太郎正在店裏，一看鄭金虎跨入店內，馬上笑臉迎出：

「保正先生，又缺什麼嗎？歡迎、歡迎！」

金虎昨天剛為小明珠買過衣衫，所以瀧村太郎以為他又要光顧什麼，故有斯問。

金虎有些不好意思，忙說：「今天不是要添購東西，而是有事相煩。」

「哦——」太郎仍保持一貫的笑容，說道：「來者是客，請坐、請坐。不知是什麼貴幹？」

「記得昨天我帶她來買衣服那個小女孩吧？」

太郎點點頭。

鄭金虎於是將陳明珠的身世略微陳述一下，再提出要為她謀個差事的要求。

瀧村太郎想了一下，說道：

「如您所知，我這是家族公司，規模不大，胼手胝足，一切以精簡為要。她仍是個孩子，沒什麼工作經驗，實在相當令我為難。」

鄭金虎趕緊堆滿笑容，帶點兒巴結，說道：

「我知道，所以我才特別拜託。這一區，再沒有哪家店比貴店根基更深厚的了。如果貴店都沒有辦法給她一個工作，只怕她要走投無路了。」

瀧村太郎遲疑又沉吟，半天才說：

「看在保正先生的面子上，這樣吧，就叫她來工作，都是一些打雜的小事。」

「那真太謝謝您了！這對她是天大的一個恩典。」

太郎扯了扯嘴角，略微謙遜一下，才又開口：

「不過，您也知道，像她這樣的孩子，我無法給她太高的薪水——」

「那當然，那當然。」

「這樣吧，一個月七塊錢，再看她的工作狀況，也許半年會加一些。」

鄭金虎一聽，七塊錢雖不多，但一般成人女工，月薪充其量也只有十來塊錢左右，所以瀧村太郎給的這份薪水並不算太離譜。因此，他索性大大方方的道謝一番，又和對方約好明日八時上工，這才趕去會社上班。

那一天下班後回到家去，明珠瑟瑟縮縮一副小可憐的樣了，金虎開口就對她說：

「我已經為妳謀到一份差事，月俸不多，只有七塊錢。我私下為妳打算，妳每個月還妳養父五元，另兩元存在身邊，以備不時之需。如此一年可還六十元，還個五年，要他們還妳自由之身，以後如果找到合適的人要託付終身，不必付妳養父母什麼聘金，只要自己看中意就可結婚，免得被刁難，葬送了自己的終身幸福。妳看這樣可好？」

明珠沒想到一日之間，居然就有了工作；而且，如果努力的話，居然也可憑勞力替自己贖身！這真是想也沒想到的事。

但，更讓自己感激、感動的，是這個保正伯，居然連她的未來，都為她想得好好的，比她的生父或養父都付出更多的關懷！

明珠跪倒在地，什麼話都不會說，只一味對鄭金虎磕頭如搗蒜。

「快起來！我有話對妳說！」

鄭金虎伸手去拉明珠，很費了番力氣，因此他又略微提高聲音說道：

「妳快起來，這樣子，我有些話妳聽不明白，這可是關係妳一生的話。」

明珠這才緩緩抬起頭，慢慢站起身子。

鄭金虎指指對面的椅子，示意明珠坐下，這才慎重的重新開口：

「我不要妳一個月還太多錢，是不想讓妳養父母知道妳一個月可以賺七元錢的緣故，不然五年三百元不能了結。人心是很大的，不容易滿足。妳只要告訴他們，一個月只賺五塊錢就好，即使將來加薪也不必說。」

明珠雖然不太明白保正伯的真正用意，但她還是乖巧的點點頭。

「五年後十八歲，結婚剛好。那時妳手邊也有一小筆錢，對將來的家庭多少會有幫助。」

明珠把頭垂得低低的。

「我要告訴妳的是，做人離不開勤儉二字，肯勤又能儉，老天一定不會棄絕這個人。妳生來命比別人差一點，這種吃過苦的人，如果能因之覺悟而奮發，往後的人生，必定會有後福。妳即將進入社會，這是阿伯對妳的贈言，希望妳能牢牢記著。」

明珠深深的點點頭，眼淚因感動而汩汩流下，斷斷續續的說著：

「阿伯的大恩大德，我……」

鄭金虎揮揮手，阻止她繼續說下去。

「這是做人做得到的事，不足掛齒。吃過晚飯後，我帶妳回家，和妳養父說清楚，明日就開始上工。反正日後早出晚歸，三餐不在家裏，借個床打尖，諒他們也沒話說。」

「阿虎伯——」

明珠欲要下跪，又被金虎拉住，只勸她：

「明天開始，進入社會。歹命孩子，凡事都靠自己打點，妳眼睛要放亮點。」

明珠又哭得一臉淚，也不知是高興，還是怨嘆過往的歹命，眼淚不斷。掙脫了鄭金虎的手，她還是對她這一生的大貴人跪拜下去！

4

瀧村百貨在宮前町是數一數二的大店，既名百貨，當然無所不賣；由於貨色多而好，所以生意興隆自不在話下。

陳明珠的工作，一言以蔽之，就是打雜所謂的「給仕仔」。她必須在打烊時將全店打掃乾淨，該擦的擦、該掃的掃、該洗的洗。客人光顧看過的打散開來的布匹，她負責捲好、歸位；客人打開來看的衣物或任何東西，一件件摺妥、收妥。由於門面大、物件多、客人川流不息，所以明珠這打雜工兼跑腿上下樓去倉庫取貨的小雜役，一天做下來也挺忙的。

幸喜她曾上過幾年公學校，雖說斷斷續續、三天打魚七天曬網的，不過日語粗淺可聽可講，倒也讓她在此工作可以穩定下來。她謹記保正鄭金虎的贈言，一勤二儉，不等雇主瀧村兄弟差喚，只要哪裏有工作，她便眼明手快，自動前往收拾；而且不馬虎、不取巧，完全符合勤快伶俐的要求。

她也厲行節儉生活。七塊錢薪資，五元交給養父母，兩塊錢存在身上，幾乎不見她花錢。瀧村百貨供應中、晚餐，明珠的早餐便自動省下。她也沒有任何消費項目，有一文存一文，眼望明天，冀望另一種人生。

在瀧村百貨每天的工時非常長，但對幹過苦工，又飽受虐待的明珠而言，此時非但不以為苦，甚至還有一種隱隱然的希望，支持她平靜的工作下去。

自從出外工作之後，陳春發夫婦不再打罵明珠，雖然還錢才剛剛開始，但養父母與養女之間，好像訂了契約正在履行一般，竟然維持著一種前所未有的陌生的禮貌，誰也不想干犯這種平靜的免戰帶。

明珠因之得到七年來從未曾有的休養生息，開始有夢想、有尊嚴，也有少量而起碼的自主的生活。

瀧村在大約半年後，果然給她升了一次薪水，不多，兩角錢，可是已夠鼓舞明珠了。

她在瀧村百貨足足做了三年多，到了那年的新年前才決定辭職。

十七歲的陳明珠已長到五呎三吋高，瘦瘦的身子、白白的皮膚，橢圓臉上眉目分明，大家都公認她是美人胚子。幾年在百貨公司歷練，人來人往的交接中，她那小媳婦、苦命女的模樣已逐漸褪去，雖未必就脫胎換骨，至少臉上不再是驚惶恍怖之色，而代之以堅定從容的模樣。

決定離開瀧村百貨的原因，最主要是此地為日本人經營，他們把台灣人視為「清國奴」，心理上就有殖民地的鄙視之意；而且三年多來，他們一直將明珠視為童工，待遇只有八塊錢，非常不合理，是「給仕仔」的低薪。

明珠正像大部分台灣人一樣，把日本人看做「四腳禽獸」。為四腳狗做差喚，自己不覺更矮一截。何況薪水還不比他處高。

另有一個隱微的理由，是明珠內心的秘密，那就是，做工憑勞力，而在此被差喚，無形中就像下人，兩者是有區別的，好強的明珠很在乎這個。

在此前一年，盧溝橋事變，日本發動對中國「聖戰」，台灣總督府害怕台灣人民響應，就在台灣積極推行「皇民化運動」，要台灣人改姓日本姓氏、建立日語家庭、撤除祖宗牌位、改奉日本的神祇大麻「天照大神」等舉措，也令明珠深感在日本人手下工作的屈辱。

就在這個時候，街尾曾經和明珠在公學校同過一年學的盧月娥，有一回到瀧村百貨買東西，問起明珠的工作和待遇，更非常好心的要介紹明珠到她工作的三井茶行去：

「一個月平平順順的做，最少拿個十一、二元。如果再拚命一些，十三塊跑不掉。」

「我不知會不會……」

「嗐，那個呀，小孩也會，就是把茶枝揀出來就可以。」

「我是生手——」

「這種工作，沒有生手、熟手的分別，只有勤快或懶惰的差異。妳勤快慣了，怕什麼？」

「不知他們缺不缺人？」

「不管缺不缺，他們就是這樣，人多做多，當然需要更多的人手。」

三井茶行在太平町是有數的大商行之一，用的員工多達一百多人，是個三層樓的建築，三層樓面都是與茶有關的工作場所。

盧月娥替明珠問了工作可行性，獲得了熱烈的歡迎。三井茶行的老闆希望明珠即刻就去，明珠卻堅持過了新年再去，倒不是為了那極微薄的年終獎金，而是明珠另有計畫。

春節前一天，瀧村百貨一直營業到夜裏九點才準備打烊。事先已經知道明珠要辭職，而且大東亞戰爭打了一年多還未獲勝，有傳聞說中國雖是大而無當的紙老虎，不過由於太大了，打起來只怕不是三兩下就可解決，因此有可能戰爭會拖久，所以力量都要集中用到戰場上去。身為日本人的瀧村家族，自然不可能有臨別秋波太大方。

瀧村將薪水和所謂的年終獎金「紅利」，一起置於茶几上，推到明珠跟前去，說道：

「這三年多來多承妳的幫忙，非常謝謝。明子小姐也長大了，不適宜再做這種工作，所以我們預祝妳更上層樓。」

明子小姐就是明珠「皇民化」之後所取的日文名字。

「謝謝瀧村先生們給我這一個機會，使我能度過這愉快的四年。謝謝栽培。這個——敬領了。」明珠雙手拿住她該得的待遇，然後深深鞠了一個躬，結束了她自十三歲到十七歲之間第一個工友級「給仕仔」的工作生涯。

出了瀧村百貨，明珠信步往太平町第一劇場的方向走去，那就是三井茶行的所在。

雖名為新年，但新曆新年，只有日本人自己過，學校機關放假五天，民間卻無人有興致過這節日。只是因為這初一到初五假日中，警察不抓賭，所以所有的廟口，在這幾天當中，格外熱鬧。歌仔戲與布袋戲近年來由於執政的極力打壓禁止，已很少演出，廟口熱鬧，無非是些聚賭之人。

明珠無心看人聚賭，她直驅第一劇場，依照盧月娥的指點去找三井茶行。

她穿著一身素樸的白衣長褲，外面是件藏青色的舊式外套。來到第一劇場附近，竟然遇著好幾對紅男綠女，相偕上第一劇場樓上去跳舞。那些男男女女，有日本人，也不乏本省人，他們身上質料極佳的外套和毛衣，更顯得明珠的寒傖。

明珠的內心起了非比尋常的震動！原來，世界上，不！是她所居住的台灣島上，居然有這麼有錢、不必為三餐打拚、不必為自己贖身的人！他們，茶餘飯飽，為了尋求自己的快樂，花錢去舞廳跳舞！

這真是一件不可思議的事！世間人，一樣的生命，卻是不同的人生！

她在那裏癡癡站了好久，欣賞過往漂亮裝扮的仕女，既羨慕又百感交集。

不知過了多久，她才看到三井茶行的店招。整整三層樓！

盧月娥告訴她，店裏用了一百多個工人，這裏的紅茶還外銷到那些金髮碧眼的國度裏去。不知這話是真是假？

三井茶行早已放工，店裏的燈卻還亮著，而且可算是燈火通明！不像她們那種一般家庭，沒有電錶，只申請二十燭光的燈泡三只，由電廠直接供電，每天只在傍晚六點以後才有電，到了次晨六點又斷電。一入晚，可說是在半明半黑的昏暗中活動。

而山上的家呢？這幾年是否也有了電燈？她阿爸身體是否健康？兩個姐姐文蘭和文梅，不知出嫁沒？而那個出家的大姐，這幾年又是如何？

她心裏對生父不能沒有怨懟。明知她被養父母打成那樣的傷勢、明知她被虐待，生不如死，保正伯要借阿爸三百塊錢贖她，阿爸竟然忍心說「不」，而且連下山來看她一面的想法都沒有。想起來怎能不恨呢？

但是，這世間人，哪一個可以不要根呢？她從哪裏來，自然也要尋那裏去，她有父有姐，有相同血緣的肉親，怎能無情不去探看？

養父母，可惜不能同心。否則她也認命，乖乖就做陳家的人……

明珠站了一會兒，隨即轉身往回家的路上走去。

此去是暫棲的養父母處。

明天，她要在被賣後的第十一年，首度回生父家探望。

贖身的舉措進行了三年多近四年，再一年多一些，她就可以自由自在、不欠人分文了。茶行的工作如果順利，說不定還可以多存些錢。幾年以後，她甚至可以回到山上的舊家過日子……

明珠一路上胡思亂想，掩不住想像的喜悅。

回到宮前町陳家，養父母都早睡慣了，早已上榻；只有她那上公學校五年級的養弟昭雄還在做功課。

明珠和昭雄雖不頂親，但都彼此有點姐弟情分。明珠對昭雄的好感，有泰半因為從前她挨打時，昭雄不忍的啼哭和稚子出於本然的護衛。

這時，她見昭雄未睡，便放低聲音問道：

「怎麼還不睡？不是連放好幾天假？」

說著，將夜裏買的一小包蠶豆，分了一半在桌上給昭雄。

「功課太多，我先苦後樂，努力寫一寫，過兩天便輕鬆了。」

「大灶早熄火了吧？」

昭雄點點頭，說：「天冷，晚餐吃得早。」

「沒關係，我冷水洗洗手腳就可。」明珠笑笑，又說：「明天一早我要回山上我生父家去轉一轉，也許過兩天兩暝。如果我出發得早，碰不上阿母，你就替我說了。」

昭雄是個很敏感的小孩，畫畫得不錯，工藝方面也很有天分，常常自己拿些破舊東西，就能編製出一些巧妙而討喜的玩意兒，鄰居的小孩們爭相要向他商借來玩。

不過養父母陳春發和陳王妹卻很不鼓勵昭雄的藝術天分，他們一心認為學畫攻藝術，將來只有喝西北風、吃風沙的命。他們希望昭雄去學商，將來做生意。

昭雄的這一特質，使他比同齡的孩子早熟而懂事。他一聽明珠要回生父家去，心裏便有不安的感覺，想了一下，遲疑的問道：

「阿姐每個月在還阿爸、阿母的錢，是不是都還光了、清楚了？」

「還沒有。但是快了，再一年幾個月便可全部還清。」

「既然還沒還清，阿爸、阿母對妳回生父家去，不會有意見嗎？」

明珠先是一愣，繼而又萌生不平之氣，很硬氣的回道：

「我錢按月照還，早就說妥了，難道連回去看生我的父親都不許，這太不近人情了吧？他們，我是說這裏的阿爸和阿母，並沒有將我當成女兒看待，這是你也知道的。」

昭雄默然。

明珠情緒起伏了一下子，等那股氣過去，發覺自己有點反應過度，尤其是對昭雄這樣一個孩子！因此，她索性坐在昭雄身邊，用手撫摸著昭雄上學時包書用的布巾，婉言解釋：

「昭雄，我和你是不一樣的，雖然同是被領養的，不過待遇真有天地之差。你是阿母兄弟之子，被疼愛是當然的。我卻不一樣，我也不知為什麼，和阿爸、阿媽都不投緣，一直招嫌……我，我很希望有個家、有些親人，能愛惜我們，知道我們的輕重……」

「阿姐，我明白！」昭雄激動的說道：「我們雖是養姐弟，但既然有緣在同一個家裏，我就拿妳當親姐姐看待！」

「昭雄，謝謝你！」明珠真心感激著這個沒有任何血緣關係的養弟：「我會記得你這一番話，一輩子都不忘記。」

明珠站起來，在彎進房裏去之前，又緩緩站住，對昭雄說出了心中的祕密：

「昭雄，其實我也可以等到一兩年後再回去看我生父，那時錢也還清了。可是，我這幾年一直孤零零的，無依無靠、無人存問，心裏覺得好鬱卒……我今天辭掉瀧村百貨的工作，你知道，那是一個小給仕的工友小差喚……現在我長大了，要好好找個工作……我是個大人了……」

明珠解釋得很模糊，但意思是她又邁入人生的另一個階段了。她長大，贖身的錢還了大半，她想要有另外截然不同的後面的人生，她要擺脫小可憐的角色！

昭雄似懂未懂，但似乎這一晚，他才初次意識到這個阿姐的硬氣，也才朦朦朧朧了解到養父母對她的虐待，是不是有一半因為她的硬氣而觸怒了他們？

第二天一大早，明珠花了五分錢坐一趟公車，然後再靠兩條腿，走了三個多小時的路，半憑記憶半憑嘴問，終於來到她出生的那個山頭。

記憶中的山山水水全都小了好幾號，老家的土角厝也不見了，原來的位置現在是一戶木頭貼泥塊牆，上面覆有黑瓦的房子。

明珠心下大驚，十年不通音訊，難道她阿爸不住這裏了？三年多前，那介紹她被陳家收養的蔡水木還上山來過一次，找著了她阿爸，該不會這幾年才搬遷吧？

明珠又驚又懼，四下張望，山後那一方苦田，也是爬滿了枝藤葉老的番薯葉，只不知是誰種的就是。

正在驚疑不定之中，忽聽屋內傳出很大聲的咳嗽，咳了一陣，又聽一個粗豪的聲音喚道：

「阿梅——阿——梅——」

明珠的血液先是凝凍，繼而沸揚奔騰起來！

阿爸，阿爸！那不是他的聲音嗎？記憶裏聲音不這麼蒼老，但，十年阻隔，她長大，阿爸蒼老了些，不是很正常？而阿梅，應該就是她的三姐文梅了？

明珠推算了一下，十年前文梅十歲，現在應該就是二十了。二十歲的大姑娘還沒出嫁，不會是因「窮」的緣故吧？窮人家的女子，嫁出去至少是個好幫手，有些人並不在乎妝奩什麼的。文梅未嫁，究竟為的什麼？

她仍未打定主意上前敲門，心裏有多少事等待斟酌。文梅未嫁，那二姐文蘭呢？

阿爸沒讀什麼書，大字大約沒認得三個，居然為她們姐妹娶名都有個「文」字，也許是讀過兩年私塾的伯父幫著命的名吧。二姐文蘭二十八歲，出家的文彩大姐應該是三十五歲了，恍如作夢一般，時間就這樣過去！

木門忽然被緩緩的推開一條縫，門下的門軌長久沒有添油而顯得冷澀堅森，停停開開，終於大到足夠一個人出入的程度。一個女子探身出來，手上提著一只木製水桶，赤足在那中國農民曆上的十二月天裏！

然後，赤足女子抬頭望見站在外頭的陳明珠，不，是朱文娟，驚詫的立在門邊上。

「文梅三姐！」明珠，不，是文娟顫巍巍的開了口：「是三姐嗎？」

赤足女子的水桶沉甸甸落到泥地上，她愣愣望住明珠，好半天，眼淚湧了出來，期期艾艾夾著不能置信的哭聲：「阿——娟，是文娟妹妹嗎？」

「三姐——」

明珠撲了上去！兩姐妹互相緊握著手，明珠這才發現，自己三、四年沒做粗活，兩隻手比起三姐文梅真的細嫩多了！鄉下，不，是家裏的生活，真正是嚴酷吧？

「怎麼來的？突然的……那邊的，同意嗎？」文梅有些不知從何說起的顛顛躓躓，話都說得不甚齊整。但明珠明白她講的「那邊」是指台北養父母的陳家。說來話長，只有等會兒細談，因此先笑了笑，拭去眼淚，問道：

「家裏還有些什麼人？」

文梅奇怪的看妹妹一眼，反問道：

「還會有什麼人？妳不會以為二姐還沒出嫁吧？」

「二姐嫁到哪裏去？」

「嫁到內埔山上。」文梅悽苦的笑了笑：「三餐可以溫飽，但，也要從死境做過來，很操勞呀。嫁給莊稼人就是這樣。」

「三姐呢？」明珠關心的問道。

文梅又無可奈何的笑笑：

「前年有人來做媒，前年底吧，去年初訂了親，但這兩年，我看阿爸老了許多，所以就拖著沒有過門……阿爸本來要找個羅漢腳來入贅，但是，等來等去，等不到一個比我們更窮的人，所以只好答應嫁出去……」

「阿爸——」明珠講了這陌生的兩字，怯怯的問道：「他還硬朗吧？」

「老了！少年時太操勞，筋骨現在時常喊痠叫痛。人老了嘛。」文梅突然失笑起來：「顧著講話，裏面去吧！」

文梅也顧不了要打水，返身進門，便揚聲叫喚：「阿爸，看誰回來了？」

明珠自文梅肩後往裏望，只見一個老人，真的是十分蒼老，而且好像比她記憶中縮小了好幾號……她的阿爸，呆滯的坐在木凳子上，抬起茫然的雙眼望向門口。

「誰人？文蘭嗎？」

明珠越過三姐文梅，站出來面對著她的阿爸，讓這個賣她、使她過著悽涼童年的生父，清清楚楚的看著她。

朱天送的眼力仍甚好，只是驟然見到一個陌生女子，十分驚詫罷了！

那陌生，不，那眉眼有些似曾相識的年輕女子，不是文蘭，文蘭生了三個孩子，聽說操勞使她變得十分蒼老，他有六、七年沒見過她，但他敢斷定眼前這個人一定不是她！

而方才文梅說著什麼？說誰回來了？回來——難道是——

「阿爸——」文娟的淚又潸潸而下：「我是您不要的阿娟——過給宮前町陳家的阿娟啊。」

朱天送張著嘴巴，瞪住這六歲時被自己送給人家當養女的四女兒文娟！說是送，其實是好聽話，對方給了他一百四十多元錢……然後，幾年前，陳家虐待她，保正要借錢讓他買回女兒，他也因又老又窮，自知無力償債而放棄了這個女兒。

兩度被自己遺棄的這個孩子，此時此刻站在這裏做什麼？

阿梅此時看到父親和妹妹僵在那裏，妹妹開口便說父親不要她，而父親竟無法答辯，如此豈不大傷感情？她因之忙忙伸手去拉文娟，將她硬生生拉到另一張矮凳子上去坐，然後岔開話題，說道：

「我煮了一鍋番薯稀飯，我再到菜園裏摘些番薯葉炒一盤……阿娟爬半天山路，一定餓了。」

文娟一聽三姐開口閉口番薯葉，似乎家裏再沒有什麼可以佐餐似的。舊時的記憶對於這點特別分明——難道，家裏仍然如此的窮困和貧乏，一如當年？

「阿姐——」文娟叫住三姐，把自己隨身帶來的一小罐豆腐乳和一小塊醃過的三層肉，自包袱中拿出：「仗打了近兩年，這些物資越來越難買，傳言說要用配給，我就不太明白怎麼個配法？」

文娟說的話，有些超過年齡的老氣，但聽在朱天送和朱文梅耳中，再加上文娟拿回來的肉和豆腐乳的襯托，那些話都變成了有辦法和見過世面的表徵。

「肉要煮，我看炒一炒比較香；豆腐乳現成就可以吃。」文娟抬頭看到父親和姐姐臉上那種貪饞與渴望，剎那間，她忽然明白了！原來，家裏真是窮！門前那塊苦田看起來十分荒蕪，是父老姐弱，再也無力耕它、耘它，而任其自長的樣子！

她終於也明白，不，是終於也諒解父親當年賣她、三年前不肯贖她的事！她阿爸，真的是無力對老天給他的苦日子翻案平反呀！

熱滾滾的淚流下她蒼白的臉頰。是啊，骨肉離散，在本家，過的是三餐不繼、看天賞飯吃的日子；所以，她阿爸為了家裏幾個人吃飯的那幾張嘴，不得已賣了她，半是也指望她換個家從此平順豐足的活下去；誰知道事與願違，會變成如此？

「阿娟，妳就坐坐，我去切點肉炒一炒！」文梅見妹妹又哭，勸不住的淚，不能回首的十年，相對雙方，誰不心傷？但是，破碎的心儘管破碎，飢餓的肚皮卻必然需要療它一療，文梅因此將那塊醃肉拿了起來，用一種輕快的聲音宣告著，轉身往屋後去了。

文娟讓眼淚靜靜的流著，心裏只祈求淚快乾心速平靜，好和她阿爸話點家常。

朱天送雖老朽，當年賣女的心情歷歷如繪，阿娟今天回來怨他，他又有什麼辦法？但是，人窮志短，活不下去了，親骨肉硬生生賣掉，難道沒有祈求她自此過好日子的心願？她如果換到他做阿爸的立場，也是只有這條路可走啊！

天送清清喉嚨，低低喚著女兒，說道：

「我知道妳怨我，我沒有話辯解……阿娟，但阿爸……真的是沒辦法啊……」

阿娟吸了一口氣，哽咽，但非常清晰的說道：

「不，阿爸，我不怨您……要怨，也是怨命呀……」

一句話，把天送的淚催了下來，他粗手粗腳要掩飾，只弄得一身狼狽，乾脆「嘿——嘿——」乾嚎幾聲，發洩自己一輩子窮困的鬱卒！

「保正要借我三百塊贖妳……妳想想看阿爸這一身老骨頭、想想這一塊苦田，我就是拖磨兩輩子也還不起，到時候，還不是要妳這一身去償還，到頭來，也就一樣是害妳，四四不是十六？」

朱文娟，陳明珠，不管是叫什麼名字的時代，她都處過像困獸一樣坐以待斃的日子，束手無策，只等著命運一次次的凌遲，甚至最後一舉來結果她！

那感覺太熟悉了！就像昨夜的噩夢，還掐著自己瘦瘦的脖子……

所以，她怎會不知阿爸絕望的心境？不知道那種束手就縛，等待命運發落的孤絕與無力？

「阿爸——對不起你們，阿爸沒路用……」

「阿爸，不要說了！」文娟哭著阻止朱天送繼續自責。

「不是只有妳，像阿蘭、阿梅，都因為家境太差，嫁不到好丈夫，耽誤了她們。我本來以為，妳送到台北會有出脫、會出頭，不必再過這種有一餐沒一餐的日子！」

文娟慢慢收了淚水，說道：

「是啊，我現在日子過得很好，自從三年前，我求保正讓我出外工作，一個月還陳家五元錢，眼看再一年多就還清了。將來，我做什麼，他們都不得有異議或阻攔。您看，我這不是出頭天了？莫說十年前，就是三、四年前，我想也不敢想。但現在，一切不是都這樣過來了？我能怨誰？又何必去怨誰？壞日子都過去了，阿爸！」

「那就好！我怕妳恨阿爸無情。」

「不會的，一顆心這麼小，我能恨多少人？恨太多，心都臭掉。」

「什麼臭掉？」文梅不知何時轉出來，手上端了一小盤剛炒的醃肉，絮絮叨叨敘說著：「如果有豆油就好了，將起鍋時滴一點，香得很！」

「這肉醃過，用不著加鹹豆油。」文娟看了那小小一碟幾塊肉，知道三姐捨不得多切，便說：「這肉我不吃，在台北天天吃，有些膩了，我的雇主是日本仔，吃得很好。」

番薯稀飯配著豆腐乳和肉片，吃得天送和文梅津津有味。那狀況看得文娟悲喜交集。神給他們這一家過的日子，真的是不容易呀。

吃過飯後，文娟準備要走，原來預備留個一宵兩夜的，但見著家裏這景況，鋪不像鋪，炊無可炊，她留著，還得勞煩她苦命的二姐費心張羅，太難為這二十歲該嫁未嫁的小女子！

文娟拿出幾張小額紙幣，放到木桌上，說道：

「這是十幾塊，阿爸收著吧。拿一斗米家裏放著，煮飯時多放點米，少些番薯，吃都吃怕了。剩下幾元錢，給阿姐準備一套衣服嫁過去吧。只有山前山後的距離，閒時兩三天回來看阿爸一次，真的也只有這樣了。都二十歲了，還能再留多久？」

文梅紅著眼眶，畢竟是姐妹才知自己的情腸，可惜自小就注定要分飛兩地，各人有各人的命運。

天送望著那十塊錢，覺得汗顏十分，事實又亟需這筆錢救急，因此，他訥訥說道：

「沒有用的老爸，只有拿妳的錢——」

「阿爸，不要說這種話！各人求個健康，日後才有指望。我期待阿爸要好好保重，過幾年，說不定可以有個全家聚會的一天。」

文梅潸然淚下，說道：

「小妹保重。」

「三姐保重。」

下山的時候，陳明珠一顆心很踏實，過去的怨懟，全因這一次相見而消逝無蹤。她再也不是沒有人疼愛的了！窮苦人家即使關愛，也是這樣無可奈何的。

她健步如飛，儘管眼淚爬滿兩腮，步履卻一絲也不猶疑。是的，阿爸無能為力，本家比她更加無助，今後，她凡事仍然只靠自己，只是比從前多了一份勇往直前的力量。

5

陳明珠在日本人過新年的第四天，正式到三井茶行工作。

三井茶行其實只是將茶農所製的茶，經過更精密的品質管制，裝罐出廠而已。台灣烏龍茶，遠在同治八年就已名聞美國紐約，具有很好的口碑。不過，三井茶行出口的卻是紅茶。

明珠工作的地點在三樓，一大枱工作枱，女工分兩排，每排十五人，做的工作就是揀紅茶細枝，只留下茶葉。那紅茶枝又細又小，非常難揀，既費目力，又花工夫，第三層樓上共有三枱工作枱，九十名女工。

每天下工以後，女工們將所揀出的細紅茶枝拿去工頭那兒秤，看誰揀得最多，當然也評量誰工作不力，以作為增減獎金的依據。

茶行的二樓，則做的是裝罐工作；最下一層，即樓下，純為清理與出貨所在。上下三層樓，用了大約一百二、三十名工人。

第一個月，明珠才拿到十塊錢的工資，只比在瀧村百貨的月給多了一塊多錢。不過，在三井，起碼有些同事可以偶然交談兩句，而且除了工頭之外，女工一律平等，不像在瀧村，唯一最低的就是明珠，供人使喚，永遠低人一等。明珠在此，覺得自己真正長大了，人家不當她是小孩，也不當她是個小差役、小給仕。這給她極大的安慰和鼓勵。

到了第二個月，明珠薪水加獎金，一共領了十二塊錢，雖比當時的車掌工資十五元少了些，不過卻很夠稱得上一筆數目了。那時一般家庭，一個月有個三十塊、四十塊，便足夠維持中等生活了；如果是在山上，開銷更小。

明珠盤算著自己省吃儉用，除了每個月還給養父母五塊錢之外，自己一個月花兩塊錢最多，每月還可存下五元多錢。雖不知存錢要做什麼，但至少身邊有錢是好的，起碼可以給她生父一點，協助家計。

明珠在那兒一做經年，已是個熟手女工了。每月固定都有十一、二塊錢的收入。但是，陳王妹以償款日一拖五年太長，而在明珠換到三井茶行去工作不久，開始將剩下一年八個多月的錢，每月提高到八塊錢，那三塊錢多出來的，被她折算為利息。所以明珠實際上並未能如願存太多錢。

在三井工作的第二年春天，昭雄考上工商學校，那是台籍同胞要子弟學做生意時常送去的私立學校。

昭雄進工商學校之後，身材抽長得很厲害，雖然還是個少年的樣子，但身量已經比他養父高了小半個頭。昭雄血緣上是陳王妹的親姪子，所以長相也比較偏向王家，他的肌膚細白有如女子，眉眼都長，竟有一絲嫵媚；鼻子難得高挺卻不尖細，準頭渾厚。在他長成少年時，已有「宮前町最美少年」的稱譽。

陳家左鄰右舍到了這時，卻不能不豔羨未能生養的陳氏夫妻，竟然有一雙乖巧又好看的養子女。

明珠自換到三井工作之後，家裏洗衣、洗碗、清洗灶台這一番工作，又落到她頭上來。幸喜打罵不再，養父母與她之間，維持一種淡然的關係。

十八歲的明珠，骨肉亭勻，人甚窈窕。她因為未燙髮，所以直長髮或打辮子，或梳高成日本女人愛梳的髻，白膚黑髮，襯出另一種高貴的風情。

那時期新來一個工頭，名喚黃有祿，身強體壯，具有莊稼人的體格和厚實，聽說家裏租了一塊地主的小田地耕種，父親和叔伯三人合耕，繳了租之後，所得不足以敷一家人的衣食用度，所以他和十八歲的弟弟都出來做事，不再屈在那塊田地裏。

黃有祿二十二歲，來三井之前，在吉原茶行做過，吉原後來因經營者遽逝，接手的人陌生而流失了客源，因此工人也紛紛另求他去，黃有祿也在這批求去的工人之中。

黃有祿沉默寡言，又長得壯碩可靠，是那種容易叫女人傾心的男子。他新來乍到，便在女工群裏引起不少騷動。一般而言，出來做女工的，大半家境不好，所以對於同是勞動階級的黃有祿便不嫌棄。他不同於上一個剛升級的工頭，人較厚道，對女工也不苛刻，因此人緣甚好。

在三井待熟之後，黃有祿總算認清楚了每一位女工的姓名和臉。有些大膽輕佻點的，每每還會和他開點玩笑逗弄他：

「喂，看清楚了，我是林玉子，小林秀子是那臉上有痣的，第二枱的。」

「有祿呀，有人找你去劇場看映畫，去不去呀？」

剛開始黃有祿還會偶然臉紅一下，逐漸的，他便聽而未見，只顧埋頭做他份內的工作。人家嬉狎過度，他也會出言制止：

「這是工作場，大家尊重一點，弄得不好，雙方都掛不住臉。」

有他這話，女工們倒是很知道適可而止。

明珠不知從何時開始，便隱隱然感覺黃有祿的眼光，有意無意常常追逐著她，她有時突然抬眼，企圖抓他一個正著，偏他狡捷如兔，迅快移開目光。等她低下頭再度專注於工作，他的眼光便又再度飛瞟過來。

他的默默也脈脈含情的眼光像春雨滋潤萬物般，滋潤了明珠寂寞而枯乾的心田。從來沒有人用如此渴求的愛意盯視著她，彷彿她是他用心田肉細細緻緻包裹起來的珍珠，裏面有他心悸和心動的微潤的淚水，催發著愛意的成形，吹開了她少女的心扉。

她在那目光追逐之中，心像飄在半空中似的，浮浮的，恍如夢境。有時候，他在她抬頭時，大膽的將眼光鎖定，和她電光石火四目交接，兩人都像電殛一般，全身發麻，心甘情願讓情火焚燒著年輕的身心。

就這樣，上工不再千篇一律、單調乏味，像翻山越嶺，每一個山頭都有她渴望的桃花仙境，一山越過一山……

明珠很自然就想到結婚那最終的結局，她叫名十九歲，欠陳氏養父母的錢都償光，甚至還比事先約定的多給了六十元，她如果要走，大可光明正大、兩袖清風的走，一路去尋自己的前程。

可這叫黃有祿的男子，這樣火辣辣盯著自己看已有好幾個月之久，卻是半點也沒有更進一步的行動。自己對他所有的身家，沒有一絲了解。他們兩人，好像隔著銀河遙相悵望，一點辦法也沒有。

慢慢的，三井茶行裏的女工之間，便有閒言傳出，許多戀慕黃有祿的女子，在有意無意的玩笑之間，被同伴揪了出來。明珠驚悸的聽著別人說長道短，很奇怪竟然不曾說到自己。

難道，她掩藏得那麼好，竟然不曾被人發現？還是那一切根本就是自己的自作多情、胡思亂想？明珠在一次次的猜疑、一回回的自問之下，終於病倒了。

山上出身的孩子，原來體力就好：自小苦命，幸好身體不曾和自己作對，即使在受盡虐待的當時，也沒有生過什麼病。不想，這什麼都未成形的相思刻骨銘心，竟叫她病得如此不輕，竟足足在床上躺了兩天。

再上工的時候，她在午飯時，偶然聽到第一工作枱的幾位同事在講黃有祿：

「家裏聽說很不好過，我有個姨表兄弟住在他家厝邊，他上有父母，下有七個兄弟姐妹，最小的只有五歲。嫁過去是長媳，一家十幾張嘴，像無底海一般，填也填不滿。」

「說的也是，田也不是自己的，何況還得和他叔伯共同耕作。」

「他這裏領的也不比我們多多少，嫁過去艱苦啦。」

「阿好家有一點田產，都是姐妹，如果嫁過去，說不定因為是半子，可以分到一些，沒有招贅之名，卻有招贅之實，很適配。」

「阿好和他——」這句話引起了嘻嘻的狎笑聲，明珠全身通過一陣寒意，心像被挖了一塊肉。

「沒什麼啦，她哪敢？」

「就欠一個說合的人。」

無意中聽來的閒話，雖然令人傷心，但卻也如醍醐灌頂，讓病得昏昏沉沉的陳明珠清醒起來。

自己上無父蔭，手頭上又沒什麼積蓄，雖然能吃苦耐勞，但卻屬毫無專才可言。黃有祿是長子，窮家孩子多，把他家最小的弟妹拉拔大，最少還得十年。那十年間，如果黃有祿和他的妻子生養的話，一大家子怎麼過？

窮日子她清楚，不是志氣做得了主的事。生養子女，禍延子女，逼到最後還要出賣子女，那是什麼人過的日子？

她陳明珠已經深受其害了，哪裏還能步她父母的後塵，生下孩子，卻無力養他，逼著孩子去被沒有血緣的人虐待，去叫不是生身父母的人爹娘？

難道她受的苦，這半輩子受的苦還不夠嗎？

不！不管他黃有祿對她是否有情、對她是否有心；不管他和她是不是有希望共結連理，她都必須逃開！

她不嫌貧愛富，她也刻苦耐勞，然而，她可沒把握嫁給明知連家都養不起的人，會有本事讓自己的親骨肉留在身邊！

這是不能博的一場豪賭，未賭已然注定失敗！

她不貪心，也不苛求，她只要一個家庭，肉骨團圓，無須為生活硬給拆散！

那一個月，明珠做到月底便離開。三井茶行，她整整工作了兩個年頭。

雖說促成她決定離開三井的導火線是黃有祿，不過，遠在一年前，明珠便有了一種體悟：在茶行做揀茶梗工作，再怎麼做，賺的也只是工錢。這種工，沒年資可言，而且隨時可以由任何人代替。她不能如此沒有打算的長期做下去，她該學點技術，讓自己能不工作那麼辛勞，而收入又能多一點的。

她告訴自己：去學裁縫！最不濟也可替自己裁衣。

她不能再像她本家的生父和姐姐們一樣，一輩子只靠勞力，在有限的資源裏，用體力拚命想搾出東西來，結果卻只有捱餓受苦，一輩子都只能做個任人宰割的下等人。

可是，她一個識字不多的女子，又能去做什麼？想來想去，仍只能做點技術加勞力混合的工作。她環顧周遭環境，想了又想、看了又看，認定非學裁縫不可。

欠她養父母的賣身錢剛剛還完，每個月少掉八塊錢開支，她因此可以很安心的去當學徒，因為剛學時，很長一段時間只供吃飯，根本無錢可拿。

主意既定，陳明珠當即毛遂自薦，跑到松本裁縫店去試試。

松本裁縫店是個小小的店面，老闆娘本身是大師傅，另外用了個女助理，看起來年紀比明珠還要小。

老闆娘大腹便便，應該是快臨盆的樣子。對於明珠的毛遂自薦，她略略考慮一下，說道：

「我快生產了，我的店，其實也用不到兩個助理。不過，看妳這樣認真，我不得不另外考慮。」

「謝謝老闆娘。」

「妳也看到，我一去生產便是整整一個多月不能工作，自然也不可能教妳做什麼。不過，妳剛學，事實上也用不著大師指點，妳可以跟著阿華學，剛開始要先學車工，最少得練到車得直的功夫——妳明天就來吧，阿華可以教妳。」

明珠千恩萬謝，第二天一早果真興匆匆滿懷希望的到松本裁縫店去開始學習。

松本店雖小，但工作量很大，據說老闆阿紅姑的手藝甚好，拿來做衣服的客戶不少，其中還不乏日本人。由於阿紅姑即將生產，所以積壓的工作盡量想趕快做個段落，自然沒有餘力管到訓練明珠的事。

阿紅姑也並非完全不管明珠，她只是認為明珠一竅不通，剛開始交給助理阿華教就足足有餘了。那阿華大約只有十七、八歲，個兒、臉蛋、五官，無一不小。聽說她是阿紅姑鄉下的遠房表妹，來此快兩年了，好像還無法裁剪。

阿紅姑交下來的工作是車裙子。知道明珠沒踩過縫紉車，因此，光要將車線車直，便須費一番工夫，所以丟下一句話做交代，阿紅姑轉臉又回去忙她自己的事，根本無暇管明珠車得如何。

那明珠戰戰兢兢踩了縫紉車，果不其然，第一道縫線便車歪了，直車到裙子中央去。

明珠停了縫車，向阿華陪笑說：

「線車壞了，我重拆再車一次……可不可以借我剪刀？」

「剪刀？」阿華尖聲尖氣的問道：「妳白癡啊！拆線用剪刀，如果剪破客人的衣裳，妳賠得起嗎？白癡！」

明珠沒想到會挨這麼尖刻的罵，她聽說過各行各業的學徒，在學習期間，常常要忍受各種刁難和責罰，也許阿華這個表現是正常的吧。她因此陪笑問道：

「該用什麼，勞煩阿華姐指點一下。」

「阿華姐是妳叫的嚒？我才幾歲，妳比我老多了，竟然叫我阿華姐。」

「對不起，阿華樣！」

「拆衣服用鑽子，不怕妳知道。對，就是用我手上這支鑽子。」

明珠巴巴看著阿華，後者用鑽子拆了兩行短短的線，拆好了，並不遞給明珠，反而將鑽子往縫車左邊的抽屜一放，順手關上抽屜。

「阿華樣，請把鑽子借給我用一下，我拆那半行車線就好。」

「我在工作，妳也看到了，鑽子我要用，不能借妳。」

明珠以為自己聽錯，她沒遇過這麼刁蠻的人，連滉面上的人情也不顧。

但她的確沒有聽錯，阿華講的話非常清楚，她不借工具。

「可是，我……」

「要學功夫，還有這麼簡便的，自己連工具也不帶？」

一句話，堵住了明珠的嘴！雖沒聽過學裁縫還要自己準備一應工具這規矩，但阿華既然說得出口，明珠也不想多費唇舌去懇求她。

她靜靜坐在那裏，盤算自己可以做些什麼，應該怎麼辦才好？

不可能去向老闆阿紅姑投訴，不說她一個新來乍到的人，一天沒做滿就去告人家前輩的狀；光衝著阿華是阿紅姑遠親這回事，她也不便多說，哪一個人不是胳臂往裏彎，不護短的？

而且告了狀，雙方扯破臉，她以後還待不待得下去？還要不要學點本事？

那一上午，明珠就這樣空了下來，呆呆望著阿華做事。偏偏阿華又藏私，惟恐本事被明珠學去，遮遮掩掩的。

中午吃飯時間，明珠利用空檔去買了把小鑽子，再跑回松本裁縫店。有了鑽子，她便小心翼翼將車壞的裙子拆掉，然後試著又車了一次，結果仍然無法車好。

當她再次拿起鑽子要拆時，阿華猛然搶過那兩片裁好的裙布，惡狠狠的罵她：

「蠢死了！還想跟人家學裁縫！我告訴妳，這是客人的來料，被妳這樣三拆、四拆，不報銷才怪！妳別給我動料子，好好一塊布，禁不起妳這樣笨手笨腳折騰！妳坐一邊去，好好看、好好學！」

陳明珠那樣一坐就是三天，看也看不出個所以然，學自然更不可能學到什麼了。當學徒挨罵，如果能學到本事，挨罵就值得；既學不到本事，又必須被罵，明珠就不知所為何來了。

到了第三天，阿紅姑肚子開始陣痛，送到助產士那裏去生產。

明珠衡量當前情勢，覺得沒有待下去的必要，因此第四天以後便不再到松本裁縫店去。

想到努力學裁縫細工的願望終於落空，明珠在極度沮喪之下，又不願待在養父母家中，只得在宮前町附近一家家的看、一處處的走，希望能找到另一個工作。

走到波麗路餐廳對面，抬頭忽見「王旺記」製衣廠，大大兩爿又深又寬的店面，縫衣機、裁衣台，數都數不清楚。

明珠心中一動，心想，細工學不成，至少一般粗工先學會亦不是壞事。只不知人家收不收她這一點也不會的菜鳥和生手？

她只猶豫了一兩分鐘便踏進店裏，表明要見老闆。

兩個站在屋子前方的三、四十歲男人一起朝她這邊看，明珠乍見那兩個人，吃了一驚！世上竟有兩張那樣相似的臉！

「什麼事！」站在較近門面的男人問道。

「對不起，我是想……貴店不知道肯不肯用沒有經驗的人？」

那男人看她一眼，說：

「我們有專人教，從最簡單的做起。」

明珠當天即刻就加入王旺記製衣廠的車工行列裏。老闆王德旺和王德興是孿生兄弟，他們的確雇有專人教女工車衣，剛入門的先車學生褲，四片結合，只要車順了就不困難。學生褲會車之後，再車上衣，其次再車軍服。工資是以難易程度和件數多寡混合計量，剛開始的生手如明珠之輩，自然吃虧一點。

好在明珠眼光放得稍遠，在那兒工作倒也十分自得。

大東亞戰爭已經打了幾年，現在，人們都知道戰爭不會那麼快結束了。

6

同樣是做工，但王旺記製衣廠的工作環境卻令人喜歡。陳明珠在那裏一做兩年，工作雖然辛苦，但每天仍翹盼著去上工，至少同事們高高興興的談天說地，就是一件令人興奮的事。

明珠起初一直不明白自己為什麼特別喜歡王旺記的工作環境，等工作一段時間才恍然大悟！原來，她過去待過的地方，都是日本人的產業，唯有王旺記是道道地地自己同胞的車衣廠，難怪待起來那麼自在。

在王旺記車衣的女子，不管已婚、未婚，因為互相仿效的緣故，原來留著直長髮的、梳鉸剪眉未婚髮式或龜仔頭髻的婦人髮式者，沒兩年工夫，全都陸陸續續趕著流行去燙起頭髮。

明珠直熬到不久前，方才跟著人家去將長髮剪短，燙了個長至後頸的鬈髮型。

不想這一燙，整個人明麗亮眼，益發的叫人禁不住側目。明珠的臉形有點長圓，唯一缺憾是下巴稍方，頭髮燙起的長度，正巧遮住了兩腮和稍有角度的下顎，反倒比留長的辮子時更加明豔俏麗。

自從逐月還清她欠養父母陳春發和陳王妹的買身錢之後，明珠仍然每個月給父母八到十元錢的家用。小時候，曾經那樣毒打過她的春發和王妹，這些年雖待她冷漠，倒也相安無事。春發由於長年酗酒，衰老得特別快，而養母卻恰恰相反，由於沒有生育，又兼養尊處優，即使四十多歲，仍然豐腴好看，常年梳個光可鑑人的龜仔頭髮型，看來好像仍未近四十，自有風韻。

太平洋戰爭開打這許多年，物資一年比一年缺乏，原來只有米、油、肉、糖等實施配給，到了後來，連肥皂、衣服、鞋子、味精等等也全採配給制的。市面上雖仍有商店，但沒有配額單據，根本買不到東西，所以，即使物價平穩、手裏頭有些錢，照樣買不到東西吃。連豆腐這小食物，台灣人也很少吃得到，因為豆製品的配給，日本人是分配到豆腐，而台灣人則配豆腐乾，待遇並不相似。

真正有錢的人，照舊是朱門酒肉臭，滷肉常年吃不完，半鍋半鍋的丟到餿物甕裏，等收餿水物的人來抬去餵豬。

原來，民間仍有那些為了厚利而鋌而走險賣黑市的人，一大片豬肉、肉鬆等等，拿到有錢人家去兜售。這些食物的來源，泰半是養豬戶屠宰時，私下偷偷多藏一些不拿出去充公的。富有人家，遇有賣黑市者前來兜售，泰半都會多買一些，以免賣者因做不到生意下次不再前來，而斷送了食物的來源。

陳春發家境，只得一個小康，還稱不上有錢，自然不是賣黑市者會來兜售的對象，因之日常食衣方面，和一般人家一樣拮据和貧乏。

除了物資方面，空襲的低氣壓也令人驚恇而無奈。隨著戰事吃緊，徵調軍伕的召集令，更是人人自危。

昭和十七年（一九四二年），開始徵調軍伕往東南亞，因為需要翻山越嶺的關係，所以對象絕大部分是所謂「高山族」的山地同胞；在此之前，所調軍伕大多往中國大陸去；海軍工員，則主要協助軍事工廠的工作。

徵調的對象，大部分由派出所認定，並無法律規定。派出所報告上到郡役所，紅單子就來了。主要徵調的對象，大部針對生意人的子弟、自由業或遊手好閒者。有時如果家中父親年紀尚輕，家庭中經濟等項沒有徵調對象亦可以度過時，獨子也可能被調去當兵。除非是公務員、學生、警察，或重要工廠如造船、林務、兵工廠的工作人員之外，到了昭和十九年之後全國皆兵，幾無什麼及齡役男可以倖免被徵調。

除了男子之外，女人亦被徵調去戰場當護士，所以未婚、年齡適合又無業的女子，許多人也惟恐不幸被選中徵調而戰戰兢兢著。

陳昭雄工商學校畢業之後，一直不曾去謀什麼頭路。主要是昭雄秉性散漫，很有藝術工作者的氣質，卻不肯去做束縛又約制性的工作。

公學校畢業之後，去就讀工商學校，完全是春發和阿妹的意思，無非是要昭雄長大成人經商營生。

偏偏昭雄天賦能畫、能刻、又能利用不同的材料做許多工藝品，而且他還真正喜歡這些藝術的工作。這種傾向，隨著年齡的增加而更形明顯。到了一年多前，他從公學校同窗郭上華那裏得知可以到法國巴黎學畫。本土有些嶄露頭角的畫家，像廖繼春、楊三郎，以及畫虎的林玉山，雖不是個個都到過法國習畫，但去過法國的，大部分都有成就。昭雄因之便開始巴著非常疼愛他的養父母春發和王妹，希望也能負笈法國。

但大東亞戰爭打到這時，不僅風雲變色，而且因為基隆外海船隻常被美國的潛水艇或魚雷打沉，民船有之，一萬噸級以上的大和丸、高千穗和富士丸也紛紛被擊沉，死傷無數，春發與王妹當然不可能答應昭雄這個要求。

昭和十九年尾，發生了兩件大事，影響到陳家的平凡日子。

首先是王旺記製衣廠因空襲的次數太頻仍，做不下去，準備疏散到士林外雙溪那一帶去，從十八歲就一直在那兒車衣的陳明珠只得和大多數女工一樣，被迫離職。

離職除了沒有收入，必須待在家中和養父母長時間相對之外，最困難的問題，莫過於怕被徵調到前線去當護士。

明珠那年已二十二歲，按照道理講，是有點「超齡」了。然而戰爭打到這個地步，誰能預料明天會發生什麼事？不是曾聽聞有什麼神風特攻隊的敢死隊員，連不足齡者也自願去投効嗎？

明珠的消息其實很不靈通，大部分來自車衣廠的人云亦云，越是如此，越叫人驚怵。

這一日，她領完月給錢，正式告別王旺記製衣廠。時間尚早，一時茫茫然的胡亂走著，就在十字路口不遠處，看到名聞遐邇的「波麗路」西餐館。

波麗路之所以那麼有名，據說是因它擁有台灣最好的音響設備——七十八轉自動電唱機的緣故。陳明珠無緣進去裏面，她的生活層面離此甚遠，但她卻不斷聽人家提起過這家「有一台音樂播完還會繼續再播的機器」的餐館，以及許多不認識的男女，讓家人和媒人陪同著來此「對看」的事情。

明珠已經二十二歲，至今非僅待字閨中，甚至連一個意中人也沒有。在當時，二十二歲幾幾乎已經可以被稱為「老姑婆」了，是條件非常不好而嫁不出去的女子特有的封號。

她自忖條件尚可，人也清白乖巧，工作場所於她有意的男孩不是沒有，但明珠特殊的成長環境使她考慮特多，矜持外加謹慎，經常拒人於千里之外。也許只能說緣分未到，沒有一個男孩讓她看得上眼或動心罷了！蹉跎復蹉跎，終於到了這個年歲。

如果是在親生父母身邊，情況自是不同。很少爹娘不會幫自家子女打算，哪有人會讓自己的在室女留到二十二歲？

明珠自忖，怨嘆無用，還是得趕快再找個工作才是。

正在此時，警戒警報突的響起——嗚——長長的一聲！

明珠吃了一驚！平常警報響起，她都在王旺記車衣廠的水泥防空室裏，要不就在自家挖的略略凸起的防空壕之中，根本不曾像此刻般暴露在街心之下，一個蔽蔭之處也沒有！

正驚疑不定之中，空襲警報的馬達號笛（MOTOR SIREN），以高速迴轉振動空氣，一聲緊似一聲！

明珠左右環顧，正想向哪家店借個水泥防空室躲一下，忽聽有人拍了下她的肩膀，叫道：

「這位姑娘——」

明珠一扭頭，只見一位方面大耳、身量魁偉的年輕男子，正對她微笑。

明珠不明就裏，又根本不識得這年輕男人，卻見那男子的笑容一副親切又熟稔的模樣，開口卻是外江人的口音：「路過不便，請到敝店前的防空室暫時躲一下！」

明珠乍然臉紅起來，待要推辭，飛機眼看就來；若要應承，似乎有些太失體統，正猶疑間，只聽那男子又說：「這是生命交關的緊急時刻，小姐不要拘禮。」

明珠一聽，什麼話也答不上來，只微微對那男子笑了笑，略略頷首。

那男子也不多說，返身就走。他的身量高、步伐大，明珠緊跟其後，只有小跑的份。

那男子來到一家中藥材店口，亭仔腳就蓋築著一間方方正正的水泥防空洞，一半在亭仔腳內，另一半則蓋在亭仔腳外。

男子回頭招呼明珠：「這裏請！」

一邊側身自防空室和防空壁門之間的，僅可容身的空隙，進入防空室。

明珠一言不發，迅即隨他進入。

進了防空室，明珠才發現裏面密密麻麻擠了六、七個人。

不等明珠開口，那男子旋即向那些顯然是他熟人的人交代了一下：

「空襲，這小姐剛好在街心上。」

明珠尷尬而害羞的向眾人頷首示意。未等回音，霎時之間，只聽遠處轟隆轟隆，也不知炸的何處？有人側耳細聽，說道：

「會不會是太平町附近？」

「誰知道！這次來的，怕不是一大隊轟炸機？炸也炸不完！」

有人看看防空室的屋頂，說道：

「我們只有兩個機會會遇險，一是上面，正中上頭的話，剛好往下炸開；另一個是前面，要正巧落在門壁之內。」

「閉嘴，阿坤！」厲聲叱喝方才說話的人是個四十餘歲的中年男子：「你長了一張烏鴉嘴，不叫也沒人以為你是啞巴。」

被罵的阿坤很無辜的辯白道：

「我說個參考嘛，有什麼要緊？」

「這種時候，你還沒個要緊？」

罵聲凌厲，阿坤不敢再開口。

方才領明珠進防空壕的男子，此時和氣的開口向明珠說道：

「還好，這回炸的是別處。大概等會兒就會解除警報吧。」

明珠點點頭，不知該怎麼答腔。身處六、七個不相識的男子之間，的確非常不適意，尤其防空室裏又擠。

領她進來的男子面向防空室的出入口，正好是左側臉向她。明珠見那男子粗眉虎眼，又生了一個獅子鼻，下巴與腮邊，滿是刮得青青的鬍樁，幸喜生得白，否則不知是個多野性的男子！

方才聽阿坤和那中年男子對話，兩人口音都與這男子相近。明珠猜測，這些人大約都是唐山來的藥材商吧？不知來了幾年，外江口音仍這麼重濁？

正胡亂思想之間，解除警報的號笛「嗚——」的，長長響了一聲。防空室裏的人，頓時騷動起來，紛紛往外擠出。

明珠和那男子先行出來，明知所有的人都在注意著他們，明珠仍然只得硬著頭皮向他行了一個九十度的禮，說道：「謝謝您了。那，我就告辭——」

「請慢走。」

明珠不曾看他，落荒也似的往回家的方向走去。等走了好遠，那顆心還「撲通、撲通」的跳得十分猛烈。

到家以後，明珠才猛地想起：居然不曾問人家貴姓。轉念又想，怎麼可以一個未出嫁的小姐去開口問陌生男子姓氏？他不也不曾問自己嗎？理應是他問她才對呀。

進到屋內，她養母瞧見了她，問道：「怎的一張臉紅撲撲的？」

「是嗎？」明珠遮掩式的摸摸臉頰，回道：「空襲時我正在街上……跑去借別人的防空室躲避……」

阿妹不疑有他，只恨恨的說：

「打仗、打仗，打到何時？天天躲警報，不曉得怎麼個了局？」

那天入晚，昭雄從外頭回來，阿妹便唸叨他：

「昭雄，叫你沒事早點回來，外面一片漆黑，你有什麼所在可去？」

戰事吃緊，空襲連連，一般民眾，雖在入晚時來電，但為防燈光外洩，家家都用黑布遮住窗戶，以免美國飛機有目標可炸。

昭雄沒答腔，阿妹又說：「叫你別整天遊手好閒，萬一保正和派出所上報到郡役所，兵單下來，到時可呼天不應，叫地不靈。」

昭雄生得十分俊美，玉樹臨風的個子、儒雅的舉止，宮前町附近，對他有意思的女子不知凡幾。

「不會啦，徵兵調去的，全是體格健壯魁梧的人。」

「不要大意！戰事這樣吃緊，俗語說：沒魚蝦也好。」

昭雄不再搭理這個話題，口風一轉，興奮的說道：

「今天美機轟炸台北橋，飛機自橫的攔腰丟炸彈，把橋面的木板炸開，炸彈一掉就落到淡水河裏，鐵製的橋架子根炸不斷也炸不壞。這些美國仔，沒有頭腦，要炸應該直的炸，直炸或許炸得斷。」

「你吹什麼？」阿妹微微低斥著昭雄：「難道你希望橋被炸斷？」

「不是啦，只是譬個喻。」

原來今天炸的是台北橋！

明珠不知不覺就想起那招呼她的那個外江男子……竟不曾知道他的名姓，不知……還見不見得到他的面呢？

那人雖生得粗猛，卻是個笑臉常開的，一笑，人就不顯得橫暴生猛……誰知道呢，人，有時是不可貌相的，誰知他是個怎麼樣的人？

那一晚，明珠意外輾轉了大半個夜。按理，那人實在稱不上英俊，只是長得十足一個男人相的外江人……自己與他萍水相逢，雖知他在何處工作，但豈可女人自己找上門去？

如果無緣再見，為什麼要有今天這一場會面？他為什麼剛巧就在自己落難無措時伸出援手？萬一有緣，不曾互知名姓，又如何結緣？

明珠左想右想，不得其解。懷著心事，自己折磨了三兩天，當徵調昭雄的紅色兵單一來，陳家全家四口全慌了手腳，明珠的心事，這才悄悄的閃到一邊去！

王妹一看到兵單，揪著心又哭又罵：「我只有這個獨子呀！什麼人這樣毒，那麼多人不調，偏偏調我的昭雄？他是獨子呀，沒有天理——」

明珠望著那沒有任何血緣關係的俊美弟弟，不知說什麼才好！按理是不該徵調昭雄的，但陳家父子，由來就給人不事生產的印象，春發有點薄產，從年輕時就不曾做過什麼營生，而昭雄這些年又不肯去謀個頭路，整天晃蕩，以致有這個結局。明珠想到昭雄自小就護衛她這個養姐，心情自是低沉，看到養母那個模樣，催得她兩行淚也流了下來。

一家人亂了一天，除了硬著頭皮送昭雄出征之外，還有什麼辦法？

第二天才吃過早餐不久，王妹鬧頭疼又去休息，春發則一如平日尚未起床；明珠老早洗好全家的衣物，彎到昭雄房間，準備和他講講話，順便為他打理一下行李。

兵單一下來，不數日即須出發，根本不曾給被徵調者太多的時間準備，陳家因此就在未曾預料之下弄得人仰馬翻。

昭雄的房門敞開著，人坐在書桌前，手上一枝筆胡亂塗塗抹抹的。

明珠在他的房門口探了探，昭雄出聲招呼她：「阿姐，進來坐吧。」

明珠默默進了房間，實在不知該怎麼開口，只有將雙手按在坐著的昭雄雙肩上，算是一種無言的安慰。

昭雄忽然說：「也許會戰死——」

「胡說！」明珠大聲喝斥：「你這個長相，注定是會長命百歲的。」

昭雄沒有回答，半天才又開口說：

「如果我沒有回來——如果，我是說如果，阿姐趕快找個好人家嫁了，幫我奉養阿爸、阿娘，雖然他們不曾疼惜妳，但阿姐大人大量，當作是替我做的……也不枉我們姐弟一場……」

「你不要黑白講了……」明珠的眼淚斷線一般滾下：「你要叫阿姐……怎麼安心……怎麼放得下心……」

昭雄一直壓抑著自己的心情，他讓明珠流了一會兒淚，等她稍稍平靜，才又說道：

「阿姐，這一去，如果運氣好的話，只怕也要好些年才得回來，我是想，請妳幫我約一個人出來——」

明珠突然明白，昭雄必然是有了意中人，雙方暗中意愛，不敢給家長和外人知道。現在突然要遠到南洋去當砲灰，生死難卜，得和女孩子有個約定。她因此爽快回道：

「可以。是誰？」

「只怕必須偷偷約。」昭雄放低聲音：「萬一我回不來，她要嫁人，現在就不能讓別人知道我們有交往，否則會壞了她名節。」

「我知道，阿姐不是糊塗人。」

「她是媽祖宮口的阮端端。」

昭雄講出她的名字，明珠即刻有了印象，是個美人啊！而且是第三高女畢業的才女，家裏開的是爿老漆店。和昭雄兩人真是郎才女貌、頂匹配的。

「阿姐就約她下午一點在城隍廟的廟埕見面。」

明珠想想，說：

「在廟殿裏頭好了，廟雖小，還是在裏頭比較不顯眼。既然如此，我現在就去，即刻給你回音。」

「勞煩阿姐了！將來如果我有信寄回家，也請阿姐轉告她一聲，免她牽掛。」

「我知道，你放心。萬般事你都別牽掛，阿姐只求你好好留心自己，一定要活著回來，不只為阿娘和生你的阿爸、阿母，現時又一個端端……要活著回來娶她。」

「阿姐——」

明珠拍拍昭雄的手，轉身出去。她沿著街道一直往波麗路的方向走去。因為憂心忡忡，腦海裏只充塞著昭雄就要到遙遠的南洋去充軍，她的非血緣卻是至親弟弟即將走向生死未明的未來這個事實，時而淚眼婆娑，時而胸口揪痛，根本無心再顧及其他。

當她倉皇走過當日躲警報的仁和堂中藥舖時，藥舖裏那叫阿坤的夥計正好瞥見她的身影，即刻出聲招呼那虎虎有威、帶著明珠躲警報的男子：

「孫師傅，那不是那天躲警報的小姐？」

那孫武元愣了下，隨即裝作若無其事的回了阿坤兩句話：

「路是公家的，難道誰走過都要大驚小怪，像個報馬仔？」

阿坤見孫師傅如此假撇清，遂也十分無趣，藉故走出亭仔腳，看看那明珠往哪裏去。

明珠行至街尾老漆店，早早用手絹拭了拭眼角，鎮定自己一下，這才站到那一片用木板釘成窄窄的門面，門面用木頭隔成三等份，左右兩側是交易「窗」口，木板圍實有半人高，買賣兩人分站內外，交錢、交貨就透過這裏。中間木柱隔成一片窄門，上有橫披，兩旁有對聯，寫著「瑞兆豐年」這些吉祥句子。

明珠出言向店裏一位中年男子詢問：

「借問，這裏有位阮端端小姐嗎？我是，我是她公學校的學長，姓陳。」

「喔——」男人抬頭看明珠，見她人生得端莊規矩，是可以信賴的女子，因此便說：「妳進來坐，端端在裏頭，我叫她。」

「不了，阿伯，我在亭仔腳這裏等她。您做生意，我進去不方便。」

店裏頭，到處堆的是貨，疊床架屋，差不多都有一人高了，只留下縱橫兩條狹道供取貨、看貨而已，實在容不下多餘的閒人。

那中年店主對著幽深深的後面深井大聲喊著：

「端端——端端吔——有人找！」

明珠站在亭仔腳下等著，心裏頗為緊張，擔心阮端端一見到她會露出不相識的表情，惹來阮家父母的查詢，她會說不出謊言。

幸而阮端端出現時，一看到明珠，便露出驚喜的表情，笑吟吟的走出店門。

明珠站在亭仔腳，用讚嘆的眼神看著端端自內行出。果然是個美少女，否則怎會叫昭雄看上眼的？端端肌膚如雪，眉濃睫密，恰到好處的懸膽鼻，頰旁一對深深的酒渦，燙著一頭大捲微波的過肩長髮。她身段略高，卻有一種豐柔之美，兼有十五暝月圓和遠空星星的混合氣質。

「明珠姐。」端端開口親切的喚著，笑意濃厚：「什麼風把妳吹來？」

明珠知道昭雄一定和端端提過她這個養姐，端端才會這麼熟稔而親切。

「端端，」明珠怕端端父母注意到她的表情有什麼不對，因之特意笑咪咪的拉住端端的手，很清晰又很小聲的開口說道：「昭雄叫我來找妳。」

「什麼事？」端端神情即刻緊張起來。

明珠捏捏端端的手，溫和的說道：

「妳阿爸在看，注意妳的臉色——昭雄接到兵單，三兩日內就要應召入伍了，去南洋……所以，他想約妳，下午一點在城隍廟內見面。不知妳得空不得空？」

儘管明珠方才再三叮嚀，但乍然聽到這個消息，端端的臉「刷」的一片白，嘴角一垮，就是要哭的樣子。

「怎麼會？他是獨子——」

「我也不曉得，但兵單確定下來了，昭雄說，也許……要好幾年才回來，怕耽誤妳，所以……想和妳商量……」

「明珠姐——」端端眼眶裏即刻湧上了淚水：「我——」

「端端，快把眼淚擦乾了，萬一被妳阿爸他們看到，就不太好。昭雄有話和妳說，到時候，你們再好好商量，如果有我能做的，我自然盡量幫忙，但此刻，萬萬不可讓別人看到，否則閒話一傳，妳就不好做人。」

端端聽了這話，沸揚的情緒慢慢沉澱下來，咬了咬下唇，問道：

「是說城隍廟？」

明珠點點頭，說：

「下午一點，妳出得來？」

「時間可以。不過，地點不太恰當。」端端想了一下，說：「請明珠姐告訴昭雄，改在第一劇場附近的媽祖宮。因為城隍廟太近，我怕會有熟人。」

「好，那我回去了。還有，」明珠想想，又說：「萬一空襲，時間就順延。最近美國飛機來得太勤了，不是雙管的葛拉曼機，就是B——二十九，那天才聽說炸台北大橋，前些日子在西門町掃射，掃死了幾個學生自衛隊。」

「阿姐，看起來日本是招架不住了，昭雄這一去，不知道會不會……」

「吉人自有天相，你們既約好在媽祖宮見面，應該一起燒香，祈求他此去平安，你們能早日有美滿的結局。」

端端點點頭，實心實意的對明珠說道：

「多謝您來走一趟，以後，昭雄的消息，只怕也得勞煩妳。」

「沒問題。妳進去吧，我得走了。」

阮端端往店裏行去，她父親見女兒進來，抬眼望亭仔腳看去，只見陳明珠遠遠向他行了個九十度的躬，之後才啟步離開。

「這位姓陳的小姐找妳有事？」

「嗯，是——找我去看另一位同學。」

阮端端的父親沒多問，又忙著做生意招呼唯一的客人。

昭和十九年，日本空軍已經對美機轟炸毫無招架餘地，不僅無法升空迎戰攔截，地上砲火也無力轟擊來襲的美機，所以美機往往大白天五、六架一群，如入無人之境的轟射一番，再從容揚長而去。來襲的美機，大約有兩種，一是雙管但只坐駕駛員一人的「Gu La MAN」機，自航空母艦上飛來，以掃射大車和民宅為主，放燒夷彈或以機關槍掃射目標。民眾為了滅火，用布袋裝沙，做成一只只沙袋，以便必要時用。另一種則是自塞班島或中途島飛來的B—二十九機，專門丟一噸級或五百公斤的大型炸彈。

由於轟炸頻繁，死傷不少，所以日本政府鼓勵民眾疏散到鄉下去，不少商店也紛紛歇業，留下來做生意的，自然也大受影響，生意一落千丈。

明珠匆匆往回家的路上走，沿途只見亭仔腳或民宅的屋角，到處堆著用來滅瞬間炸彈引起的火災，到處也都是躲空襲的防空室和防空壕，到處因之就彌漫著一種不安和朝不保夕的恐懼。

現在，連獨生子的昭雄也徵調去當軍伕了，再接下來會發生什麼事，根本沒人能預料得到。明珠深切感覺到那種朝不保夕的危機，卻也感到束手無策的無奈。

昭雄最少還有阮端端，最少還有愛他的養父母，而她呢？什麼人也沒有，沒有一個關心她的人，更沒有一個能說說體己話的親友。

「陳小姐！」

埋著頭悲戚的想著心事的明珠，突如其來被喚了一聲，抬頭一看，吃了一驚！原來竟是那天借她躲空襲的仁和堂中藥舖的孫武元！明珠不知他的名姓，乍然相遇，不覺尷尬的站在那裏，不知道該怎麼稱呼他。

「出來買東西？」孫武元帶著笑意問她。

「去找朋友。」明珠略帶靦腆的回答：「有位公學校的朋友住街尾。」

孫武元停了一下，開口又說：「我姓孫，有機會，想和陳小姐談一下。」

明珠聽這外江人竟然要和自己談話！她畢竟還在閨門，怎可和一個外江男子隨意停在街心談話？一思及此，明珠匆忙就說：「真失禮，我，我要回去了！」

說罷，也不等孫武元回答，急急側身走開。

那孫武元目送她的背影離去，心中忽然有了主意。

明珠匆忙回到家中，將聯絡阮端端的事向昭雄說了，嘆了口氣：

「是個美人呢，個性看起來又好，可恨遇到這戰爭。」

話沒說完，只聽陳王妹在裏頭叫明珠，聲音拔得高高的，乍然一聽，又有一種不愉快的感覺。

明珠踅到陳王妹房門口，只聽王妹說道：

「妳一早又到哪裏去？昭雄才接到兵單，妳竟不知怕？」

明珠沒答腔，不能將昭雄和端端的事和盤托出，自然只有噤口的份。

「我頭痛。這兩天反正工廠疏散，妳不用去上工，幫我煮煮三餐吧。」

明珠有心事，但煮飯洗衣這些事，根本不會計較。為了昭雄下午的約會，明珠快手快腳弄好午飯，催促昭雄赴約。

昭雄一路往永樂町的方向走去。

和阮端端在公學校早已互有好感，但真正偷偷來往，是在工商學校畢業之後；到了這一年，兩人雖未明說，但卻已有互許終身的情愫。

在快到大稻埕公學校不遠處，慈聖宮的牌樓便高高豎在那裏。

這座慈聖宮廟地甚大，蓋得金碧輝煌，本尊媽祖是清嘉慶年間渡海來台。廟的楹聯是大稻埕孝廉陳霞林所題：

慈孃印菩薩之心，西天衣缽；

聖女稟后妃之德，南國帡幪。

昭雄只在廟口遲疑一下，便跨進廟內。

中午時分，上香的香客不多，沒有熟人。

昭雄略略看了一圈，稍稍放心。

過了一點約定時間，阮端端仍未出現，昭雄開始忐忑不安，或許端端家中人不讓她來，或許是有了什麼事也不一定；總之，在一切不確定和不清楚的狀況下，所有的總總都令人不安極了。臨出征前，如果沒見她一面，他是無論如何也走不開腳步的。

「昭雄樣——」

細而溫潤的嗓音，在昭雄身後輕輕叫喚。

昭雄迅即回頭，正是他朝思暮想的、心所愛的人——阮端端。

今日的端端，秀麗依然，只是兩眼微腫、雙眉微顰，看起來益發令人楚楚生憐。

「怎麼啦？妳哭過？是妳阿爸、阿母知道了嗎？」昭雄很焦急的問道。

端端搖搖頭，眼淚不知不覺又湧了上來，哽咽著像問自己又問昭雄：

「怎麼會調到你呢？我怎麼辦？」

昭雄再也忍不住，伸手去緊緊執著端端的手，安慰她說：

「我這一次去，一定不會太久，妳也看得出來，日本已經沒有力量再頑戰下去了。每次美國飛機來，我們只有束手被轟炸的份，再也無力升高攔截；從前美機來轟炸，為了怕被雷達偵測到，總是邊飛邊沿路丟放鋁片條，以擾亂偵測，免被高射砲打到。現在呢，莫說日本還能有空軍可以攔截了，連高射砲也沒有了，所以美國飛機根本不必趁黑攻擊，每次都在大白天裏堂堂皇皇的來轟炸。依我看，這仗不會再打太久。」

「正是這樣，我才擔心。」端端拿出手絹拭淚：「只有挨打的份，不是等於送去當砲灰？我怎能放心。」

「為了妳，我會非常小心，妳快不要哭了吧。」昭雄雖嘴裏安慰著端端，但自己的神色也轉為沉重，他拉著端端，走到放香火的地方，伸手拿下六炷香，邊點火邊對端端說：「我們一齊向媽祖祈求膜拜，求我平安回來，我倆會有一個圓滿結局。」

一炷香，求皇天；二炷香，求主神媽祖；三炷香，插後殿。

昭雄平時儘管出了名的「鐵齒」不信鬼神，到了這生離死別性命交關期，不得不以虔誠之心，至誠禱祝。

兩人參拜之後，昭雄重新再執起端端的手，非常嚴肅的說道：

「我想和妳約定一件事，希望妳無論如何得答應我。」

「我要聽了，才能決定要不要答應。」端端半執拗、半撒嬌的堅持。

「好——妳仔細聽了。」昭雄面對著端端，深深看著伊人：「我這輩子，只想和妳白頭偕老，我一路去會十分小心，一定保命回來。但是，戰爭的事很難講，子彈是不長眼睛的，所以——」

端端聽到這裏，淚如雨下，雙肩抽搐得十分厲害。

「端端，妳別哭，仔細聽我說。如果妳這樣眼淚掉個不停，叫我怎麼說得下去？」

「我……忍不住……老天為什麼……這樣對我們？」

「這是時代的悲劇。許多人，被時代吞沒、被時代耽擱……我們，一定會比較幸運的……妳聽著，請妳等我三年，三年內如果我不曾回來，妳務必要聽從家裏，選一個好對象，結婚生子——」

「我不要！你這樣是什麼意思？昭雄，我要等你回來！」端端抽出被握在昭雄手掌裏的兩手，拚命捂住自己的耳朵：「我不要聽！」

「端端，不要孩子氣了，這些話很重要，妳一定要仔細聽好。」昭雄將端端捂在耳上的雙手拉了下來，緊緊握在自己的手中，放到自己的胸前：「妳現在十八，三年後二十一歲，如果我那時沒能回來，妳務必得擇人而嫁，否則就被我耽誤了。」

「我不要！你講這話要叫我心碎嗎？」

「端端，我因為愛妳，才講這個話，難道講這話，我心中會快樂嗎？但是，我既然愛妳，最終的目的，自然是要妳幸福。所以，如果以今天為期，三年後的今天，我仍無法回來，妳一定要找適合的對象結婚。等我三年，已經情義兼備，一旦不能結合，也只能說是命，互相不要怨恨或牽掛；這樣，我才能放心的出發，才知道妳不會因為任何的萬一而被耽誤了，我才會有勇氣，努力存活……」

昭雄自口袋中掏出一個懷錶，放在端端掌心之中，然後將她的手掌合起，說道：

「這個懷錶，我一直放在身邊，雖不是很名貴，但一直是我心愛的東西，留給妳做紀念，每天看著它，等我回來那一天……」

端端兀自泣不成聲。此時，廟內陸陸續續進來幾位香客，昭雄將自己的手放開，假裝在看廟柱，低聲說道：

「把眼淚擦乾，被熟人撞見，對妳不好。我還希望妳能切記，端端，三年之內，千萬不能向他人吐露妳我的感情，否則萬一我回不來，將來妳要適人，怕被人家說閒話，壞了姻緣——」

「你不要再說了，昭雄！」

「好！妳也得答應我好好保重。我不能寫信給妳，但我阿姐，會告訴妳有關我的消息……端端，請保重。現在，妳回去吧，妳先走。」

端端從脖子上拿下一個玉如意，偷偷塞給昭雄，說道：

「見玉如見人，玉能辟邪，代主受災，你放在身邊。」

「但是，如果妳母親問起——」

「不會的。我自有說詞。」

昭雄將玉如意揣入懷中，看看周遭，再深深看了端端一眼，低聲催促：

「妳請回吧，端端——一切保重。」

「你也保重——」

昭雄轉入廟柱後，不令端端因看到他而猶疑不行。

端端想想無奈，返身走出大廟，一路慢慢的出了牌樓。

昭雄隱於廟柱之後，情潮如海潮，澎湃洶湧，無法自止。

別了，愛人！別了，他生於斯、長於斯的故鄉！別了，所有美好的一切！

昭雄只覺熱辣辣的雙淚，汨汨流下兩腮。
那一年，正是昭和十九年的冬天。
陳昭雄十九歲。

7

陳昭雄被徵召後一個多月，就是農曆新年。

戰爭打到昭和二十年，早已人仰馬疲。尤其美國空軍隔兩日就來轟炸，燒夷彈、轟炸機，像噩夢一般輪番上陣，日本不僅空軍已全無招架之力，任美機來去自如，要炸哪裏就炸哪裏；而且，只怕人力、物力全都到了盡頭。

被徵召入伍的志願兵或海軍工員、軍伕，除了在日本本土兵工廠工作的海軍工員還有書信回家之外，派赴中國大陸或南洋各地的台灣人子弟，因戰情慘烈，全連戰死或交通阻隔，已經無法再有家信回來。所以，當時許多家庭的子弟出征，往往像斷線風箏般音訊全無。

過新年，在戰爭期間真是一年不如一年。

物質匱乏，日趨嚴重；何況今年，又少了昭雄。

王妹原來頤養得甚好，遭此打擊，一個月之內，像老了十歲。陳春發則像有點癡呆般，除了雙手會習慣性的抖之外，腦子亦有點不太管用，神情更經常木然呆滯，不知這是因為長期酗酒一下子無酒可喝，還是因為昭雄被徵調的緣故。

農曆年草草過去，不，也可以說根本無所謂過年與否，日子來了，又去了，一家三口，誰也沒有什麼情致，更無條件過年。

倒是大年初六，街尾賣糕餅的鄭新屋夫婦，突然登門拜訪。

陳家自從春發酗酒之後，已漸少有人走動；而鄭新屋亦只是尋常街坊，平時並無特別交往。如今兩夫婦一起上門，顯得格外不平常。

王妹是聽到明珠招呼客人的聲音才出到前廳會客。看到鄭新屋夫婦還帶來了「伴手」——一盒鄭家自製自售的糕餅，王妹電光石火想了一遍：不對，這鄭家與她陳家可沒半點搭得上的關係可攀，究竟此來為的何事？現此物資這麼缺乏，他們還帶來了難得糕餅，可要求她做些什麼事？

王妹既有這個想法，臉上便皮笑肉不笑，招呼著客人：

「哎呀，什麼風吹來貴客？真是難得！明珠——泡茶呀！」

不用王妹吩咐，明珠早已摸到廚房去泡茶。

鄭新屋的太太阿彩，笑咪咪的說道：「阿妹啊，恭喜囉！」

「恭喜什麼？」王妹莫名其妙的問道：「我們昭雄才去當兵，哪有什麼喜事？」

「哈，不是昭雄，是明珠的事。有人看上你們家明珠，拜託我來提親。」

王妹這下子倒是腦內「轟」的一響！

是啦，明珠算算亦二十三了，是個十足的老姑婆！自己因一向不喜歡伊，所以也不會去關心伊的前途，想不到竟有人前來提親！

等她想過了，才有點恍然大悟，但卻又提不起興致的應了一句：

「是這個歹誌呀！」

阿彩不管她的反應，興高采烈又繼續說道：

「人家可是有底基的人哪，不是灰灰的人。這是明珠的福氣——」

鄭新屋見王妹冷淡，知道她一向不疼惜明珠，所以阿彩的話根本打不動她。因此，他清清喉嚨，開口說：

「阿妹啊，是這樣的，有人看上明珠，託我們來提親。因為是老街坊，看著明珠長大，知道這查某囡仔很乖巧，所以我們才敢來做媒。不管如何，明珠今年也二十好幾了，再不嫁人，人家以為不是親生的女兒所以耽誤了，話講起來不好聽，我們才來替妳和阿發跑一趟。」

「原來如此，閒人多話，理不了！」阿妹是厲害人物，頂了這些話回去，擺明了不吃鄭新屋的這套和這做來的人情。

阿彩見丈夫一席話被王妹不留情的頂回來，她可不願意一開始便讓事情破了局。因此，她放下身段，改採不同的方式：

「阿妹，反正男大當婚，女大當嫁，子女長大成人，我們做父母的自當替他們打算。不知明珠是不是有其他可能的姻緣？我這裏倒是受人所託，是個誠懇實在的人。」

阿彩如此一說，王妹倒不好回答。說明珠無人提親，豈不表示她這做養母的有失職責？放著養女二十三歲仍不嫁人，說起來是有點說不過去；若說明珠有對象，這話顯然瞞騙不過去。因此，她只得收起刁蠻，避過那些癥結，問道：

「不知是哪一家人？」

王妹才堪堪問起這句話，明珠剛巧捧茶出來。其實，鄭新屋夫婦來提親，明珠在裏頭泡茶聽得分明；照理是躲著不出來最好，但是，養母才叫她泡茶，如果久久不出，反而心虛。因此，明珠躊躇再三，仍然只得硬著頭皮出來，客客氣氣將茶分別遞給鄭新屋夫婦。

「阿叔、阿嬸請用茶。」

王妹忽然對明珠開口說道：

「明珠，阿彩嬸來提妳的親事，妳也坐下聽吧。省得我過一會兒還得講一次。」

明珠正在不知所措，鄭新屋接口說：

「是妳自己的前途，妳就坐下吧。」

明珠這才依言坐下。

「仁和堂中藥鋪的孫武元孫先生託我們來的。」鄭新屋言簡意賅的說明一切：「孫先生在店口看過明珠走過好幾次，心中意愛，一直沒有機會。後來打聽到明珠的身分，又知道我們兩家有熟，所以託我們做這個媒人。」

王妹一聽，心下一動，問道：

「這姓孫的，是仁和堂中藥鋪的什麼人？」

仁和堂是老舖子，王妹在宮前町住這麼幾十年，附近的店鋪，大約無一不知道。只不過她看病抓藥另有藥舖，所以與仁和堂反倒不曾有交易，只知舖子很大，是些唐山來的人在經營，講話腔調口音都很特別。

「仁和堂中藥舖有兩個老闆，孫武元是合夥人之一，半個老闆的份。」

「那是唐山來的外江人囉？」

阿彩忙說：「說起來雖是唐山人，但來了也十多年，自小學徒出身，不但會講福佬話，連日本話他也學，講得還挺流利。這一點是不用擔心，可以通啦。」

鄭新屋在旁補充說明：

「人亦十分查甫氣概，有人才，也有錢財，明珠見過，是不能嫌棄的好對象。」

一聽明珠見過那人，王妹即刻用惡毒的眼光盯著明珠。明珠無奈，只得招供：

「有一回空襲，承他協助，躲過他們藥舖的防空室。」

「是啊，有緣終會相遇，注定空襲時，人正在他店口上。」阿彩高興的湊趣著。

王妹沉吟著，緩緩的說道：「外江人，敢免回去唐山？」

鄭新屋忙說：

「自然是不回去！台灣錢淹腳目，他好不容易在台灣打下基礎，哪有輕易放棄的道理？妳不知道，他們生意不只台北，現此時已做到基隆港去了！唐山，唐山豈有這麼好世面？」

王妹猶在沉吟盤算，明珠坐在那兒，猶如針氈火口。她想，她的前途，理應自己做主，養母自小不疼不惜的，到如今都已過了二十三歲，若是由著養母蹉跎，要拖到何年何月才有姻緣？可是，她又不敢有違傳統，自己奮身出來說要嫁人，真是難煞她了！

按理，她已賺錢還清當初王妹和春發買她用去的「賣身錢」，按照當初保正所主持的公道，她不必再受養父母的限制，可以自尋前途。
然而，明珠畢竟不是厚臉厚皮的女子，在這當口，王妹不表態，她亦無法開口。
所幸王妹似乎在這一點上不想刁難她，大約是想，母女一場，既是無緣，何不放手？或者昭雄被徵召之後，阿妹多少改了心腸和想法吧。她看看明珠，轉頭對鄭新屋夫婦說：
「明珠也二十三歲了，既然有這個機會，只要她自己願意，我這做阿母的，還攔她做什麼？只是，我沒見過這姓孫的，一切也要有個規矩，這可是明珠一輩子的事。」
鄭新屋未料到陳王妹這麼好說話，急急忙忙像害怕她反悔似的，承諾道：
「那是當然的，妳開口就是。」
「事情來得太突然，我總得和明珠的阿爸商量商量。」
「當然，當然。」新屋忙忙答應，說道：「過兩日我再來，妳和春發商量商量。」
在旁的阿彩，怕王妹獅子開大口，因此說道：
「阿妹仔，戰時中，亦無法太舖張。何況我們做父母的，總是希望他們少年的婚後美滿才最重要，結婚種種，不要太傷元氣才好。」
「這何用妳說？」王妹怫然不悅，說道：「雖非親生，到底也在一起生活了十多年，看著她長大的，難道會要她不幸福？做人豈有這麼怙惡的？」
「唉，不是啦，不是啦，是我不會說話。」
鄭新屋夫妻告辭之後，王妹一改昔日的冷峻，用一種近乎溫和的口氣對明珠說：

「人，妳是見過的，好壞如何，妳自己決定。」

明珠囁囁嚅嚅的回道：

「總共也只見過兩面，沒講上兩句話……大頭大面的，是個頂粗胚的人……」

「人，亦是緣分，他既來提親，妳總該有個回答。」

明珠不答，只低著頭。

王妹看看情形，說道：

「是妳自己選的，一切就看妳的命了。好歹也二十三，總不能真做個老姑婆。」

年十一，鄭新屋夫婦來聽回音。

陳春發和王妹坐在客廳會客。

王妹一來是做樣子，二來是做人情，一開口便說：

「人，我們是沒見過的，不過，既是幾十年老街坊做媒人，總該信得過，也不能要人白跑一趟的。」

「那可真是……反正是好事，大家歡喜嘛。」阿彩附和著。

「是呀，難得明珠自己也願意。既如此，我們做養父母的，沒有說不的道理，免得她將來怨我們。我們這做老大人的，當然是希望他們好到老老老，大家幸福。」

王妹此話，也有推卸責任的意思。聽在媒人耳中，自然要想：畢竟不是親腹生，不會真正疼入心啦。只關心別人的口舌閒話罷了。

「但是，規矩不可廢，這妳也是知道的。」王妹又說，眼睛輪流看著鄭新屋夫婦。

鄭新屋訥訥的說：「當然，如果是合理的規矩，自然大家都沒意見。」

王妹不理睬鄭新屋的言下之意，淡淡但無可商量的說道：

「戰時中，物資這麼缺乏，要餅嘛，是找人的不便，大可不必。我看，就打在聘金裏頭好了。」

鄭氏夫婦屏神細聽，見王妹提到聘金便打住，又聽聞她說要將禮餅的錢打在聘金裏頭，一時心頭七上八下的，不知她要提出多少聘金？

阿彩小心翼翼問道：「這聘金的數目，妳可有個譜？」

王妹不理問話，顧自說道：

「你們也知，她是十六年前，我花了一百四十八元買來的，那時的錢多大圓、多值錢！」

王妹避談明珠已按月還清她的賣身錢之事，是有獅子大開口的味道。

「說來說去，究竟要多少聘金？」鄭新屋乾脆直截了當的發問。

「我說的是有行情，聘金，最少得萬。」

「什麼？」鄭新屋夫婦不約而同驚問。

一萬元？未免離譜得太過分了！

一斗米才一元一毛，地位崇高的老師，月薪才不過四十五元，警察起薪十八元……這夭壽阿妹仔居然開價一萬塊錢，賣女兒亦無這個賣法！足足可以買幢大瓦房了！在騙猾不成？

阿彩的臉綠了起來，她擋不住怒氣，質問王妹：

「阿妹仔，妳這是存心刁難不成？開這沒行情的價格！」

阿妹的臉色亦不好看，回道：「不說他是頭家？既有誠意，拿個一萬元錢來又算什麼？我們明珠可是大美人一個，要不他要來提親？」

鄭新屋亦對那一直呆坐一旁，兩隻垂著的手抖個不停的陳春發抗議：

「春發，聘金大家不過是收個意思意思。做老大人的，如果要求太多，人家自然有閒話，會說父母不是在愛女兒，而是在害女兒、賣女兒。明珠是這麼乖巧的查某囡仔，你們賢夫婦不看我們薄面，最少亦該看在明珠份上，成全這樁美事。」

那春發其實已處在半癡呆及半口吃的狀態中，他斷斷續續說道：

「阿妹……做主……就……可……以……」

鄭新屋未料陳春發居然情況這麼嚴重，只好放棄從春發處下功夫，而重新對阿妹說項：

「阿妹仔，一萬元，若是那孫先生湊一湊，一般亦拿得出來。只是，人家做生意，又是合夥生意，只怕沒那麼簡單。妳這不是給人出難題？」

「是啊，生意錢靈活最重要，湧過來、湧過去，才是生財之道。」阿彩亦趕緊幫腔：「他們少年的，若是為了這筆聘金而不能結合，我們不是平白拆散了一樁姻緣？」

阿妹冷冷一笑，說道：

「談什麼姻緣？一點誠意也沒有，只打算揀便宜，哪有那麼簡單？」

鄭新屋這時也動了怒，斥道：

「阿妹仔，老實講，你們夫妻風評實在不好！過去毒打明珠、虐待明珠，全厝邊頭尾無人不知、無人不曉。過去的事放水流，卻偏偏你們還要阻撓明珠的幸福！我跟妳說啦，若妳是明珠的生母，一向疼惜這查某囝仔，那這一萬元，拚了命也給妳。但是，像妳這惡毒心腸，就是一千塊錢給妳，亦嫌可惜！今日之事，莫怪他人，是妳昧於商量──阿彩，我們走！說給別人聽，看伊如何做人？」

阿妹仔一聽，霍然站起，尖著拔高的聲音罵道：

「你這是什麼態度？非親非故，要來替人做主！你給我出去，我要撒鹽來消毒，呸！真衰！」

一場好事，就這樣無疾而終！

明珠得知養母開口要一萬元聘金，在全然的不能置信之下，她突然完全明白：養母對她，不因時間累積而改變心腸，她非僅無法自養父母那裏得到親情般的疼惜，只怕連最起碼的公平待遇都不可得。

他們根本不將她當作一個人看待！

明珠憤怒的躲在房裏生氣，她知道，自己一挺身出面和養母理論，一定會贏得養母「想嫁人想瘋了」的謾罵，理論不成反而自取其辱。

然而，她也不能就如此任養父母宰割。以前不知就算了，還曾指望時間可以換來親情，現在一切覺悟了！養父母對她只是盡一切可能的剝削、物盡其用罷了。

她必須脫離他們，另覓自己的前程。可是，她目前沒有工作，亦無安身之所，戰時中，一個已逾婚齡的女子，可以去投靠什麼人、什麼所在？

連唯一可能的姻緣都被破壞掉了！那姓孫的藥材商，會如何想她的為人？以為她就是那獅子開大口要聘金的貪心婦人的女兒？

明珠羞怯的哭了一會兒，無計可施，忿忿又躺了半個時辰。

昭雄在家就好了，從前養母打她，昭雄雖小，卻知要護衛著她。這個家中，唯一值得她牽掛和留戀的人，如今卻遠在迢遙而不可知的異國戰場，生死不明。

剩下的這兩個所謂的養父、養母，卻無一絲一毫的恩情，值得她再留守。

想到這裏，明珠忽然萌生一走了之的念頭。

她已過二十，況且亦不再欠她養父、母的錢，於法、於理，走了不算有罪。養父、養母既對她無義，她走亦不算絕情。

問題是，她去哪兒呢？

第一次，陳明珠覺得世界之大，無一可以讓她容身。

她是有一點錢，但戰時中，如果時局再繼續如此，工廠疏散至鄉下，她無法找到工作，即使有點積蓄，也會坐吃山空。

而且，而且，有工作才有地方跑呀！

明珠在絕望中，悄然起身，決定到媽祖宮燒香拜拜，這也是目前困境中，唯一可以給她一點點生機的地方。

不想才走出房門，她養母便自前頭的房間探出頭來，陰惻惻的挖苦道：

「什麼膨風的外江人，一點聘金都不肯拿出來，想要白睇人家的女人嗎？」
這話說得刻毒而下流，明珠再也忍耐不住，出言頂撞：
「一萬塊錢叫一點點嗎？別人的錢，這麼不值得？」
王妹一聽明珠公然頂嘴，頓時勃然大怒，罵道：
「嘿！莫非妳早被睏過，聘金可以不要，人就倒貼過去？」
明珠一聽，渾身發抖卻回不了嘴。
王妹乘勝又罵：「我幫妳做格調、做面皮，妳自己卻不要！好啊，白白送去給那外江人，看人家嫌不嫌妳臭腥？」
明珠再也聽不下去，奪門而出，羞憤得眼淚奪眶而出，人卻跌跌撞撞，一步也不肯停留！
她養母準備怎樣呢？
破壞她可能有的幸福、羞辱她、折磨她，還要如何？難道她只有束手就縛？
想到這裏，明珠拭乾眼淚，咬牙沉思。
雖說世界之大，無一可以投靠之處，也無半個人可以依賴，但她不相信自己不能出外獨立生活。
她可以做工，清清白白的做人。
昭雄，要有負你的囑託了，不能替你照顧這兩老，不能再犧牲下去了！
主意已定，雖還不知自己要去哪裏，但要走卻已是勢在必行。
明珠打算燒過香，求媽祖庇佑之後，回家偷偷帶走自己貼身重要的數樣東西，明天一早便走。

或許，到疏散鄉下的王旺記製衣廠去，反正老工廠還有開工，她便可以求老闆暫時讓她有一角安身；不然，士林地方租間屋子，亦可暫居，總勝過待在養父母這裏。

「明珠——明珠——」

埋頭疾行的明珠，突聽有人喚她。抬頭一看，原來不知不覺已來到街尾鄭新屋餅店店口，喚她的人正是鄭新屋的太太阿彩。

明珠原不想此刻再和熟人交談，不想被喚住了，只得住了腳，打算打過招呼便離開。

阿彩卻招手叫她過去。明珠只得趨近，到了店口，低頭訥訥的向阿彩道歉：

「阿彩嬸，真失禮，沒想到我阿母會開這麼大口。」

阿彩伸手去拉明珠，將伊拉進店裏面，一邊便說：

「是啊，誰想她會如此沒行情？嫁女兒又不是賣人口，真沒天理！她若是有真心在疼妳這個女兒，不會開這種條件。這種條件，有誰付得起？」

「阿彩嬸——」明珠不想再舊話重提，如今她有更迫切的問題要解決，因此，她急於找個理由快快離開。

「明珠啊，」這時，一直坐在店口的鄭新屋也緩緩的開口：「我們自小看妳長大，實在是個乖巧的女孩，不該被王妹這種沒人性的女人誤了終生。人家孫師傅是真正有誠意的。」

明珠低下頭，說道：「很失禮，就請阿叔、阿嬸跟他說明一下，就說彼此沒緣分——」

鄭新屋即刻打斷明珠的話，糾正道：「不是你們沒緣分，是好事多磨！」

「阿叔——」明珠驚疑不定的瞪著鄭新屋。此事已壞，還有什麼可以稱做「好」的？

「我剛才去給孫師傅回消息，孫師傅知道妳的身世，也知道小時候，阿妹仔和春發如何毒打過妳。我們都認為好好一個女孩子，不能如此葬送在那樣殘酷的養父母手裏。說一句沒輸贏的話，妳已經成年，養父母又不義，婚姻大事自己做主就可以，無須他們同意。他們是想賣妳斂財哩，妳還依順，就太憨了。」

明珠聽了鄭新屋的話，心中波濤洶湧！居然有人對她說這麼體己的話！原來，她要離家，並不算太逆人道。

阿彩見明珠未語，以為她不敢，便在一旁慫恿：

「難道妳這一世人，就任她擺佈？她可一點也不疼惜妳哩。」

「阿叔、阿嬸，我剛才自己好好想過，決定明天一早離家，出外打拚。反正，這雖是我長大的地方，卻不是我的家、不是我的親人……唯一不放心的是昭雄，怕他有音信來；昭雄雖不是親弟弟，但兩人很有姐弟情分——」

阿彩拍拍明珠的手背，說道：

「妳是有情分，昭雄有消息，厝邊頭尾會知道，這倒毋庸擔心。倒是妳決定去哪裏？」

「我想，還是回以前的車衣廠車衣，他們現在疏散到士林。」

阿彩看了一眼丈夫。後者清清喉嚨，略略靠近明珠，壓低聲音問道：

「妳決定要離家，這主意堅定不堅定？」

明珠點點頭：「我阿母方才還粗嘴野口將我羞辱一頓，實在很難再同處一個厝內。反正我早還清了當初她買我的錢，這些年，每個月亦給了她家用——是她對我不仁，不是我對她不義，厝邊頭尾大家亦知道。」

鄭新屋突然興奮的一拍大腿，說道：「本來我們就怕妳看不開。既然妳自己有了決定，我就告訴妳我的計畫。不，應該說是孫師傅和我的意思。」

明珠在鄭新屋臉上，看到某種秘密的光輝與興奮，她在乍然之間，忽覺原似銅牆鐵壁的命運，對她打開了一扇希望之門。

「孫師傅有誠意，也有決心要與妳結連理，他已經默默意愛在心，看著妳出出入入，少說也有半年、十個月了。」

明珠再次驚疑於自己的所聽所聞！那相貌奇魁的男子，居然注意自己這麼久，她還以為那一日空襲時，他和她無意間相逢的呢。

「孫師傅說，如果妳願意，訂婚、結婚一起辦，不必透過妳養父、養母，他現成都有準備，只要在仁和堂中藥舖後面街上再租個房子，即刻可以成家。一樣的明媒正娶、一樣的正正當當，只是把握住的是自己的幸福，不必被別人耽誤。」

明珠仔細聽了鄭新屋的這番話，在心中不住揣度：這，不是叫私奔嗎？

可是，鄭新屋說有結婚、有訂婚，又是明媒正娶，算不算私奔？

這倒解決了她去處的問題。

只是，要私奔，也得兩人計議。透過第三者，看來十分奇怪而不真實。

「本來我要找機會去向妳傳話，正好妳出來，再好不過。」鄭新屋愉快的說道：「這樣好了，妳在我店裏坐坐，我即刻去找孫師傅來，你們當面討論。」

那如何好，自己在眾目睽睽之下等待一個男人，等待他來談迎娶自己的事，這不有點荒唐？自己即使對孫武元的求婚千肯萬肯，也不能表現得太「天經地義」。明珠心下一動，忽然有了主意。

「阿叔，在十一號水門往上走，有一家叫波麗路的西餐店，如果要見面，就約在那裏較適當。」

明珠所以會提出在波麗路見面的要求，有好幾個理由。第一，既是孫武元有誠意，就該讓他表示一點誠意才行，也才可襯出她陳明珠雖要自訂終身，亦非草草就可以到手，總該有個規矩才行。

第二，一直聽人提及波麗路有七十八轉的唱盤，相親的人皆在該處「對看」，提議那裏見面，名正言順，亦可乘機見識一下。

第三，那裏最少比鄭新屋家具「私密性」。

鄭新屋一聽，想想亦頗恰當，即刻翻身出門，要明珠暫時就在他家等候。

明珠一旦有了決意，忽然就覺一顆心篤定起來。

在她養父母口中，她可能會被編派成沒廉恥的下賤女人，或者更難聽也說不定。但是，她不能再在乎這些芝麻小事，而必須掌握大局。

正如鄭新屋所言，也正如她自己的覺悟，她的幸福，只有靠自己，別人的幫忙是不能指望的。這也是她一反忸怩羞赧，而主動積極起來的緣故。

回話很快就來。鄭新屋說孫武元已在「波麗路」等著了。

明珠到了這時，覺悟前程自理的命運，因此大方的對鄭新屋夫婦提出要求：

「阿叔、阿嬸，禮不可廢，今日雖因家庭環境的緣故，無法自家中嫁出，但我清清白白、規規矩矩，因此也萬望阿叔、阿嬸替我做主。孫師傅那邊，要給我訂婚飾物，多寡出於誠意，結婚也要有儀式……我不能像送做堆一般被辱沒……這一點，請千萬替我做主。」

「那是當然。」鄭新屋和阿彩滿口應允：「孫師傅亦是規矩人，這一點妳放心。」

鄭新屋和阿彩吩咐兒子看著店口，兩夫婦一個在前帶路，另一個領著明珠，急匆匆往波麗路的方向行去。

正如所言，孫武元早在座上，見一行人進來，忙忙起身招呼。

明珠在他熾熱眼光逼視之下，很快低下頭去。

孫武元首先向明珠致意：「明珠小姐，讓妳為難了。」

明珠略低了低頭，算是回答。

「既是好事，又不要阿妹仔他們知道了來干擾，這事當然越快辦越好。」鄭新屋以媒人的身分切入正題。

「可是，反正我早有準備，現成有金飾在身邊，早要成家，一直尋不到合適對象，直到遇見明珠小姐……」孫武元的話，充滿男人的豪情和爽氣，明珠一聽，倒也沒有要馬虎納己的做法，心裏便落實了些。尤其又兼對自己早有意思的告白，聽起來十分受用。

「明珠的意思是亦要有個正式夫妻的儀式，她好做人。」阿彩補充說明。

「那當然。戰時中雖不方便，但亦須有個儀式，我在藥舖裏辦兩桌宴客，不知明珠小姐的意思怎樣？」

明珠略點了點頭。

「至於新房——」鄭新屋猶疑的探問：「藥舖裏可方便？」

孫武元搖搖頭：

「我另外找屋子。」

「但可要快。」鄭新屋說：「我看這事不可拖，要嘛——」

他起身翻了翻曆書，說道：「五日後是吉日，適合嫁娶。你們兩人以為如何？」

孫武元迅快接口：「我即刻要藥舖裏的夥計分頭幫忙，找到房子以後，到構造行買床、買桌椅，備辦一些什物，五日也儘夠了。只怕倉促行事，委屈了明珠小姐。」

明珠抬起頭，以澄澈的眼光看著孫武元，低低但明確的說道：

「只盼孫師傅誠心相待。我無嫁妝可陪嫁，只這一身——」

孫武元即刻攔住明珠的話，誠懇而充滿感情的說道：「夫妻是一輩子的事，貴在相互扶持。我能娶明珠小姐，是天大的福分，哪會去計較什麼嫁妝之物，大丈夫成家，靠的是自己，豈能圖妻子的嫁妝？」

一席話說得明珠心裏暖烘烘的。不想前半輩子悽苦無依，居然在今日柳暗花明得以有這光明的轉折，真該謝天謝地呀。

雙方又談了些細節，這才先後出了波麗路。

明珠由阿彩領著，去洋服店量身，做了襲洋裝，充做新婚時穿著，這才懷著如此一個大秘密，踅回家中，開始五天漫長的等待。

8

五天中如坐針氈，為了怕春發和王妹起疑，陳明珠謹言慎行到幾乎自閉的地步，尤其不敢出外到鄭新屋店裏去，怕引起王妹注意，壞了大事。

就因如此，她一個人不免驚疑不定，究竟那天在波麗路和鄭新屋、阿彩及孫武元所商議的「終身大事」，是真是假？真的有那種好事，阿彩他們會如此熱心的為她的終身大事奔走，而且不惜得罪陳春發和王妹？

當然，還有那孫武元，當真對自己情真意切、不反悔？

她的後半生，果真如此就決定了？

翻來覆去的想，時間越迫近，越不敢相信自己的運氣。但是，除了等待，她還能怎麼樣？

按照她們原先的約定，新做的洋裝，由阿彩負責去將她拿回，放在阿彩家，免得王妹發現壞了大事。

他們亦知道這件事不可能瞞太久，但也不打算瞞太久，只希望婚禮舉行前，王妹不來阻撓、不來鬧場，不紅口白舌罵人就是，否則觸了霉頭總非好事。

在婚禮的前一天，明珠洗了頭，自己對鏡用竹筷子一捲一捲的捲好，再用細線紮好，準備睡完一覺再放掉，如此就有燙髮的效果。

明珠仔細將衣物整理好，只挑出了三、四件較新的外出服，準備帶到「夫」家去，其餘的，就留在陳家，她相信王妹會將這些拿來，邊踐踏、邊謾罵，也許還會咒她亦說不定。

可是，除了往前看，她現在無心去想其他，也不能去想！她需要勇氣，支持自己明天一早永遠走出這陳家大門。

第二天，過五點，天才有些打撲光。

雞啼有一搭沒一搭。明珠一整夜半睡半醒在驚疑不定之中。看天色，知道五點已過，但吉時在上午辰時，太早過去鄭新屋家，非僅擾人，實也不宜。

明珠決定等七點多再出門去。

說起來寒酸，她正值花樣年華，卻連一盒胭脂、白粉都不曾有。做新嫁娘，說好說歹亦只能素著一張臉了。

天色漸開，明珠悄然起身去用幫浦打了一面盆水洗臉，再踅回自己房裏下捲子。

就在這時，她聽到春發咳嗽的聲音。

又彷彿聽到王妹在低聲說些什麼言語。

明珠用自己的身子抵住房門，緊張中不免猜測：他們可是聽到風聲知道了？會不會不讓她出門？如果真是如此，她該反抗，還是……明珠聽到自己一顆心撲通、撲通亂跳，養父母畢竟是長輩，自己能正面反抗到什麼程度？會不會誤了吉時好事？

傾聽好一會兒，養父母房裏似乎並無動靜。明珠不敢大意，趕緊將髮上的竹筷子全拿下，用牛角梳隨意梳了幾下，這才揣了包袱，偷偷的掩出自己的房門，然後，幾乎是躡手躡腳的穿過長廊，拔下門閂，逃出陳家大門。

一步一回頭往前奔到鄭新屋的店內，阿彩見到她，開口便埋怨：

「這時候才來，我以為出不來啦。」

明珠訥訥回道：

「不是說辰時迎娶？」

「是沒錯，可妳不來，大家心不定，誰知那阿妹仔會使出什麼手段？」

鄭新屋見女人還在這小事上頭囉嗦，不得不出聲了：

「該做什麼事，就快去做，不是還得試衣服、鞋子？」

阿彩拉著明珠進屋子裏去，自牆上掛著的木頭衣架上，取下那豬肝紅的洋裝來，囑明珠穿上：

「這是我做主挑的顏色，喜事嘛，沾點紅。」

阿彩協助明珠脫下舊衣，穿上新裝，忍不住便邊讚嘆，邊將明珠推到鏡前：

「妳看，妳看，多水？妳長期被妳那沒心肝的養父母埋沒了！今後嫁了個有才情的尪婿，不妨多裁兩件紅花柳綠的衣裳穿穿，夫婿看著也歡喜。女人啊，要粧要扮才會水呀。」

阿彩另外又拿出一雙土咖啡色粗跟皮鞋來，敦促明珠套上：

「快快，是那天量了妳的腳模買的，應該合腳才對。」

明珠見到生平第一雙這麼好的高跟鞋，又是皮的，眼淚幾乎就要滾下。

阿彩忙忙叫道：

「妳可別落淚，這是好日子咧。這些，妳亦毋庸感激我，全是孫師傅拿出來的錢，也應當，男方該給女方的。對了，我特別給妳另做了一套衫裙、一件花呢布洋裝，免得一嫁過去全沒新衣好替換。那件洋裝是我和新屋送妳的大喜禮物，衣裙則仍是孫師傅備辦的。」

「阿嬸——這等恩情，叫我如何報答？」

「憨查某囝仔，談什麼報答？是妳阿母不知疼惜，像這麼好的女兒，我求都求不可得呀。」

阿彩連生五個壯丁，沒半個女兒。別人羨慕她，她卻渴望有個同心的女兒。

「來、來、來，阿嬸給妳上妝，總不能素著一張臉去做新娘子。」

阿彩拿出胭脂、白粉，開始在明珠臉上塗塗抹抹，邊化妝邊談談說說：

「因為臨時決定的事，所以凡事比較簡陋，對妳是委屈一點。不過，孫師傅很有誠意，我們夫妻亦全心全力為妳的立場爭取，這場婚禮，妳也算有面子了。」

迎娶的人車到時，辰時剛到。

本來應該可以講究一點用六部轎車迎娶，但今日只來了一部黑頭仔轎車和六部人力車。一來因為時間太匆促，二來因為路程太短，認真說起來，只在一條街上，所以將就還是如此精簡。

孫武元神采奕奕，穿著一襲深色西裝，滿臉含笑的進了鄭家大門。

既無祖宗可拜，亦無父母需要叩頭，陳明珠就在眾人吆喝聲中，和孫武元登上那唯一的轎車，往第十一號水門的方向而去。

在他們身後，是跟著來的六部伴娶所坐的人力車，浩浩蕩蕩，吸引了不少厝邊頭尾看熱鬧。

明珠住在這宮前町前後亦十六年，雖離街尾有一段距離，但出入其間，還是有不少人認識她。所以一經認出新娘是她，大家都議論紛紛，無非是陳家的養女，怎會在鄭家出嫁？而且亦只穿著普通洋裝，養父、母甚至不曾露面，究竟是怎麼回事？

明珠的「黑頭仔轎車」才到永樂町一丁目巷內的一幢黑瓦房宅門口，也就是孫武元花了十塊錢租來的新房，陳春發和王妹那廂也得到消息，說是明珠剛剛才從鄭新屋家坐著黑頭仔轎車，嫁給孫武元了。

王妹一聽，差點岔了氣！她先破口大罵：

「這不要臉的嫺婢，居然演出這一齣！免錢送去給人睏，笑破厝邊頭尾的嘴！你——一顆像死人一樣，只會憨呆憨呆坐一天！明珠跟人跑了，看我們這張臉往哪兒擺去？」

然後，踮著她那纏過又放的改良腳，來來回回焦躁的走來走去。

陳春發這會兒倒是頭腦清楚，他慢慢帶點兒結巴的說：

「不該開那麼大嘴，向那……外江人要一萬塊錢……聘金。」

「什麼意思，雖是養女，亦是錢買的，要聘金也應該。」

「明珠……不是把錢還清給我們了？」

「你這憨頭！不說誰知道？老保正早就過世，誰還知道這件事？」

春發這些年老邁許多，老了，心境脾性自然也改變不少，他看著暴跳如雷的妻子，想到人生諸事，其實亦無須太計較，明珠不同心，留也留不住，昭雄是他們下半輩子的依靠，照樣也留不住。這是時代，也是命運，強求亦是沒用。

「阿妹仔，生米既已煮成熟飯，那就算啦，不要……再管。」

一聽丈夫如此息事寧人，阿妹仔眼一瞪，啐道：

「你這樣軟腳蝦，以後如何在宮前町站起？豈不任人要捏要揉都沒辦法了？」

「那要──如何？」

「如何？自然先去找鄭新屋理論，再去羞辱那不要臉的𡝗婢！」

春發坐著，為難的搖搖頭：

「這樣沒用，不過是出出氣而已──算啦，她也二十二、三了。」

「我正是要她不能做人！如何，走是不走？」阿妹仔怒目扠腰，不容陳春發不去。

春發無奈，只得跟著妻子出門。

兩人來到鄭新屋家，阿妹仔站在店口，張嘴便罵：

「姓鄭的，我告你拐帶人口──有本事出來回話！」

鄭新屋和阿彩，早跟著迎娶的隊伍到新房去了，屋裏只剩下五個兒子。聽到叫罵，老大、老二和他們的老婆全出到店口，就有人義正辭嚴的修理春發和阿妹仔：

「你們這不是打人的喊救人？明珠賣身錢早就逐月還清給你們，雙方早無關聯。你們虐待養女，還想藉養女賺錢，算是人嗎？現在還敢來要人？」

阿妹不防這些少年人亦知明珠清償賣身錢的事，氣勢頓挫，但仍死鴨子硬嘴，依然尖起聲音叫罵：「各人洗米各人下鍋，這是我家的事，干你何事？」

「做得過分，就變成大家的事。」老二冷笑：「看妳要來公的，還是私的？公的找保正、告官；私的呢，我們鄭家隨時候教。妳該懂點法律，明珠可是二十二、三歲的人啦。」

「土匪——全家伙皆是土匪——」

阿妹仔還要叫嚷，老大媳婦自房裏抄出一把掃把，對著阿妹仔揮舞著：

「還不快走，我拿掃把趕人了！」

春發見狀，拉著猶在叫嚷不休的阿妹，趕緊往回頭路走。

阿妹仔幾時受過這麼大的氣？一回到自家屋子，掄起拳頭，便對著不能替她做主的丈夫亂打！邊打邊罵，最後突然坐在太師椅上，無助的放聲大哭起來！

春發垂手站著，半晌才無奈的勸說自己的老婆：「算啦，養她一場，我們亦無虧到，錢也還了，小時候粗重工作，亦都由她去做。長到二十多歲，留不住了嘛！別氣壞自己身體才是！」

「什麼話！連不相干的人都來侮辱我們，這全是明珠那嫺婢害的，也是你這沒路用的查甫人，才會被人看輕！」

春發勸至此，亦只得任著王妹去了。

王妹邊哭邊想，想得無策，最後亦只能恨恨不了了之。

而明珠在孫武元攙扶下進了新房，見房子雖舊，但亦因張貼了紅紙、搬進了新的家具，所以顯得喜氣洋洋。

明珠才剛進房坐定，孫武元拉住她的手，諦視了她好一會兒，說道：

「委屈妳了！今後一起生活，一定不會叫妳擔驚受怕，更不會叫妳吃苦。這婚禮省掉的種種排場，日後我一一補妳。」

明珠溫柔的回道：

「有你這個心我就夠了，我不在乎那些排場，只盼你……待我，永遠是同一心腸。」

「妳放心，以後會給妳好日子過。」

兩人無法說太多體己話，外面人聲喧嘩，孫武元忙著出去招呼。

當晚，就在仁和堂中藥舖擺了兩桌酒席，宴請至親好友。

其實，明珠雖非無親無故，但婚禮非常倉促，來不及通知她在山上的生父朱天送，和那些姐姐；而孫武元隻身跟著仁和堂中藥舖的老頭家來到台灣，事實上在台亦屬無親無故，所以宴請的賓客沒有至親，全是好友。

那一晚，賓客散盡，孫武元扶醉回到新房。

燈光下，明珠奇豔秀麗，羞赧不安的坐在床沿。

孫武元自行卸去西裝外套，挨到明珠身畔坐著。他伸手扳過明珠的肩，用那雙大手，輕撫著明珠的頭髮、臉龐、頸項與雙肩，然後慢慢一粒一粒解著她前襟的釦子。

明珠只覺酒氣呵近，還伴著男人的體味，在鼻間、耳際、嘴前廝磨徘徊。她感到孫武元——這個今夜起將成為她夫婿的男人，伸手進衣襟之內，撫觸她幼嫩敏感的前胸。

明珠不知不覺輕「嗯」一聲。

孫武元緊緊將她擁在懷中，低聲說道：

「不要害怕，我會讓妳幸福。」

孫武元將明珠按倒在床上，順手將床簾一拉，黑暗中，明珠只覺丈夫的重量壓了下來，像須彌山般，成為她往後的棲息、依靠與修行。

夜，才剛掩合，但在枕上，明珠彷彿聽到第一聲雞啼，在非常遙遠的地方。

9

昭和二十年八月十五日，也就是明珠婚後大約半年時光，日本戰敗投降，台灣再度歸還中國。而出征將近兩年的陳昭雄，始終沒有消息，戰爭結束，他卻生死未明。

自私奔出了陳家大門之後，明珠輾轉自阿彩嬸那裏，得知她養母王妹曾在她結婚當日，和養父到過鄭新屋家去罵過陣。粗口野舌，明珠猜也猜得出王妹會罵些什麼話，現在，她，陳明珠，可是宮前町，不，民生西路這附近家喻戶曉的第一號「臭」人物了。

半年間，明珠雖多次想動念回去看看養父母，尤其是日本戰敗而昭雄遲遲未歸時，但她始終不敢造次，王妹不是軟心腸的女人，萬一貿然前去，除了被掃地出門之外，只怕還要再次遭受可怕的罵街式侮辱。

明珠不想再去忍受這些，現在，她也不必忍受這些了。

她現在是仁和堂中藥鋪的二頭家夫人，人們稱大頭家太太為老頭家娘，稱她為少年頭家娘。用年齡區分，感覺上就無股份大小之別，乍聽起來，還好像是父母和子媳檔似的。

明珠現在生活安定，心情平靜，每天除了照顧丈夫飲食之外，實在亦無什麼事情好做，因此，她便將家中，從上到下、從裏到外、從明到暗、從大到小的刷洗擦拭，務使一切煥然一新。

孫武元和仁和堂中藥鋪的老頭家吳頌堯是師徒關係，武元跟著吳頌堯自唐山浙江來到台灣，已整整十一、二年。這十多年間，吳頌堯毫不藏私的盡將所學傳授給孫武元，所以武元現在幾乎完全可以獨當一面了。

吳頌堯原有三子二女，兩個兒子都在老家看病抓藥，繼承父親的衣缽；三子則志不在此，早幾年便負笈日本。

初來台灣時，吳頌堯五十初度，猶正當盛年，到現在六十多歲了。這兩年，因為病人的要求，加上妙手回春口碑好，所以遠在基隆的病人越來越多，吳頌堯經常帶著孫武元，一個星期到基隆看病三天，三天後再風塵僕僕的趕回台北。因此，明珠一週中至少有三天是獨個兒守在家裏的。

這一天，明珠正洗好衣服要晾，忽聽外頭有個嬌甜的聲音叫道：

「有人在嗎？請問——有人在嗎？」

明珠將手拭乾，匆匆走了出去。一見來者，大為驚喜，拉開木門便笑咪咪的延請來客進來：

「許久未見，快進來坐！怎知我住在此地？」

原來，來的人正是昭雄的意中人阮端端。

數月未見，端端似乎更成熟了些，是因為刻骨的相思和深邃的憂傷，使她看起來沉靜而哀愁吧。

明珠忽然很為自己沉浸在新婚的喜悅中而忽視了昭雄出征未歸的憂懼感到抱歉，尤其是那麼久未曾想到要去探望阮端端。

端端穿著白衣花裙，粉色的肌膚透著嬌怯，看來益發惹人憐惜。

「孫師傅此刻應該不在？」端端小心的問道。

「不在，妳坐，我去泡茶。」明珠將端端請進客廳，轉身便要進內。

端端伸手將明珠拉住，懇切而焦急的說道：

「明珠姐姐，不用勞煩，我只想和妳說說話。」

明珠依言留下，兩個女人面對面而坐。明珠雖知端端所為何來，卻是難以主動先開口提出。

「戰爭已經結束這麼久了，昭雄還沒有回來，只怕……」端端才說了兩句話，眼淚便奪眶而出，哽咽著不能繼續。

明珠想起弟弟那俊美英挺的姿容，脫口說道：

「不會的，昭雄那個長相，不是短命之人，妳不要胡思亂想。」

「但是，戰爭結束這麼久，死的死，沒死的人，陸陸續續都回來了，昭雄卻自始至終，連一封書信也沒有……」

「昭雄一定被什麼耽誤了。沒有死訊，應該就是好消息。」

端端拭著眼淚，想起昭雄出征前，兩人在媽祖宮的約誓，不覺更加不能自持。

「昭雄要我等他三年，三年後如果沒有回來，叫我別等他……」

明珠這時，亦不知說叫端端繼續等待下去，還是叫伊不要再等了。等與不等，都是一種酷刑。她真的該感謝上天，因為過了兵役年齡，所以孫武元不曾被徵召，而她自己亦免於被調去當戰地護士，才能成就這一世的姻緣。而端端與昭雄就太不幸了。

「我父親……前天有人來說媒，因為對方條件很好，所以，父親希望我答應……我不敢講出昭雄的事，不然父親一定會強迫我馬上答應這門親事。」

端端是個大美人，兼且又是第三高女畢業，一定是許多世家子弟提親的熱門對象。明珠明白端端處境的困難，但是，她能說什麼呢？昭雄若是會回來，現在勸端端另覓良緣，不是成了拆散有情人的罪魁禍首？但若昭雄當真不回，豈不誤了人家女孩子的前程？

「端端，真難為妳了。」明珠想了很久，終於還是下了決定：「我雖然相信昭雄一定會回來，但這只是相信罷了，事實不知究竟是如何？因此，我不敢勸妳一定要怎麼辦。只是，如果不得已的話，妳做什麼決定，昭雄回來，也一定不會怪妳的。」

「不！」端端哭著抬起驚懼的眼睛：「明珠姐姐，我和昭雄約好等他三年，我一定會等他的。」

明珠悽然說道：「三年，是很漫長的，距今還要一年半的時候，以妳的條件，會不斷有人到妳家提親，是不是有辦法一直拒絕？」

「我一定會拒絕！」

「那是很困難的。因此，如果妳有什麼決定，我相信昭雄一定會明白，他也希望妳幸福呀！何況，去了那麼久，將近兩年都沒音訊，的確也叫人擔心啊。」

兩個女人相對而泣。端端不能出來太久，不一會兒便告辭，這樣的相談，亦不能有什麼結果。明珠送走她之後，想到昭雄，又想及養父母，心緒便一直無法平靜。坐坐想想、走走做做，忽然再也按捺不住，出門便往媽祖廟的方向走去。

只走到半途，但覺胃部一陣翻騰，顧不得正在路邊，彎下身便嘔了起來，嘔著嘔著，穢氣沖鼻，更是難過，於是跌跌撞撞便得折返家去。

那日到晚，孫武元自藥鋪裏回來，明珠很意外不曾相迎。武元進屋裏，見妻子躺著，不免探問：

「身子不爽？早上竟不知妳如此。是什麼毛病？如果必要，我即刻到藥鋪裏為妳抓兩帖藥。」

「不知怎的，下午突然翻胃，沒有胃口。」

武元坐近榻前，探身為明珠把脈，忽爾笑謂：「只怕要為我添個壯丁或千金了。」

明珠將信將疑：「可是真的？身子不爽快，怎會是有身？」

「我不誆妳。今後再不准妳擦擦洗洗刷刷的，會傷到胎兒。從此，妳只要乖乖在家，三餐其實亦毋庸準備，藥行裏反正一向多準備著，我就在藥行裏吃用即可。倒是妳，明日我抓些藥材，讓妳燉點滋補的東西吃用，現在最要緊的是身子，其他都是次要。」

夫妻倆絮絮又說了些體己話，才這安歇。

明珠躺在床上，聽聞著武元高亢的鼾聲，想到自己二十二歲以前雖命歹運乖，可喜是嫁了個如意郎君，既有才情又重義理，真是謝天謝地。然則她的昭雄弟弟呢？放著如花嬌娘等著，卻是生死未卜。那麼好的一個有才情又溫文體貼的俊美男子，老天會讓他曝屍異域，不得回返？

看來，她明後日還得到媽祖宮上香，一來要求媽祖保庇昭雄平安，甚至不惜用筊杯問個分明，到底昭雄是生是死？會不會回來？與阮端端有無結局？二來，她得祈求肚腹裏的這塊肉平安落地，最好還賜她一個壯丁，武元畢竟也二十七、八了，別人早就兒女成群，如果一舉得男，武元不知會多快樂！

明珠胡思亂想一陣才入睡。由於一夜沒睡好，第二天又起早燒大灶，煮了一鍋粥飯來款待丈夫吃早餐，失眠加上孕苦，武元後腳剛離家，她便掏胃翻腸般大大嘔吐起來。

結果，這害喜狀況日甚一日，整整鬧了三、四個月，到最嚴重時，明珠滴米不能進，嘔出來的是綠色帶黃的膽汁也似的東西，人自然就憔悴蒼白，看起來十分不齊整了。

二月十九觀世音菩薩誕辰不久，明珠有一早起身，發覺自己鬧了好幾個月的孕吐似乎不曾在這溫暖的早晨如法炮製。起大灶時，柴火煙薰滿室彌漫，竟然不曾引起她的昏眩。

幾個月來的第一次，當粥飯燒滾，味道四溢的時候，明珠再次感受到那久違了的米飯香味，居然有飢腸轆轆的感覺。

她服侍武元吃著早餐。而發現妻子不曾驚天動地的乾嘔，武元用一種尋常的眼光看看她，有點如釋重負的說道：「總算有一天不嘔了，我還以為會一直吐到生的時候，那可是辛苦。萬一胎胎如此，的確可怕，妳還敢再生？」

明珠聽了這話，覺得有點委屈。懷孕受苦，又不是她願意，何況孕吐也非裝出來的，武元這話，叫她有些失望。

但她回心一想，前幾天，仁和堂的老頭家吳頌堯出診回來時，黑地裏摔了一跤，將腳跌斷，雖是接妥，但要痊癒能行走自如，需要一段時間。因此，到基隆出診，就變成孫武元一個人。

基隆聽說病人極多，武元一個人，自然工作量就大了起來。也許因此，他顯得心情不好吧。何況，自有身孕，身子不爽，明珠就迴避武元近身。想想武元正當青春，年富力強而不能夫婦和合，也真是難為他了。

想到這裏，明珠乃好言好色的送武元出門。

今日又該出發到基隆看診了。現在一去，都是接連三天。望著武元的身影遠去，明珠突然湧上好胃口，返身入屋，難得的想著要好好喝它一碗粥。

就在那一轉身間，她好像覺得腹中的那塊肉，似乎輕微的動了一下！

明珠驚喜的怔在當地！莫非，孩子開始胎動了？謝天謝地，她終於熬過這幾個月的苦難，不出幾個月，孩子就要出世了。

明珠不自覺，用充滿歡喜感謝的心，來到灶旁那一鍋猶自燙熱的粥飯之前。

那一年，暑熱來得特別早，不到六月，便已穿不住長袖衫了。

該當是順月的陳明珠，依然閒不住，擦這洗那，一點也不顧忌是否會動到胎氣。不，其實是因為家中沒有女性長輩可以指點，所以明珠等於是對生產之事無知到猶如一張白紙。

這一日，明珠因腿水腫得厲害，因此想到仁和堂配兩帖藥，拿回來煎熬著服用。

這天，孫武元依例是在基隆看診，必須次日才回。由於嫁給孫武元已將近兩年，仁和堂內部大大小小、老老少少都十分熟稔，所以武元雖不在，明珠仍然時常去仁和堂走動。

她剛進仁和堂，老頭家夫人晴玫正坐在店口，看了明珠肚腹，關心的說：

「明珠呀，有沒有什麼感覺？我看妳肚子很下面了，大約胎兒下移啦，只怕這兩天要生。」

明珠茫然的笑笑：「也沒什麼感覺，不知是哪日？」

「依我看，就在這兩日，胎位已經下移，很低了。我看妳回去該準備準備，預先把要用的東西都備齊，頭也早日洗了，不然坐月子可不能洗頭。武元明日回來，暫時叫他別去基隆，要不然妳家中沒半個人，到時可不方便。」

「基隆可以不去嗎？患者不是有很多？」明珠知道老頭家吳頌堯自傷腿後即不曾再去基隆，最近腿患雖已痊癒，但一來年事已高，二來武元在基隆看診風評不錯，已可放心的放單，所以基隆地區全部委由武元負責，吳頌堯不再過問。因此明珠才會有此一問。

武元當然又另外帶著吳頌堯的夫人晴玫的姪子牛金科在身邊，算是師父牽成學徒，一如當年吳頌堯牽成孫武元一般。

「患者若不是急診，一般亦不差這一兩日。況且，目前有許多人改找西醫，說是藥效快，尤其是打針，有些病，聽他們講，一針下去，藥到病除，也不知是真是假。」晴玫有六十歲年紀了，但因半輩子命好，丈夫才情，所以頤養得白白嫩嫩的，看上去只有五十開外。她說完話，想起明珠來此是否有事，因之又問：「妳有什麼事？」

「這兩天腿腫得厲害，想來配點藥回去。」

晴玫想想，說道：「我看這兩日就會生，這個藥不吃也罷。等生了，要吃收縮藥、顧筋骨、去瘀血的種種藥材，那才重要。這會兒別去想腿腫，眼下就是這兩天的事，也許不等藥煎好，他就生了，白費事。」

明珠想想，問道：「晴玫姨，這生產……我是說，要生時，會有什麼徵兆？」

晴玫知道，明珠自小給人做養女，養母又不疼惜，對這種事毫無經驗又缺人教導，因此便也不厭其煩的教她：「這是因各人體質而有所不同，有些先腰痠再腹痛，一陣一陣的催，越來越緊越密；也有人先破水，或者先落紅。總之，妳是頭胎，什麼都不知，一有什麼不尋常的動靜，妳就著武元來問。」

「多謝晴玫姨。」

「妳生了之後，坐月子的事不用愁，我讓阿彩順便幫妳做了，妳著武元包個紅包給她就行。」晴玫說道：「藥舖裏也方便，要什麼補藥，順手配著燉煮，還省得來回麻煩。」

明珠自小少人關愛，而晴玫與她不過是東主與雇傭之間的關係，最多僅是武元有著小小的股份關係罷了，對她卻能如此寬宏有度，實在令明珠感激。

「接生的產婆是不是講好了？武元時常不在，在也早出晚歸，妳自己要有打算才好。生孩子畢竟是生命相搏的事，妳年輕，不知天高地厚……明珠，聽我的話，回去把身體、頭髮都洗乾淨，東西如果都準備齊全的話，不妨去廟裏燒個香，祈求註生娘娘保庇妳母子平安，生個勇健小兒。」

明珠唯唯諾諾的回了家，果真就依晴玫姨的話，將破衣裁成的尿布，一塊一塊摺疊齊整；把自己用紗布縫製的嬰兒衣服，邊摺邊一件一件拿起來細細的看。就這樣細細琢磨，等她洗過頭，好整以暇的在後院對著夕陽撩乾頭髮時，忽然覺得肚子抽了一下，也就一下，過後又歸於沉寂。

明珠站起身，準備要去將中午剩的飯菜拿出來熱一熱，才走到門邊，忽然又是一次陣痛。

自此，陣痛非常規律的每五分鐘來一次。痛了大約兩三個小時，除了後腰極痠之外，明珠覺得痛楚還可以忍受，她天真的以為，人家傳聞生產有如車裂之苦，是不是過甚其詞？還是因為自己吃慣了苦，所以就不覺其痛了？

就因為如此，所以明珠很有信心的認為自己撐得住，說不定等快生時，再去找產婆即可。

誰知，起火熱飯菜，飯菜尚未熱到可以吃，陣痛間奏加快。很快的，痛楚一波一波的推進湧出，明珠一下子便站不住，這才知道自己低估了生產之痛！

武元人在基隆，這時就算用電話通知得到，人也趕不回來急救。

明珠痛得馬上就是一身汗，她扶著牆，勉力來到隔壁福嬸仔家，人痛得無法進內，只拍著福嬸家大門，拚著力氣呼叫：「福嬸仔——福嬸——」

福嬸聽見喊聲，急忙出來，看到這光景，即刻上前扶住明珠，叫著：

「阿川，阿川！去叫接生婆來，快點，看這情形就快生了！」

「福嬸仔，拜託……阿川，也幫我……通知一下仁和堂……」

福嬸仔吩咐了兒子先去叫產婆，再去叫仁和堂的人，這才將明珠扶回床上，又忙著添柴火木炭燒滾水，以備分娩時用。

當晚九點半，明珠產下一名男嬰，因為囝仔大，所以生得很辛苦。

仁和堂的人搖電話到基隆通知孫武元，武元也有情有義，半夜三點多趕回台北家中，見到他初生的頭胎子。

這個孩子，武元早想好了名字，既是個男嬰，就取名翰青。

明珠從丈夫的臉上，看到了他對伊生下兒子勞苦功高的嘉許。

在涔涔汗濕的褥上，經過車裂也似的痛苦之後，其他的種種痛楚，相形之下便無足輕重了。

明珠看著懷中那方面大耳的兒子——至少在她眼中看來是如此——只覺得自己半生的坎坷，走到這裏，似乎應該走盡了。

往後，她有這個兒子，丈夫又有才情，真的是再也沒什麼可以擔憂了。

10

明珠生下翰青，大熱天裏坐月子真是千辛萬苦。怕吃了風，不敢搧涼，終日汗漓漓的，不能洗身，更無法洗頭。

雖然物資管制，但武元為了善盡為人夫、為人父的職責，不知透過什麼門路，花了多少金錢，大約七、八天就給明珠帶回來一隻雞或一對腰子，平日裏雞蛋、赤肉亦總不缺。

那明珠卻因天熱人燥，胃口大壞。武元只苦口婆心勸她：

「身子一向不好的，若是月子坐得好，滿月後脫胎換骨，從此勇健健；相反的，平日裏身體不管多好，只要沒坐好月子，從此萬般病都會隨身。妳好歹都要多吃，囝仔正要母親的奶水。」

「天氣熱，一身黏濕濕的，什麼東西看了都沒胃口。」明珠苦著臉，帶點歉意看著丈夫。

「萬般好忍，身子要顧。我做得到的，全做了。剩下的，只能靠妳自己。」

好容易熬到滿月，明珠不胖反瘦；倒是翰青好飫飼，看起來更加方面大耳。

滿月不足三星期，那新曆八月十五，日本戰敗投降。滿街的鞭炮響個不停，台灣人高興自己就要出頭天了，不斷的奔走相告，不斷的互相恭喜。

有那動作快的，早把戰時放在家中備用，以防空襲引起燃燒用的沙包丟了出去；也有一手扯下窗邊遮陽光防飛機相中丟炸彈用的黑布，丟在地上用腳踩的。

一時之間，滿城狂歡，像是從此日子便平步青雲，快樂似在雲端一般。

明珠自然也是高興。青春歲月一片灰濛濛，盡在戰爭中艱苦、灰暗而無人存問中過去。紅花綠柳、多彩多姿，一切與她無緣。如今，戰爭結束，尪婿才情，她猶年輕，該當有段好日子彌補彌補自己才是。

然而，她也有深厚的隱憂。

戰爭結束，她那出征達兩年多快三年的弟弟昭雄，非但沒有回來，而且從無片語隻字捎回家鄉。昭雄讀到工商學校畢業，字跡勁秀、辭意通達，不像那些不識之無的軍夫一般，無法寫信回來。家中有父有母，雖非親生，但姑姪同姓，恩似親腹所生。何況，還有一個如花似玉、在神明前面約束過要相等的佳人……

昭雄不會不寫信回來的。

昭雄也不會在終戰時，兀自流連在外，不早早歸家。

因此，答案也許只有一個，卻也是明珠最不能，也最不敢去想的那一個。

好幾天之中，她一直徘徊在要不要去看阮端端的這件事情。不看，於心難安；看了，究竟又能說些什麼？要端端再等下去，還是叫她別等了？

就在那混亂躊躇的日子中，一天，武元自仁和堂回來，對明珠說道：

「我聽人說，妳養父病重，好像不太行了，已經抬到大廳中。」

明珠瞪大雙眼看著夫婿，對這突如其來的消息，只覺心慌慌的，一時理不出頭緒。

孫武元見明珠未語，接著又說：

「雖然待妳不好，畢竟也是養父。是不是該回家看看，也許幫得上什麼忙，免得被街坊鄰居批評我們忘恩負義。」

明珠聽武元這一說，想到他求婚被她養父母刁難，他居然不念舊惡，還提醒她回家去看看是否可以幫忙，倒真是個講情理的人，心裏不免十分感激。

但是，王妹的個性，武元並不清楚，明珠因之訥訥說道：

「不回去是說不過去。只是，若是回去，只怕會被掃地出門。」

「家裏有人重病垂死，妳母親亟需人家扶持，諒她也不會對妳怎樣才是。如果妳不敢回去，我帶妳去好了。」

明珠很感念武元的體貼，但她想了想，還是婉拒了夫婿的提議。

「我自己先回去看看，若是我阿爸真的怎麼了，只怕有許多大事要煩勞你。家中沒半個男人，昭雄至今未歸，也不知是生是死。」

「那妳即刻回去吧，重病之人，也不知何時撒手就走。昭雄的事，切莫在妳阿母面前提起。」

翰青是襁褓兒，怕煞到了，明珠因之把他留在家中，讓武元看著，自己匆匆忙忙梳了頭，連衣服也沒換，便急急往娘家奔去。

自私奔結婚後，一直未與娘家人聯絡，明珠此時腳步雖快，但心卻七上八下。

王妹待她一向尖刻，她的婚姻，又是如此的丟盡王妹面子，不知王妹見了她面，是什麼態度？

真的是，越走越近，卻是越來越情怯呀。

終於來到昔時她自六歲到二十二歲住過的「娘家」。

明珠站在門邊，傾耳細聽，半晌皆無聲響。她想了想，伸手去拉木門。

門從裏頭抵住了，無法拉開。

明珠只遲疑了一下下，想到人都回到這裏，不進去又待如何？養母要罵就隨伊去罵。如今養父垂死，她這做養女的若不回來盡份心，實在說不過去。

想到這裏，明珠伸手去敲門。

連敲了七、八聲，明珠不敢出聲呼喚，怕養母聽了她的聲音索性不開門，那就枉然了。

終於聽到細微的腳步聲，王妹來到門前，低聲問道：「是誰？」

明珠提著一顆心，不敢用原音相應諾，含含糊糊答道：「是我。」

屋子裏沉默了會兒，倒是動手將抵門的木棍拿開，拉開木門。

兩年未見，怨恨難消，乍然見到明珠，王妹高亢的嗓音亮亮撩起：

「妳有臉回來——剛死了一個，妳回來要再氣死一個不成？」

明珠一聽這話，顧不得養母的態度，急急忙忙問道：「阿爸他——」

「不是死了人，妳會回來！」王妹的聲音雖充滿怨氣，但卻將身子讓開，任由明珠跨了進去。

明珠這才看見養父陳春發，直挺挺躺在廳裏的水床上。

「阿爸——」明珠腳一軟，雙膝向陳春發跪了下去。想到昭雄未歸，養父卻死，只剩養母一個人，不禁悲從中來，放聲便哭。

哭了一會兒，才聽到王妹的聲音自身後傳來。沒有怨恨的聲音，聽起來反而十分不慣，像是衰弱極了，完全不似往日的王妹。

「他走得痛快，從昏迷到往生，不過三日，第二帖藥都來不及煎給他吃，人就不行了。是他的福氣啊，卻留下我一個孤寡……」

王妹哀哀哭了起來。明珠扭頭去看她養母，燈光下，往日豐腴的王妹，此刻瘦得都看得見大襯衫下的肩骨，因為哭泣，而一聳一聳，十分悲切且柔弱。

「阿母，阿爸既是走得痛快，沒有痛苦，您就不要太悲傷，自己身體要保重才是。」

王妹哀哀哭著，哭聲中，時而叫著春發，時而卻又喚著昭雄的名字。

明珠聽了，亦止不住掉淚，卻也只得相勸：

「一切有我，阿母但請寬心。要怎麼做，我找武元商量，再讓阿母定奪……您切莫再哭了。」

也許是因明珠不念舊惡回來相助，王妹像溺水的人，抓到一根浮木，整個人因有了依靠而突然崩潰！

明珠站了起來，撫著王妹的肩膀，試圖安慰伊。王妹卻越哭越響，一發不可收拾。

明珠任王妹盡情哭著。她眼前那曾經不可一世的婦人，在哀痛中用哭聲控訴命運的迫害：夫死、子失蹤，一場長達八年的戰爭，將她整個人生改觀了！今後，她一個孤寡婦人，要依賴誰過那餘生？

可也就是這浩劫，才讓她們母女重修舊好。

明珠對王妹，已完全沒有了怨懟和憎恨。昭雄出征前，曾將養父、母的照顧責任，重託給明珠。現在，昭雄沒有回來，明珠發覺王妹已喪失了撐下去的生活目標，陳家的一切，目前只能夠靠她這個嫁出去的女兒了。

接下來的日子，明珠和夫婿武元，兩人合力著手辦理她養父春發的喪事，從叫道士誦經、做旬做七、壽衣、棺木之準備，到發喪、看墓地，全安排得非常周整。

王妹因明珠回來，人一下子有了支持，便全然崩潰了。大約個把月期間，王妹只一味哭著，有時哀號、有時低泣，有時只呆滯的坐著。明珠叫伊吃飯，伊扒兩口便放下，再也吞嚥不下。倒是躺倒在眠床的時間很多，要不昏昏睡去，要不張著乾澀的雙眼發呆。

明珠一來因必須兩頭奔忙，二來也沒有辦法令伊心情爽快起來，只好暫時任伊如此。好不容易將春發發喪出去。明珠吁了口氣，這才有餘力回頭來照顧王妹。

明珠知道養母純粹是心病。本來指望養弟昭雄照顧他們兩老後半生，卻不料獨生養子的昭雄，卻被徵調去南洋。王妹自那時，心中便猜疑有些街坊鄰居和保正串通，將昭雄列為遊民報到郡役所，這才被徵調。

接著，一向乖巧自持的明珠，又背著他們兩老私奔，和個外江人成婚，落得她和春發非僅做不成主婚人，還被街坊的厝邊頭尾訕笑。

現在，戰爭結束了，出征的台灣人子弟，陸陸續續的回到家鄉，惟獨昭雄音信杳然；而春發又偏偏毫無預警的撒手西歸……

看來，命運真是處處與她作對呀。

明珠現在一天回娘家兩趟，中午與黃昏，她做了飯菜，用食盒提來給王妹食用。她將翰青用背帶巾揹在背上，每日來回。

王妹原來形容枯槁、萬念俱灰，隨著時間的消失，劇痛漸褪，開始將心力移轉到可愛的外孫翰青身上。她因此慢慢有了難得一見的笑容。

然而，逗弄翰青，有時反而會觸景傷情。

「昭雄若是不去當兵，現在必也早已娶妻生子，加上翰青，家裏不知有多熱鬧……」

明珠亦只能盡量相勸：

「戰爭結束不久，或許昭雄還在遠地方，他長那樣子，分明是有福氣的人，我相信他一定會回來的。阿母自己要保重，不然將來弄壞身體，又得拖累昭雄。」

「當年若知道他會被徵調去當兵，早早給他訂婚、結婚，說不定現在也有個孫子。」

明珠想起阮端端，不由得一陣心酸，脫口說道：

「那豈不害死人家的查某囡仔？」

王妹卻不以為然，說道：

「若是成婚，那就是伊的命了。女人嘛，是菜籽命，怨不得天地。」

聽起來，人總是自私的。明珠猶疑半天，終究不曾講出阮端端的事，只說：

「我找哪天去媽祖慈聖宮拜拜，請示媽祖娘娘，昭雄是否平安？何時可以回來？」

「那妳就快去吧，我這陣子，雙腿無力，走不到那裏去。」

明珠真正想去的地方，並非慈聖宮。求神問卜，若是問到了下下籤，她如何回去向養母扯謊？她自己也怕知道真相呀。

明珠最掛心的，一直是阮端端的近況。

終戰後好幾個月，端端不曾再來找過明珠。是否伊已放棄等待，由雙親做主要嫁給他人了？

明珠擔著這份心事，卻覺得自己沒有任何立場可以再去探訪端端。要繼續等待或選擇嫁人，應該由端端自己在毫無外力干預之下，一個人決定才是。

然而，明珠卻不知，阮端端此時卻臥病在床，高燒不止。

原來，相思入骨，憂焚成疾。阮端端早已等過了她當年和愛人陳昭雄在慈聖宮互相約誓的三年時光。

終戰後又過了好幾個月，陳昭雄依然未歸。當年和他一樣被徵召而無音信回來的街坊鄰居的年輕子弟，一個個陸陸續續的回到故鄉。

端端睜著雙眼、豎著耳朵，一個人默默在期待著奇蹟。然而，隨著時日越來越久，希望越來越渺茫，幾乎所有宮前町附近出征的子弟全回來了，而昭雄的生死依然成謎。

端端越來越形消瘦。茶不思飯不想的，可憐沒有一個人能讓她傾吐這刻骨無邊的相思。

她去找過明珠一次，知道明珠私奔成婚，已然和陳家斷了干涉。昭雄即使有消息回來，明珠亦無從知道。如今，她是徹徹底底隔絕了一切與昭雄有關的消息。

一想到這裏，阮端端便徹底的心碎了。

而看到她日漸憔悴，全身病懨懨的，端端的父母阮山河和阮林紅綢，私下不知多麼著急，不時的商量討論。

「端端一向身體好，何以這一兩年來，人越顯清瘦？妳們女人，比較方便問，不知她可有什麼不好說的病痛？」

「你想到哪裏去了？」阮林紅綢狠狠的白了丈夫一眼：「查某囡仔我自小養大、自小看大，伊的性我還不知道？全宮前町找不出一個比伊更乖巧的查某囡仔。你這樣說，是你自己見笑呀——」

阮山河無奈的辯解：「妳想到哪裏去？分明錯會我的意思。我是怕伊冷熱不調，要轉大人，不曾轉過來，會不會……」

「呸！呸！呸！端端都二十一了，那來潮的事，十六歲便順順當當的來了，還留到今天讓你想到。」

阮山河亦想不出女兒消瘦的所以然來，訕訕說道：

「會不會是戰時沒什麼東西吃，長年營養不良……偏偏現在又萬事飛漲，食米貴得如此；不然，該抓幾帖藥，給伊燉點瘦肉或雞仔補補身。」

「端端身體沒有病，前兩天，我帶伊到仁和堂給老師傅看，說是沒病。只是心裏鬱結。」

「心頭鬱結?!」阮山河蹙起眉頭，懷疑的啟口：「難道是——」

「你亦無須猜測，土想也知。一個查某囡仔，養到二十一歲，做父母的尚沒打沒算，轉眼就成了老姑婆。你說伊急是不急？又不能開口向咱們討要出嫁。」
阮山河聽到妻子這樣一說，突然一巴掌打在大腿上，歡聲說道：
「妳不早講！查甫、查某，該當有自己的歸宿——都是這場戰爭，打得人全憨呆了。」
「雖說事情不能拖，但也不可胡亂就訂姻緣。端端是這附近有名的大美人，我們還給伊讀到第三高女。對方如果不是有名望的，最少查甫囝仔要有才情，不然，我也不會答應。」
「既然如此，手腳要快。妳看是不是找媒婆撮合撮合？」
阮林紅綢一聽丈夫如此沒計較，不覺就翻了臉，斥道：「你查某囡仔是什貨，讓你這般敲鑼打鼓的便宜賣？」
阮山河搔搔頭，憨憨的問：「要不，該當如何？」
「這事你無庯管，我自有打算。你只專心做心意，管一家溫飽就好。」
阮林紅綢和丈夫商議妥當，心下便有了盤算。
她掂掂這附近常常幫人牽紅線的幾個媒婆，一個是雜貨店的阿信姊，另一個是木材行的春仔。
紅綢這一日便故意彎到雜貨店，名為打醬油，卻順勢滯留那兒和阿信聊天。
聊沒兩句，阿信那職業性敏感即刻有了反應：
「沒的，我說阿綢啊，妳家端端沒有二十嗎？」
「今年二十一。」
「那妳還有心在這裏鬥嘴鼓！妳不怕查某囡仔變老姑婆？」

紅綢一點也不著慌，將姿態擺得高高的，回道：

「我和伊阿爸都捨不得，一朵花似的。」

「哎喲，那妳就不對了，神仙也是要嫁！只要找個適配的、可以讓伊好命的，就好了。父母疼伊，可別反害了伊。」

紅綢故意露出為難的表情，沉吟起來。

阿信見狀，益加熱心，伊熱切切的催促著紅綢：

「阿綢啊，做父母的要放得開。妳此時將囡仔綁在自己身邊，以為是愛伊，將來孩子卻只會恨妳。妳聽我說，快將端端的生辰年月日講給我知，我好去替伊物色。」

紅綢又露出猶疑的神色，慢慢吞吞說道：

「阿信姐，妳可千萬別將我們端端的生辰八字亂亂兜售，伊可是我們一塊手心肉啊。」

「這妳放心，我做媒人二十多年，撮合過不下四、五十對新人。若不適配，我不會亂來——安啦，像端端這種美人，沒有一點重量的人家，我不會去說合。」

事情講到這一回合，阮林紅綢矜持而有些不太願意的留下阮端端的生辰八字，這才放心的回了家。

過沒兩日，她尚未重施故技，卻意外在街仔尾碰上木材行的春仔。

不等寒暄，春仔神秘兮兮的拉住紅綢，直往亭仔腳站，嘴裏高高興興的說道：

「怎麼如此巧合?我正想去厝裏找妳哩。」

紅綢笑著對春仔說道：

「妳這張嘴也能聽？多少年，也不見妳到我們那不成樣的厝裏行腳到！」

「唉唉，平日裏沒事怎好打擾？這回可是有大事情——恭喜囉，阿綢，天大的喜事！」

阮林紅綢心中猜個七、八分，但表面上卻不露聲色，裝傻探問：「又不是撿到金條，值得這樣恭喜。」

春仔歡聲笑道：「這倒被妳猜到了！這件事啊，雖不真是撿到金條，但比撿到金條還好。妳啊，我是說妳們家端端，掘到金礦啦。」

「春仔嫂，愛說笑，我們端端日日守在家中，哪裏也不曾胡亂去，如何去掘到什麼金礦、銀礦的？」

「阿綢，有個好譬人看上你們家端端了。我一說，妳準贊成，別人求都求不到哪。」

原來，春仔說的是洪記茶行的第二個兒子洪商周，在日本讀了法政大學，終戰前不久才從日本回台，今年二十五歲。

「很多女孩子都想嫁給他，但他一個也看不上，只要你們家端端。」

日本法政大學是三流學校。紅綢原來只是個尋常主婦，並不知什麼大學是一流，什麼又是三流學校。只是這一帶有不少子弟送去日本讀大學，誰讀哪裏、是好是壞，大家尋常都會拿來議論一番。

洪商周家的兄弟，讀的都不是什麼名門學校，可喜的是他們也未因家境富裕而成紈袴子弟；而且人才亦不差，長得算是體面的。

春仔見紅綢並未露出高興的表情，便趕緊又吹噓起來：

「洪記茶行的第二個兒子，妳總不會沒有印象吧？端端雖說是數一數二的大美人，但洪商周人一站起來，一點也不失人家的禮，堂堂也有五呎好幾吋的身高。加上他的身世背景，老實說，端端如果不懂得珍惜，那可真是沒有福氣呀。」

紅綢自然是聽得出春仔那勢利的口氣，和倨傲又帶點恐嚇的味道。紅綢也不示弱，她想，洪家再怎麼好，這媒人說項的第一關，若是落居下風，自己女兒將來在婆家只怕也會被瞧不起。因此，她不卑不亢、欲迎還拒的回說：「是啊，我正擔心我們端端捧不起他有錢好譽人家的飯碗呢。」

那春仔也機伶，馬上換了一張笑臉，親親切切的打破僵局：「阿綢，妳想到哪裏去了？人家指名要端端，哪有捧得起、捧不起這回事。妳回去認真考慮考慮，過兩日，我再去妳厝裏聽消息。」

阿綢忙說：「這種事，哪能說風就是雨？我得和我頭家商量商量，也得問問端端的意見，兩三日是不成的。」

「是，是，是，我太欠考慮了。你們一家好好商量，過些日子我再去聽消息。」

阮林紅綢回到家，心裏又矛盾又禁不住得意欣喜。喜的是，才決定要為女兒找對象，就有人趕著來報消息了；而且，後續的對象，應該還會源源不絕報來才對。要在這些少年人當中，挑出一個適配又理想的對象，應該很有希望。那麼，端端出嫁，不過就是這早晚的事情罷了。作為一個待嫁查某囡仔的父母，此刻的心境總是悲欣交集、十分難捨的。

紅綢迫不及待將春仔報來的消息告訴丈夫阮山河。夫妻倆熱切的論起那對象洪商周的長短來。

「好譬人的飯碗是比較難端。」阮山河持平理性的說道：「但是，我們做父母的總不會希望女兒去嫁個赤貧人家吧。」

「那是當然。不過，春仔現在報來的是次子，由於都是長子、長媳責任重，嫁給第二的，我比較放心。」

山河一聽老妻的口氣，馬上不以為然的抗聲道：「喂喂，妳有沒有吃錯藥？人家才報來第一個，妳就心甘情願要把女兒嫁出去了？這麼簡便？端端又不是沒人要、嫁不出去！」

「你這老不修的，究竟說些什麼？我只不過是在比較比較。不比不說，怎分得出好壞？」

「好！妳就去比。我們也不是一定得馬上答應，妳不是說，阿信也會報來？」

「是這樣沒錯。」

阮山河想了一下，對妻子說：

「婚姻雖說是父母做主，不過，妳也把這消息和人選告訴端端，聽聽她的意見。」

阮林紅綢想想丈夫說得有理，便走進裏屋去尋女兒。

端端斜斜坐在四角桌前，手支著頤，不知想些什麼。連她母親進來都沒注意。

「端端，妳是怎麼？心頭不清，老皺著眉，外頭若是有人看到，還以為妳想嫁人想得病相思了——快別坐那沒體統的樣子！查某囡仔，坐要有坐相，不然，人長得再水也得扣三分。」

端端收回茫然的眼光，也把支頭的手收起，望著母親。

紅綢喜形於色的坐到女兒面前，笑咪咪的說道：

「人水命也水。我正在想，我的查某囡仔生得如此妖嬌美麗，何獨沒人前來做媒？這想法還沒過夜，媒人就找上來了。而且，一來還不只是一個。」

端端似懂未懂，並沒用心在聽。

紅綢見女兒魂不守舍的樣子，伸手用力拍了下端端的肩膀，問道：

「端端，妳究竟怎的？最近像魂都不在似的，跟妳說話全像沒聽見，妳究竟有什麼心事，說來阿母聽聽，也好幫妳排解。」

端端抬頭看母親，內心掙扎了會兒，終於還是閃爍的回答道：

「沒有什麼心事，只覺得懨懨的，做什麼事都沒心思。」

紅綢因心中有喜事要相告，無暇去細思女兒交差的言語和搪塞的態度。一聽端端說沒事，伊即刻伸手去拉女兒那白嫩嫩幼細的手，親熱又難掩快意的開口說道：

「水人沒歹命的，妳知道誰來提親？」

「提親？」端端疑惑的問道：「提什麼親？」

紅綢用另一隻手拍了下女兒的手背，半嗔半笑的怪責道：

「妳以為我們厝裏誰該當嫁尪了。妳二十一歲了，人家有那好命的，不知做了幾個囝仔的老母了！我們捨不得妳，還一直將妳養在家中。現在可正是時候，春仔姨對我提那洪記茶行的第二個後生，日本法政大學畢業的，說是那後生指名要娶妳。」

端端這下子終於聽明白了，嚇出一身冷汗，急急問道：「阿母答應他了？」

「哪那麼容易？」紅綢得意洋洋：「阿信那邊也要報人來，我和妳阿爸要好好挑一個上好的，不能隨便將妳嫁掉。」

「阿母！」端端急急哀求母親：「我不要嫁，我……那些人全不認得，不知好壞。」

紅綢笑道：「現此時結婚，很少人是相互認識的。放心，阿爸、阿母會幫妳仔細挑一個上好的人，我想很快了，既已報了人來，不好拖太久，等阿信那邊也報了人來，我們就得做決定了。」

「阿母，何必要這麼急？這是終身大事呀，不能隨隨便便就決定。」

「這怎麼算急？通常媒人報了線來，女方打聽一下，再琢磨琢磨，拖不了太多時間，拖久了是失禮的事。要或不要，終究只是兩個回答。況且，」紅綢再次注意著女兒的神色：「妳二十一歲了，再幾個月過年，又長一歲。二十二歲就算老新娘了，將來要挑人就不那麼順當。」

端端不再說話，只是眼眶中慢慢蓄滿了淚水，神色悽楚。

紅綢看看女兒，無可奈何的說道：「結婚是高興的事，哪一個查某囡仔不是歡欣雀躍期待要出嫁那一日？妳這樣子，反而像禍事臨頭，究竟是怎麼回事？這情形若是傳到外頭，別人會講什麼閒話？」

端端任淚水滾了下來，不拭淚，也不回答，只是咬住下唇，咬住心中的千言萬語和千萬重結。

「端端，妳若是有什麼心事，就對阿母說了吧，或許阿母可以和阿爸商量，幫著妳解決。妳若是不肯說，我們又能怎麼辦？」

端端熱淚繼續滾滾而下。她和昭雄相約的三年早已期滿；戰爭也結束了這麼久，昭雄要能回也早回來了，何至於蹉跎如許之久？想來，天注定她和他無緣！天注定她得嫁給他人！她完全明白情勢如此，但她卻萬死也不肯甘心呀！

這樣的心事，曾經有過的約盟，一切都只是一場空！說出來給母親聽，又有何用？昭雄不回來，這是只有天公能替她做主的事，別人是一點點也幫不上忙的。

跟母親說出口，未定還惹來母親一番責罵，更快的為她決定婚事……

「沒見人聽到媒人提親，哭得這樣傷心的。難不成妳是心中有人，還是早已──」

「不──」端端驚恐的低叫起來：「我是完完全全清白的。」

紅綢緊張的情緒暫時緩和了下來，微微點點頭：「那最好，不然，我們什麼也別跟人講了。只是，妳若再如此哭下去，別人講起來，話就不會好聽了。」

「我只是……」端端說不下去，事實上也無話可說了，就是眼淚收不住，像決堤似的。

紅綢問不出個所以然，直覺端端心裏有事，因此也加強了儘速解決端端婚事的心意。她站起來，對端端說道：「洪記茶行這婚事，我暫時保留著，等阿信那邊再有消息來，兩相比較，再做定奪。我想，快則冬尾，慢則明春，妳無論如何都得嫁了。」

紅綢說完話，管自轉了出去，心裏卻像壓了塊大石般沉甸甸，不知如何才好。

而端端這邊，哭得心力交瘁，彷彿間，又像見到昭雄穿著黑色學生服，遠遠睇視著她，毫無笑容。

「昭雄樣，不是我要背盟違誓，而是父母和時勢所逼……你若是不要……不要我這樣，你就該出現呀！昭雄樣，目前如此，你叫我該如何是好？」

端端此時，真是呼天不應、叫地不靈。昭雄的臉迅即又不見，看來只是幻覺罷了。

那日晚餐時刻，端端便無法起身用餐了。

三年來的期待與擔心，將近一年的絕望與孤立無援，本已將她逼到牆隅；偏偏提親之事，又在此時發生。這可憐的癡心女子，再也撐不住了！

她高燒不退，人一直在半昏迷狀態。

阮山河早早關了店門，和老妻阮林紅綢焦急的不時探視著這表面上診斷不出病症的長女。

「這下子可怎麼好？剛剛人還明明白白在講著話，現此時就突然昏迷不醒。像伊現在這個樣子，如果貿然答應人家的婚事，只怕婚還沒結成，就要出人命了。那時笑話就不只是我們阮家一家人的，全宮前町、民生路、太平町，都不知要如何傳這現世眾的事。」阮山河氣急敗壞卻又束手無策的對著老妻抱怨。

紅綢除了擔心家風名聲的事之外，最主要是憂慮女兒生命的安危。伊垂著淚，泣道：

「不知她心裏有多苦，卻偏偏又不肯對我說……」

「會不會是……有身？」阮山河考慮半天，才說出這連他自己也不願去提及的字眼。

紅綢聞言，又驚又怒的喝止丈夫：

「你可別亂亂說！沒有的事，說出來不僅破了女兒的名節，亦壞了我們阮家門風，往後那幾個小的要嫁人，誰還敢來提親說媒？」

「我喜歡這樣講啊?」阮山河怒氣沖沖:「要不平白無故,一提媒人,伊就又哭又病的,叫我們做父母的如何是好?」

「早跟你說過,端端看過好幾個醫生,也診過脈,都說沒病,是心結。你要信得過自己查某囡仔啊,就是太愛惜名節,伊才會什麼都壓在心底,鬱結成病。」

「現在,什麼都不必說,最主要得要伊病能好……我們辛辛苦苦栽培伊唸到第三高女,這麼聰明的人,竟不會想!若是病不能治,那麼什麼都不用說了。」

紅綢一聽丈夫如此沒耐性,不覺眼眶發熱,哽咽道:

「查某囡仔如今變成這樣,難道是伊自己願意的?我們做父母的如果不能體諒伊,幫助伊度過這個大災厄,這世上還有誰能助伊呢?伊才剛病,若是我們即刻放棄,那……伊不太可憐了?」

「我哪裏說不管伊?只是伊不曉事,不肯對父母說實話,害得我們只有著急,不知道如何下手救伊……而且,」阮山河說來說去又撇不開面子和攀龍附鳳的動機:「這一病,若傳出去,再好的人家也不敢來沾親帶故的。真是,查某囡仔這麼不會想,真枉將伊生得好花一朵,還栽培到這個程度……伊就不為自己想想,亦得為這輩子辛辛苦苦工作的老父、老母想啊!這樣能算孝順嗎?」

紅綢見丈夫一時也說不通,兩個人擠在一起目視女兒的昏迷不醒,只有讓事情越來越窘迫、越壓縮、越難解。因此,她強忍住悲痛,對丈夫說:

「你去打點米酒,到麵攤上吃碗麵吧,省得留在這裏犀牛照角乾瞪眼,你難過,我也歹過。端端我一手照顧,無論如何,我是不會放棄她的。」

紅綢說到後來，再度哽咽難抑。也難怪她，好好一個如花似玉的女兒，說病就病，而且病得不省人事，叫伊做娘的如何是好？

阮端端高燒不退。紅綢去抓了藥，燉好藥頭、藥尾，待到溫度剛好，這才半抱起端端，一匙一匙的將藥灌下。

那一晚，紅綢頭不敢沾枕，躺不十來分鐘，便起身去看端端的動靜。端端服下的藥發揮了作用，到了半夜，出了一身汗。紅綢盛了一臉盆水，用毛巾仔仔細細擦拭著女兒的頭、臉和身體。一遍遍、一盆盆的換著、拭著，因為察覺端端的高熱在退，紅綢滿心的寬慰，只求因自己不斷的為伊拭身擦臉，而能讓端端病體快癒，她完全不曾感覺到自己的忙累與心焦。

「昭雄——昭——雄——樣——」

昏睡中的端端，忽然含含糊糊的發出聲音。

紅綢心下一動，暫時停止擦拭女兒頭臉的動作，十分專注的側身傾聽著端端的囈語。

但是，叫了兩聲之後，端端又噤口了。只皺著雙眉，狀甚痛苦的扭曲著那原本秀麗的五官；然後，紅綢又看到女兒緊閉的雙眸，眼角之處，再度滲出淚水。

「昭雄樣……為什麼不……回來？究竟……是死……是活……」

紅綢幾乎是把耳朵貼著女兒的嘴唇般勉力傾聽著。

是的，女兒口中呼喚的是個男性的名字，應該是昭雄無誤。

昭雄？昭雄是誰家後生呢？如此普遍的名字，一時竟想不出究竟是誰？

昭雄沒有回來，不知生或死？那麼，該當是被徵調去打仗了。難怪！端端才會有這樣難解的心結呀！

那麼，究竟是誰家昭雄，才有魅力讓端端這般生死相搏亦要相候？

紅綢仔細盯視著女兒的臉，眼淚終於還是撲簌簌流了下來。

端端呀，妳千萬要活下來！不管那叫昭雄的是何許人，只要妳活得下來，阿母無論如何都會成全妳……萬一那叫昭雄的後生回不了，妳也得為阿母活下來，找個好人，快快樂樂嫁出去。人生迢迢長，未來幸福仍然是大有可能的呀。

紅綢邊哭邊想，由於連日來太累了，所以不知不覺便坐在端端的榻邊打起盹來。

也不知過了多久，紅綢被一陣輕微的手推動作微微搖動，耳裏又彷彿聽到有人喚伊「阿母」……

紅綢一驚醒來，發現自己正坐在榻上打盹，而確實有人正微弱的叫喚著伊。

伊略略發了會兒呆，才突然想到自己因何坐在這兒。那麼，現此時叫喚著伊的，不是端端是誰？

紅綢驚喜的扭過頭去，正看見女兒端端張著兩眼，望住自己。

「端端──真是謝天謝地，妳終於醒了，把阿母嚇壞了！」

端端虛弱的開口說：

「讓阿母這樣勞累，夜裏也不能睡，而得守在這裏……我真是不孝！」

紅綢趕緊跨下床，說道：

「講這些做什麼？能好起來最重要。我去把米湯熱一熱，讓妳喝一點墊墊肚子。」

紅綢話沒說完，便趕緊去灶腳用木柴起火，重新熱那鍋稀飯。

然後用碗盛了一碗稠濃米湯，捧到端端床前，一匙一匙的餵著女兒喝完。

端端喝完米湯，不知是因米湯的溫度，還是因食物的熱能，蒼白的臉上微微現出紅暈。

紅綢看著，心裏放寬不少，問道：「妳要不要再躺下來睏一覺？」

端端搖搖頭，說道：「不了，現此時一點睡意也沒有。」

紅綢想了一下，決定此刻趁著端端心裏明白，仔細把事情問清楚，看看能否解開女兒的心結，讓她重新再開始新的生活。

「端端，妳心中有事，卻不肯告訴阿母。人家說母子連心，難道妳信不過阿母？」紅綢換上一種小心的語氣，問道：「昭雄是誰家後生？妳與他什麼關係？」

端端驚懼的看著母親，不知母親怎會知道昭雄這個人？

「妳還是老老實實跟我說，若有可以成全你們的，阿母不會完全不通情理。若妳執意不說，妳也就只有自己受苦——那昭雄是怎的？至今沒有回來嗎？」

後面那兩句話，又立刻催下阮端端兩行眼淚，她只叫了一聲「阿母」，便忍不住又哭起來。

等哭了許久，才斷斷續續的把昭雄和她的事和盤托出。

原來是陳春發的兒子陳昭雄！怪道自己怎麼不曾想到是他？生得那樣妍俊的少年極少，難怪自己的女兒會如此死心塌地。

只是，若論起家境和家世門風，哪裏及得上人家洪氏或其他有家有業的好譽人呢。

可是，女兒為那少年的病相思病成如此，若是那昭雄依舊活著，要她嫁給別人，算是絕對休想的事。

唯一的可能，除非昭雄戰死他鄉，回不來了，端端才可能死心改嫁他人。

阮林紅綢想到後來，終於讓伊想到一個不是辦法的辦法。伊對女兒說道：

「按理，妳和他相約三年已過去，就是嫁給別人，也不算無情背信。問題只在妳自己，妳不肯死心呀。」

端端又哭了起來：

「我不信他是短壽之人，何況，臨行前特地去拜媽祖娘娘求祂保佑，祂不會不管的。」

「端端，這都是妳一人的癡想。雖是有情有義，但妳也得為自己和阿爸、阿母想想，一個查某囡仔，還能有多少青春等他？等得回來還是大幸，若是等不回來，難道妳要為他賠掉一生？都不想想我們辛辛苦苦養妳到這麼大？不想想我們兩個老的立場？」

端端又急又愧、又悲又痛，只有哭得更加悽慘。

「這樣好了，太平町上有個青瞑瞎子，算命奇準。等妳病好，我們去卜一個卦，看看昭雄是不是還健在？回不回得來？若是回得來，妳兩人確實有緣，那我做老母的可以成全你們，我說服妳阿爸，回掉媒人，讓妳等昭雄回來再結婚。但是，若是他人已不在世間，或是在某一個不知名的地方，回不來了，妳卻也得答應我：忘記他、忘記這件事，好好調養身體，高高興興的找個人嫁出去。阿母這樣做，自認十分公道，妳可願意？」

阮端端將母親的話前前後後想了幾遍，確實入情入理也公道。為今之計，除了如此，還能怎麼辦。

算命卜卦難以盡信，然而，事到如今，也只有賭一賭她和昭雄的運命了！

想通了這層，端端在淚眼中點點頭。

紅綢見狀，追問了一句：「妳要篤定，切莫反悔。」

「不會反悔——若是命，我就認命。」

紅綢點點頭，也不囉唆，當下做成決定：「那好，等妳病好，可以出外，我們就去找那青瞑卜卦。事情既有決定，妳就好好休養，快把身體養好。」

母女倆有了協議，紅綢心下一寬，這才覺得疲憊已極，放心的回房去睡了。

11

一等阮端端精神漸復，紅綢便急著想帶女兒去找太平町的青瞑仙仔算算命。倒也不是伊真正那麼關心陳昭雄的生命安危，而是因媒人春仔早晚會來聽她們對洪記茶行後生洪商周求婚的回音。在沒有某種指引之前，紅綢可不知該接受還是拒絕才好。

紅綢一輩子沒讀過書，是個安分守己的婦人。命運給伊什麼，伊就認命的接受什麼，就像大多數的中國人一樣。逢到一些連自己的判斷都無法依靠時，伊亦只能像一般庶民，不是求神擲筊杯，就是算命卜卦，來決定行止。

端端的婚事正是如此。

這一日，端端精神略好，紅綢急急忙忙就帶著女兒到太平町去。

一路上，既怕遇著熟人問起，又怕被人撞見她們去算命卜卦，所以紅綢領著端端，由水門邊河畔的路線，一路閃閃躲躲的前行。

終於來到有名的青瞑仙算命之處，幸喜不曾遇著什麼人。

算命的既是眼睛看不到人，這就十分方便了。不必擔心他認得自己，也無須因歹勢而講不出話、問不出口。紅綢一入門便直截了當說明來意。

青瞑仙仔細傾聽著，等紅綢說完，才開口問道：

「那少年郎的生辰年月日時可知?」

一直未開口的端端忙答道:「知道,是大正十三年正月所生。」

青瞑仙仔將昭雄的生辰仔細在腦裏反覆盤算思索,由於耗時甚久,所以把端端看得心驚膽戰的。

好不容易他才開了口:

「若是問這人還在不在世間,答案是肯定的——這一劫不是致命的劫,無傷無傷。」

端端懸著的一顆心,不禁放了下來,即刻喜形於色,歡聲道:

「媽祖婆保佑,他果然活著!謝天謝地,真是謝天謝地!」

紅綢一旁卻十分不解,問道:

「既是仍活著,到底人在哪裏?可不可以回來?請先生明白指示。」

青瞑仙仔點頭,向屋內喊著:

「阿池,阿池——」

屋子裏很快轉出一位十五、六歲的少年,青瞑仙仔吩咐他道:

「把竹籤筒拿出來。」

那叫阿池的少年,應聲又進屋子裏,拿出一個裝滿竹筷子似的長竹棒的木筒,放在桌子上。

青瞑仙仔似乎是向紅綢母女交代一般說了句:「我來卜個卦。」

紅綢和端端,屏息看著青瞑仙的動靜。

青瞑仙正襟危坐,深深吸了口氣,然後再拿起整把竹籤搖晃,用手觸摸著,將突起在上的那一支竹籤抽出，以手指去觸摸竹上的刻紋。如此重複六次，共抽出三支竹籤。

一旁注意觀看的阮端端，此時才發現竹籤上刻有☰或☷或⚊與⚋組合而成的記號。

青暝仙仔照例沉思了一會兒，最後才說：

「這人在外受了阻隔，一時不能回來。但是，最慢在明年七月十五之前，一定會回到家裏。」

紅綢與端端母女迅快對視一眼，前者是五味雜陳，幾十種問題齊鑽腦內；而後者卻一味被狂喜所淹沒，再也想不到其他。

「先生，不知道這人與我女兒八字合不合？兩人婚配是否幸福？」紅綢見青暝仙仔似乎有送客的意思，趕緊又追問：「我女兒小他一歲。」

紅綢將端端的生辰八字報了上去。

青暝仙仔頓了一下，似乎不打算再算下去，只說道：

「姻緣半是天注定。妳女兒一心一意只想嫁給她，妳能阻止嗎？既是立意要嫁，就不用再問其他了。」

「但是，先生——」紅綢急急追問下去：「若是不合，您趁早告訴我，我可以勸伊嫁給別人。」

青暝仙仔絕然說道：「這兩人心意堅定，都是非卿莫娶、非君不嫁，什麼人也阻止不了。妳做老母的，就成全她吧。」

「可是——」紅綢又要追問。

青暝仙仔搖搖頭，說道：「姻緣天注定，妳也不用逆大。」

紅綢一聽，頓時無話可說，拿出錢來，恭恭敬敬放在桌上，這才和端端告辭走出。

母女倆默默往回家的路上走了一小段，紅綢突然嘆了口氣，說道：「青瞑仙仔的話妳也聽到了，嫁給昭雄，說不定不如嫁別人幸福。妳也知道，他是獨養子，他那養母是出了名的厲害，妳幼時根本不知，伊曾把養女打到成傷，引起公憤，保正都出面要為那養女出頭……」

這段公案，在明珠私奔成婚時，曾被街坊中老一輩的人重提出來講述，所以端端並非不知陳王妹的厲害。

但是，昭雄如此溫柔體貼，一定凡事會護著她的。何況，那青瞑仙仔又沒說什麼。

「阿母，那算命仙仔只說既要婚嫁，不肯另配他人，算了亦是沒用，所以叫我們不用再算了，倒並非說是不好。」端端回憶方才算命時的情況，自解也寬解著母親。

「是這樣嗎？」紅綢悻悻然的說道：「若是好，他自然肯再算一算，送上門的錢，哪有人硬是推掉？」

「也有那種不肯多算不必要的命或卦的算命仙仔。青瞑仙仔既是準得出了名，自然會愛惜羽毛，不會胡亂多敲人的金錢。」

「端端，說來說去，妳都是嫁定那個陳昭雄了？」紅綢轉過頭，銳利的看著女兒：「不管是不是好，妳都決心了？」

端端避開母親的眼光，低下頭去，小聲，但清晰的回答道：

「求阿母成全。」

紅綢深深嘆了口氣，帶一點哀傷的口吻說道：

「我們好好一個人家，約束的時間也過去了，不一定非得嫁他不可。何況，男人長得姸俊又不重要，妳要知道，美醜，看久了、習慣了，自然就相同了。婚姻其實最重要的是尪婿有才情又懂疼惜，夫家翁姑也不會難伺候，這才是女人幸福的根本。戀愛、亂愛，到底有什麼好？」

「阿母說，媒人來說親的，都是一些好譽富有人家，他們挑的雖是人，但將來嫁妝太寒傖，我們女家又不是什麼大戶，對方不會看不起我們嗎？」端端溫柔但相當清晰有力的反問著母親。

「對方既然指名來提親，我們的情況他們會不曉得嗎？」紅綢理直氣壯的反駁回去：「我擔心的是那不知好歹的陳王妹。妳一心要等陳昭雄，到時被伊那張有名的刻薄嘴巴一講，會多麼不值得！伊會認為妳跟伊兒子已經有沾染，嫁不出去，所以只得嫁給伊兒子……到時，好好一塊肉，人家還嫌腥臭呢。」

端端雖不得不承認母親的話有道理，但她心意已定，好不容易「知道」昭雄未死，雖刀山大海她亦往矣，何況只是區區一個陳王妹的問題。

紅綢雖然一開始振振有辭的說服著女兒，但一瞥見端端的神情，伊即刻明白，就是千軍萬馬也無法挽回端端要嫁昭雄的決心了。

伊因之廢然住口，自己在心裏憂愁煩惱、悶苦半天，東想西想，想不出個可以令女兒聽從而自己也過得去的辦法。

由第十一水門彎到街道、快近家門時，紅綢終於按捺不住，停了腳步，用一種幾乎是跟自己生氣的口吻說道：

「我是曾跟妳約定過，若是那昭雄活著，我就讓你們成親，但我可也有一些要求，第一，妳再冷靜考慮兩天，前前後後、樣樣項項，自己從頭想個清楚，不要老是只想和他約定的事，那個約定，早就不成其為約束了。第二，若是昭雄回來，伊那養母有半點刁難的表示，我就不准妳委屈去嫁他。這點妳千萬要記住——是他求我們，不是我們去求他。」

端端點點頭，曉得母親全是在為她著想，是疼惜女兒的正常反應。

紅綢再度嘆了口氣，繼續說道：「查某囡仔是油蔴菜籽命，妳自己選的，好壞都莫怨天尤人。我和妳阿爸，已經盡了全力啦……」

「阿爸、阿母的大恩，端端記得。」

紅綢一聽，紅了眼眶，轉身進屋裏去了。

女兒心意既定，剩下來的就只有說服老伴了。

那個晚上，剩下兩老在臥房相對時，紅綢便將端端和陳昭雄的事，一五一十，連今日前去算命的結果也都詳細告知丈夫阮山河。

山河亦是小心謹慎的人，知道女兒為昭雄病相思，若是再強迫她嫁給他人，怕仍舊還會發生生死相脅的憾事。

但是，若是這麼美麗的女兒，只能結個像陳王妹家的這門親事，他真的也是非常非常不甘心啦。怎會去和一個男子……談什麼亂愛？這都是讓她讀書的結果！不想立意栽培女兒，希望她往高處爬，偏偏卻適得其反，這真是老天和他作對呀！

阮山河自嗟自嘆之餘，忽爾想到一個關鍵，趕緊質問老妻：

「都認定陳昭雄要回來，不過是聽信一個青瞑仙仔的話。若是他到時不回來，豈不大家人仰馬翻？」

「已和端端約束，若是如此，伊須由我們做主，死了心，另嫁別人！」

「嘖、嘖、嘖！」阮山河一邊搖頭一邊大嘆：「約束、約束！若是妳和伊約束有用，不必由著伊要去嫁那兩腳查某陳王妹的養子！嘖！還跟我談約束！我的話，有那青瞑仙仔那麼有效？」

埋怨儘管埋怨，阮山河自此亦不再以婚事相逼女兒。

媒人春仔來聽回音時，阮林紅綢一邊蹲著搧小木炭爐子的火熬補藥，一邊可憐兮兮的對春仔軟軟的回絕道：

「我豈不知洪家是門好親事，可是，妳看我這查某囡仔，不知緣由的高燒不退，人有一陣還昏迷不醒。妳說，我敢欺心去騙人婚事嚒？若我敢，對方難道不會發現？」

春仔滿臉的失望，又掩不住莫名的恐懼，問道：

「究竟患的什麼病？以前從未聽說端端有病，如何突然就——」

「是啊，醫生亦看不出來，說伊沒病。我在猜，是不是煞到什麼歹物？要找乩童去問問看。」

「那就快去呀！妳還這麼慢皮！這等大事情！」春仔反過來催促紅綢。

「是啊！是啊！可我這些天，被伊嚇壞了，守著伊，好些日子都沒好睡。我說春仔，」紅綢換了聲氣，以一種商量的口吻說道：「洪家這親事，現此時也沒辦法談了，妳去向他們解釋解釋，最好別傷和氣，也請擔待一下我們端端，只說伊身子骨弱，要將養將養……老厝邊，若妳能這樣幫忙，我不知如何感謝。」

「這我知道，老厝邊、老姐妹了，我不幫妳要幫誰？」春仔慨然應允：「只可惜了洪家這門好親事。」

「是呀，端端沒有福氣。」紅綢這句話倒是十分由衷。

另一位媒人阿信聽聞阮端端無由生起病來，雖不確知什麼原因，不過，既是有了麻煩，人家也不肯蹚這渾水，親事之議，自然連提也不曾提了。

阮端端的病，其實皆由心造。原因暫時得到解決，病自然漸漸好了。

她從此韜光養晦，幾乎足不出戶，一心一意在等待著陳昭雄的歸來。

12

俗語說得好：「寄物會短少，寄語常增加」，存放在別人處的東西，只會短少，不易增加；然而，原屬秘密的言語經耳語流傳之後，一手傳過一手，只有越傳越多，到最後完全變貌。

阮端端以生病為由，拒絕了洪家的親事，媒人春仔為了向洪家交代，表示非戰之罪，不是自己無能而撮合不成，因此便誇大了阮端端的病象，說伊得了無名不治重症。這話又經過多方面的二手傳播，結果就變成阮端端得了某種天譴重病，已經在拖時日、沾不成了！也有另一種說法，說端端患的病不可告人，阮家一定是祖上缺德、禍延子孫……那病雖不致死，但會損毀端端的容顏，所以端端現在不敢出來見人。

說閒話的人繪聲繪影，好像他親眼見到一般。

陳明珠站在市場一個魚販之前，手上抓著一條魚，耳裏聽著別人在一旁講談阮端端的親事和惡疾。

「我是說洪家也是祖上有德，去提親時剛好查某囡仔發病，人都無法起床。不然唷，若是等娶過門，或是訂了婚，女方才生病，那可怎麼才好？難道要這樣養伊一輩子？」

「話雖如此說，但端端不也太可憐了？那麼乖巧的查某囡仔，又是第三高女畢業的大美人，天若是叫伊一病不起，也太殘忍了吧？何況阮家也是忠厚人，並不曾有什麼失德的行為……」

「天意難測，誰又知道呢？」

陳明珠癡癡聽著，只覺淚水悄悄映上眼眶，不知該如何去接受這個事實。好好的一個人，怎會說病就病，而且病得那麼嚴重？

是不是和昭雄出征未歸有關呢？若果是，那當真是無人能救了。是天意呀！

明珠紅著眼眶自市場歸來，將買來的菜肉往灶上一放，趕緊到房間把背帶巾解下，小心的將已熟睡的翰青放到眠床上去安睡。

眼淚撲簌簌又流了下來。

邊流淚邊不肯甘心的恨著，她自小苦命，比任何人都流過更多的淚水，她因之曾允諾自己，要在未來的日子裏不流淚，因為她已流過太多淚水了。

然而，她止不住為昭雄和端端這對苦命鴛鴦掉淚！誰能告訴她，命運將如何編派那兩個年輕的戀人？

真的就是生離死別？只有生離死別嗎？

昭雄眼看是回不了家了，不管用如何樂觀的想法，都很難期待他活著回來。而阮端端，闖得過這生死關頭？闖得過這已然無法履約的情關？

明珠一個人楞楞在那兒胡思亂想。昭雄雖是好弟弟，端端雖是昭雄的至愛，但是，如果昭雄無法回來，她以女人的立場，實在企盼阮端端能連闖生死與情愛兩關，出落得更健康也更嫵媚，挑選一個匹配的少年郎早早嫁了，去尋那真正屬於伊的歸宿。

不必為昭雄殉葬的，姻緣路上不相遇，誰也不欠誰呀。

明珠一聽外面有人叫喚，趕緊用袖子拭乾淚水，又伸手攏了攏頭髮。奇怪！這時刻怎會有人來訪？又是個男人？

「武元嫂仔——武元嫂——」

聽那口音和叫法，似乎是仁和堂藥舖裏的阿坤。

阿坤仍是藥舖裏的學徒兼當差，武元有事不及回來，經常差遣他到家來傳話或取物，明珠憐他隻身來台，年紀又輕，不免對他好些，因此阿坤亦拿明珠當阿姐或大嫂，很向著明珠。

平時阿坤來家，多半午後，很少上午就巴巴跑來的。所以明珠心下亦有些疑慮，雖是兩眼尚紅，亦顧不得阿坤發現，急急忙忙就去應門。

阿坤就站在玄關外，探頭探腦有點等不及的樣子。一見明珠出現，阿坤忙忙就說：

「我以為嫂仔不在，買菜去了。」

「剛回來，菜都沒整理你就來了。」明珠掠掠頭髮，問道：「有事？要不要呷杯茶？」

阿坤忙叫：「嫂仔——」

說著便要進屋裏去。

明珠聞聲回頭，正迎著阿坤關切而狐疑的臉面。明珠心虛，低下頭，問道：「有什麼事？」

「難道——阿嫂已經知道了？」

明珠一聽阿坤那句話，忽然有了警覺，便也不管自己哭過紅腫的雙眼，沉著的問阿坤：

「究竟什麼事呢，阿坤？你總不會巴巴跑這一趟，要叫我猜謎吧？是哪件事我知道了？你明說，別讓我費心傷神。」

阿坤原來大約也打算要明說，只是剛巧看到明珠紅腫的雙眼，以為她得到消息先自哭將起來。現此時聽明珠的口氣，又似不像，因此，他略略遲疑，便開口道明來意：

「藥舖來了一個查某人，長得像阿凸仔（美國人之意），又大叢（高大）又肥軟，凹眼高鼻，不知是不是混血翻種的……」

明珠心中忽有一不祥之預感，她暗自咬了牙根，不動聲色問道：

「是哪裏的查某？來找誰的？」

阿坤此時才顯得面有難色，但他亦不心存隱瞞，直截了當回道：

「這查某據說是基隆茶店仔的趁吃查某，生得還真好看，年紀也不大——」

明珠此時已了然這一女子定是與自己尪婿孫武元有關，阿坤才會前來通風報信。她只覺一股寒意自腳底冒起，霎時便冷徹全身。但是，人都尋到她地頭上來了，容得了她躲閃嗎？

她因之控制著發顫的聲音，問道：

「是來找你孫師傅的？」

阿坤點點頭，說：

「是的，孫師傅在基隆，常常光顧伊駐在的茶店仔。」

如果是趁吃的茶店仔查某和恩客之間的商業關係，必然不會千里迢迢跑到人家工作的藥舖裏來現世眾。伊要如何呢？人家是有妻、有子，而且明媒正娶的呀。

「伊是來吵的嗎？」明珠垂著眼，故意顯得不十分要緊的樣子：「伊有無鬧開來要什麼東西？」

「那倒是沒有。」阿坤老老實實回答道：「伊有禮得很，頗知進退，連老先生娘都稱讚伊知道分寸。」

「此刻還在店裏？」

「是。好像來配了要拿囝仔的藥，正坐在店口和老先生娘說著話。老先生娘還告訴孫師傅，叫他要負這責任。」

「這麼說，伊身上的胎，是孫師傅的？」明珠白著一張臉問道。

「恐怕是。他們談著談著，老先生娘就叫我來請嫂仔過去店口。」

原來如此！既要打掉孩子，按理是不準備繼棧的，那麼，找她這元配去又做什麼？

明珠想到這裏，又疑又懼，在全身發顫之中，忍不住又暗暗悲哀。好不容易擺脫掉養女生涯不幸的陰影，嫁得一個有才情的尪婿，又一舉得男，不想好日子才過了兩年，尪婿竟在外頭有了女人，甚且有著身孕——她原來以為武元對她用情很專，否則當年不會冒大不韙將她娶入門。看來，卻是自己想癡了。

明珠回過神，看著阿坤，訥訥說道：「我……我去換件衣裳……」

「嫂仔——」

阿坤沒有攔她，卻在明珠轉入裏進之後，揚聲給她壯膽：「嫂仔，老先生娘在，伊不會叫妳吃虧的！」

明珠耳裏聽到阿坤自玄關傳來的話語，又是一陣心酸和自憐。怎會那麼快，武元就去找了別的查某？是她不夠令他眷戀嚒？那往後要如何是好？

這婚姻是她和尪婿之間的私事，如今竟要依賴「老先生娘」做主替她撐腰討公道，那不是很悲哀嗎？

想到這裏，明珠悲不自抑。抽噎了一陣子，她性格中那不服輸的部分慢慢又冒了上來。

她強忍悲憤，換上一件較像樣的洋裝，又到鏡前用白粉蓋上哭紅的眼睛，梳了梳頭，對著鏡中的自己咬牙自許：阿坤說那茶店仔的趁吃查某生得水，自己又何嘗會醜？即使那女子妖嬈美麗，她也不能認輸！好女德的良家婦女，自有那雍容賢淑的風範，憑這一點，她亦比得過那茶店仔查某！

明珠挺了挺腰，忽覺自己一點也無須氣短，伊敢來，難道我反而怕伊不敢去？那才笑話！

明珠將自己裏外收拾好，款款又把熟睡中的翰青抱在懷裏，這才不慌不忙的走到玄關，對阿坤說道：「我們走吧！」

阿坤默默跟在後面。明珠的冷靜令他有些害怕，他原以為她會大哭一場，得他好生安慰才走得動哩。不想如此！

但這堅強冷絕又令人看著離奇。明珠的背影，看來像是前赴生死決鬥約盟的武士，有著壯士一去不復返的冷肅與決絕。連她帶翰青的方式都與往常不同，她一向喜將孩子用背帶揹在背上，如此不妨礙做事，但這回她卻將孩子抱在懷裏，好像準備一遇上事情就把孩子交到什麼人手上似的。

仁和堂距離孫武元和明珠的住處很近，明珠走得又快，所以阿坤事實來不及想多少心事，仁和堂已經在望。

遠遠只見老先生娘晴玫正面對街道坐在店口，另一個不相識的女人，面向裏側坐著，從外頭只見到她的大半背影和一點點側影，想來就是那所謂茶店仔趁吃的查某吧。

晴玫一直神不守舍的望向路面這邊。此刻遠遠瞥見明珠神色肅殺的前來，晴玫迅快往店裏望了望：孫武元此刻神閒氣定像沒事人似的，依然在問診看病。晴玫心想：「肇事者」在，一切唯他是問，諒也波及不到仁和堂。只是，論起來，是伊丈夫吳頌堯派孫武元去基隆當坐堂醫師，才會和這茶店仔查某有染，也才會有今天這個局面。仁和堂多少得擔待一些道義上的責任才是。

晴玫才想到這裏，抱著翰青堪堪來到店口的明珠已然出聲：

「晴玫姨喚我？聽說有事？」

聞得明珠的聲音，那背對店口坐著的婦人，即刻側轉身向外看去，見明珠抱著囝仔，隨即起身，堆著笑，說道：「阿姐，坐這裏。」

明珠定睛看那女子，真的生得豔麗。大眼、高鼻、闊嘴，若非頭上那一頭濃密的黑髮，與身上那襲裹在豐滿身軀上的唐衫，還真會讓人誤以為是美國阿凸仔查某呢。

俗語說，伸手不打笑臉人，明珠雖深知這女子是何方人氏，又為的什麼而來；自己一肚子妒恨憂急，全因伊而起。本來在想，是該見面就賞伊兩個搧面耳刮子，還是先用言語羞辱伊一頓。不想伊笑頭笑面，嘴稱自己叫阿姐，還巴巴的站起讓座，無論如何，不像要霸佔他人尪婿的壞女人。

明珠此時，見面三分情，又礙著在仁和堂店口上，加上自己原非鴨霸女人，因此，她衝著那茶店仔女人勉強擠出一絲笑容，說道：「來者是客，妳坐。」

晴玫一見這光景，忙說：「來，坐、坐，大家都坐，椅子有得是。」

阿坤機伶，早端過一只圓凳子，因此，三個女人，成了三角態勢，分別坐定。

晴玫指指那茶店仔女人，介紹道：

「這是阿官，武元在基隆，常常照顧伊所在的店。這一位是孫師傅的夫人，明珠。伊手中所抱，是他們查甫囝仔。」

晴玫的介紹大有文章，特別清清楚楚點明明珠元配夫人的地位，還將翰青的存在加上一筆，添增明珠這方面的分量。

那阿官一聽，爽朗大方的朝著明珠頷首微笑，不卑不亢說道：

「早知孫師傅有這麼賢淑的夫人，不然他如何能放心在外頭打拚？明珠阿姐，一直無緣拜識，沒想到是如此的美人一個。」

阿官的言語態度，既無敵意，也沒有歉疚或倨傲，彷彿伊只是孫武元某一生意上往來的對象而已。

明珠忽然有些不知如何面對這歡場中難得一見的氣度恢宏的女子。

她訥訥的開口，倒好像理虧的是自己：「哪裏……不知道武元和妳認識……」

阿官又一笑：

「孫師傅離家孤身在基隆，常常光顧我們那家店，大家談談唱唱，比較好過日子。所以，我十分感激孫師傅哩，因為他，我賺的錢比較多，養家不會太吃力。」

明珠聽不出阿官話中，究竟與武元的關係到了什麼程度？只知武元光顧那家吃茶店，必然出手大方，是個肥客，才會叫阿官如此感激，甚至拿來向明珠說項。

「武元生性慷慨，必然也是阿官姐的招待特別殷勤，他才時時想到要去。」明珠抬頭平視著阿官，勇敢問道：「阿官姐今日此來，不知有什麼要事？」

阿官笑笑看了晴玫一眼，略帶尷尬：

「我這人啊，就是碰不得，一碰就有身孕。上回在基隆，孫師傅配了藥叫我打掉囝仔，不知怎的，打不乾淨，身子一直不爽，所以我今日特來再求他配帖藥。」

明珠聽著，卻仍聽不出阿官的身孕，是否丈夫下的種？在這混沌未明的狀況之中，真叫做妻子的她難以定奪。她甚至懷疑自己聽信阿坤的話，冒冒失失趕來，是不是明智？

想到這裏，明珠不覺轉臉去看自己的丈夫。

武元早已看好病人，翻身在藥櫃裏，自行在抓藥。抓藥原本不是他的工作，若非特別的病人，武元不會如此「特別」。

儘管武元早已知道明珠的來到，但他卻像未知未覺般，不曾招呼明珠。明珠不明白他是因歉疚不好招呼，還是因自覺沒什麼，男人在外拈花惹草、逢場作戲乃理所當然的大丈夫行為，根本無須女人

「恩准」或諒解的傲慢行為？

想到這裏，明珠不免更加生恨。

晴玫此時忽然插嘴對明珠說道：

「明珠，店口不方便說話，耳目眾多。已近中午，阿官既然大老遠自基隆來此，身子不太方便，我看妳就帶伊回妳住處，彼此聊聊吧——武元正在為伊抓藥，有治、有補，藥抓好，妳們就回去，翰青暫留這裏，我來抱他，給他餵些米湯，妳放心好了。」

「翰青我可以自己帶。」明珠囁囁嚅嚅的微微反抗著，似乎是抗議自家這樣一件大事竟要外人來指示她如何做似的。

「我知道妳可以帶。」晴玫也一反平日的慈眉善目，帶點強迫性質的語氣，重申她的決定：「囝仔難免會吵，妳和阿官好好去把事情講清楚，翰青交給我帶，比妳更有經驗，難道妳不放心？」

明珠不是因翰青的事嘀咕，她是有些責怪晴玫一意要將那名叫阿官的女人掃進她和武元的生活之中。那阿官既不曾透露腹中曾有的那塊肉是武元，亦沒有提出什麼要求，為何這晴玫竟幫襯著外人，執意要阿官介入？

「明珠姐不方便，我拿了藥就走吧，反正路不算遠，早晚也得回去。」那阿官見明珠心中不豫，自己識相便打了退堂鼓，開口說話。

明珠一想，阿官和武元分明有關係，伊在人前不肯說破，可能是顧全她這糟糠的面子。她若不識抬舉不肯聽聽阿官的說辭，說不定這女人和武元在外面繼續交往下去，將來的局面就不知會如何了？

想到這裏，明珠忽然粗戛的開口：

「阿官姐到我厝裏用飯吧，就我們兩個女人——武元中午反正是不回厝裏的。」

晴玫臉上出現了放心的表情，一旁熱烈的慫恿：

「也不用煮什麼，就是講講話，把事情講清楚才重要。」

三個女人話才告一個段落，那孫武元大剌剌將幾包藥材拿到阿官跟前，讓伊親自接了，嘴裏還吩咐道：

「紅紙的先吃，將腹內的污髒打乾淨，等血止了，再燉白包的藥，都是兩碗半水煎七分。」

說話間，也不看明珠一眼，彷彿沒有她這個人似的。

武元的態度，使明珠備覺羞辱。儘管五內翻滾，但她想到不能在阿官面前示弱，咬緊牙關，當作沒事，藉著搖晃懷中有點受到驚擾的翰青，用以掩飾心裏的激動。

倒是將一切看在眼中的晴玫說話了：「翰青給我，妳們回厝裏去吧。」

說著，伸手去明珠懷裏要抱翰青。

明珠只躊躇了一下，便將翰青交由晴玫抱了過去，也不招呼別人，只低低對晴玫說道：

「那就勞煩晴玫姨了。」

轉頭又招呼著阿官：「我們走吧。」

阿官表現得很有分寸，伊向晴玫深深頷首，說道：「多謝頭家娘，有機會以後再來拜謝。店口正忙，其他人那裏，我就不一一招呼了，請頭家娘再向他們致意。」

晴玫也站了起來，含笑道：「請吧——身子保重。」

於是，明珠領頭，阿官在後，兩個人向孫家住處行去，走不幾步，兩個人由一前一後而並肩同行，阿官瞥了一眼緊繃著臉的明珠，言簡意賅的開口說了兩句話：

「明珠姐不一定非得請我去妳家坐不可，只不過頭家娘執意要我們如此，妳可不必照伊的意思。」

明珠心想，阿官再討人歡心，晴玫姨亦不可能放著她明珠不管，而一心向著外人。因此晴玫姨或許認為，可以從阿官那兒知道一些什麼重要的訊息，才如此熱切慫恿她帶阿官回家細談吧。

想到這裏，明珠心意一轉，臉上隨即也擠出一絲笑容，說道：

「那有什麼關係？日常只有我和囝仔，有個人說說話也是好的。何況武元在基隆常光顧妳的店，我也聽聽他在那裏的情形。」

阿官由明珠這些話，明白她要伊去家裏坐，並非客套，主要是想知道伊和孫武元的關係，因此，對於「叨擾」她的些微不安，迅即逸去，換上的是更坦然的心情。本來嘛，嫖客與趁吃查某之間的種種，即使是髮妻，亦是莫可奈何的心結，必得忍受的呀。伊雖是趁吃查某，但憑的是色藝賺錢，不幸有孕，後果亦是自己承擔，可沒因為這個「把柄」而多向他們做無謂的要求。所以，至少伊阿官，站在這名喚明珠的女人面前，根本無須畏首畏尾，心存抱歉。

兩個女人由心懷鬼胎到一番轉折後的半透明狀態，武元所承租的家，業已抵達。

想到武元在基隆，夜夜笙歌，有女在抱，一擲不知多少金錢，而卻將她這明媒正娶的、新婚才兩年的妻室和稚兒放置家中，固定的生活費用雖不致匱乏，卻也並無所剩。號稱是仁和堂的二頭家，卻連自家所住的屋厝仍是租來的！這人，要說才情是有，可她身為他的妻室，卻連什麼也沒沾上。

才情！才情又有什麼用呢？

「屋子不像樣，不要見笑。」明珠邊開門邊別有意味的說道：「他在外面，出手不知如何豪奢，卻讓妳看這不成樣子的住厝……不知情的人，說不定會怪他娶的妻不賢德，不會理家……」

阿官嘆了口氣，不輕不重的說道：

「女人節衣縮食一輩子，也抵不上男人花費一場，這是誰都知道的事實。」

一席話說得入情入理，既家常又親和，一點也不像想像中趁吃查某的口吻。

明珠聽了，心裏對伊的敵意，不知不覺輕減了許多。

「阿官姐，妳且廳堂裏稍坐，我去沏碗茶妳喝。」

阿官忙忙阻止，說道：

「明珠姐，妳莫當我是外人，咱們姐妹倆說說話，不用客套，喝茶呷飯之事能省則省，畢竟說話要緊。」

「既是如此，那也不用叫妳一個人廳堂裏孤坐，咱們姐妹便到灶腳外去坐吧，我還可以邊揀菜邊洗菜呢。」

明珠將阿官帶到灶腳口，各自端了只圓凳子相對而坐，明珠這時，才發現阿官眉是眉、眼是眼，五官分明，儼然是個大美人。尤其是伊身上那襲水色底，印著桃紅、淡紫與藍綠花紋的唐衫，裹在伊豐滿的身上，更襯出伊凝脂般美得照眼的膚色。

明珠心下讚嘆，由衷的惋惜：「阿官姐這麼好的人才，如何竟要做這行業？」

阿官臉上不見憂戚，淡淡回道：「俗話說，水人歹命，我自忖雖不是十足美人，總有幾分姿色。奈何命運如此，必得淪落煙花，靠女色來趁吃，這也是沒辦法的事。」

明珠心想，趁吃這行當好賺，不然做工亦可過日子，何必一定要做那行？

阿官似乎了解明珠的心意，停了半晌，不等明珠再問，即自動追述：

「當年也是自己不曉事，放著家中做的媒不肯嫁，一心一意要跟自幼互相意愛的行船郎結合。嫁過去之後，日子雖然苦些，但夫妻感情甚好……不想幾年之後，兩個孩子落地，那夭壽仔卻不曾回來，連屍首也沒見到……當時，兩個孩子外加臥病的婆婆，我一個女人家，最後，心一橫，下了海，日子就這樣過下來。」

原來還有這一段故事。看伊滿臉春風，身世卻也堪憐。人不可貌相，每個人身後，原來都有些不為人知的慘痛。

「妳尪婿過世，有多少年了？」明珠忍不住探問。

「再三個月過十一天就滿五年了。」阿官不假思索的回答。

明珠吃了一驚：「妳記得這麼清楚？」

「怎麼不清楚？」阿官悽然答道：「那夭壽仔，原來要嫁他時，相約要廝守一輩子，說好了要一起到老，誰知他……」

阿官說到這裏，淚潸然落下，伊也不避諱明珠，任著淚水流滿兩腮。

明珠想，既是如此恩深情重的，奈何走上賣身這行當，將彼此的情義都賣掉典光？若是有情有義，再苦也該選擇別的行業才對。

「剛開始時，我一直是賣笑不賣身，心想要為他守住這個身子。但沒兩年，他老娘害了大病，看病吃藥，兼且又要人看護，非得一筆錢不可，我在他神位前擲筊問可否，他給了我神筊杯，要我賣身不賣心。從此，我就走上這條路，但也不是人人都賣，我挑人挑得嚴，直到四個多月前安葬他老娘……什麼錢也沒剩，家中還有兩個嗷嗷待哺的幼兒……」

「阿官姐，不是我說，像妳這個情況，還不如找個人嫁了，孩子也有好教養，勝似妳一個女人這樣拖磨。」

「我是不會再嫁的，孩子要傳他香火，我們約好的。」阿官斬釘斷鐵說道。

「再嫁別人，也可以和他約好，那兩個孩子傳妳前夫的香火，這總是條路子。不然女人很快人老珠黃，這條路也走不了許久。」

「我只有幾個出手大方的客人，讓我這段時間多賺錢，等手頭上有些錢，我就洗手不幹，不然孩子漸漸懂事也不好。」

明珠不免小人之心的忖測，武元就是這種出手大方的客人之一吧？不知花在伊身上多少銀錢？

「這腹中的肉，真是我們武元的種？」明珠忍不住又問。

阿官有點歹勢，回道：「是他的，我這一年只和他一人……我就是這毛病，一碰就有孕，所以一開始也不願和孫師傅如此……」

「妳放心，明珠姐，如打算和他膏膏纏，我這胎也不打了！妳對我這點，該當放心才是。」

明珠默然。

明珠嘆了口氣，說道：

「妳自己也要保重才對，常常拿孩子，總不是辦法。」雖有阿官如此信誓旦旦的保證，明珠卻無論如何也無法對阿官和武元的這一段完全釋懷。畢竟是自己的丈夫呀！她再大度，也覺有些疙瘩。

阿官有些自嘲的笑道：

「所以說嘛，我也不是當真就那麼守身如玉，實在是因為我碰不得，一碰就有身孕，我自己也怕呀。做那種事，男人爽快，我們做女人的，又哪有什麼痛快可言？若非要生活，不然能免則免……沒有男人，只是沒人可討賺罷了，其他，又有什麼差別？」

話雖這麼說，到底亦影響了人家夫妻……怪道武元最近甚少近她的身，特別是剛自基隆回來的那一兩天……

「其實，今天我也不是特別專為拿藥來仁和堂，我雖是趁吃的煙花查某，但不會斤斤計較猶鼻捻，為省這幾帖藥錢，跑到仁和堂來。實在是因流這塊肉，當初是孫師傅的方子，一事不煩二主，依舊來找他看好；另一件事，我有個手帕交的姐妹，從前一起在基隆同一間茶室共過事，不多久伊遷到台北來做，聽說生意好得很，我來看看情況，和伊聊聊。」

「也是——」明珠剛開了口，馬上發覺失言，立即頓住。

倒是阿官很坦然，笑著接了話尾：

「也是在這一行呀。伊比我更慘，沒有正式結髮夫妻，三個囝仔，是不同的男人下的種，聽伊講，甚至是哪一個男人，伊自己也不清楚——做孽呀！多一個囝仔，多一重拖累，伊如今就為了這些孩子在拖磨，直想找個男人供養伊，做細姨也好。但妳也知道不簡單呀。」

明珠想，煙花查某，又拖著三個不知父親是誰的囝仔，哪家男人那樣憨大呆，會揀這種破爛做妻後？正式夫妻，人家嫌名聲不好；做小姨，那三個囝仔太礙事了。

「不容易呀。」明珠不知不覺便脫口而出，話一出口，又怕阿官覺得她看不起伊，心存歧視，所以忙忙拿了別的話來搪塞：「早起，我在市場買了一塊腰裏肉，這會兒我煮碗薑絲肉片湯，讓妳配鹹鴨蛋吃飯吧。飯是現成早上才煮的，武元早起不愛吃粥，我都是一早就煮了飯。」

「那怎麼好？」阿官遲疑的客套著：「沒預定要來，我連伴手也沒帶——」

「什麼話！來了就是緣！這樣吧，妳在此替我揀菜豆，我再把灶門打開，火一下子就旺了。」

兩個女人邊做事動手，邊有一搭沒一搭說著話，倒是快快就弄了兩菜一湯上桌吃飯了。

吃飯間，明珠略略講起自己少女時代的工作狀況，無非是想藉自己的勤苦工作，諷喻阿官洗手改行。

「阿官姐不曾學過裁縫？」

阿官搖搖頭，回道：「也來不及了！但是我打算再做幾年，如果有好客人，大方一點，我攢一筆錢，開個什貨店，拉拔那兩個孩子，生活清清白白的，不要誤了那兩個孩子才好。」

飯罷，阿官準備告辭，拉著明珠的手，依依不捨說道：

「明珠姐好女德，不曾嫌棄我。改日再來相訪。」
「妳好走——妳那姐妹淘住何處？」
「在大稻埕，離此不遠，伊喚阿妙。」
「再來坐，自己保重。」
兩個女人分了手，那下午，明珠不想不恨，好不容易等到武元夜裏返家，明珠第一次，寒著一張臉，興師問罪提起阿官這件事。
武元「哼」了一聲，滿臉不以為然，說道：
「妳不想想，妳懷孕那個樣子，如何碰得？我一個精壯查甫人，長年在外，走走查某間也是很自然的事，妳把醋桶扛起來亂轉，人家是笑妳不笑我呀。」
「哪有人追到店口和厝裏，究竟怎麼回事？」
「不會有什麼事啦，若有私心，我會叫伊打胎？」
「你又能確定是你的種？」
「那當然。妳不了解阿官，這女人其實不適合做煙花查某，太直來直往，不知彎曲；也不像人家會撒嬌。」
「男人哪一個不是如此？跟女人糖甘蜜甜的，一翻身又作踐那共枕人。」
「喂，我可沒說阿官如何，伊的美貌確實無人能比，莫說別人，連妳都要讓伊一分半分的。只是，伊不是做那個料的，抓不住男人——這妳可放心了吧？」

明珠又要嘀咕，被武元三言兩語給攔住了：

「喂，夠了，我忙累一天，回到厝裏還要讓妳取供，哪個楞仔會這麼憨？查某人，第一要溫順，知道吧？」

說完，自去呼呼大睡。

明珠心裏不痛快，故意將翰青抱得遠遠的，母子二人睡在床鋪的另一端去。

13

農曆六月二十四日關聖帝君誕辰日一過，阮端端與阮林紅綢母女兩個，誰也不曾提起，卻是心照不宣的同時緊張起來。

青暝仙仔講的期限眼看要到，生死立判的事，不由得人不顫著心尖等著。

端端人在虛實不定的折騰裏消損肌肉，如果昭雄屆時不回，她的前途可有多少種版本?像這種自問自答式的演練，日日夜夜在她心眼裏不知輪迴幾次，到後來，端端只剩下耗日子的氣力了。

七月初一開鬼門，整整半個月，阮家真是愁雲慘霧，像有禍事臨門般，沒人能展顏微笑，倒真像厲鬼壓境的七月節特殊氣氛。

紅綢直捱到十四早晨，才決定去市場買牲畜魚肉，準備次日七月十五中元節祭拜好兄弟。她打點起精神，在魚販阿板攤子前仔細的挑著要做五牲的鮮魚，好不容易挑了一尾給阿板秤斤兩，紅綢拿著手巾拭手的黏濕魚腥，左右張望一下，計畫著下一站的採買行程。

身旁突然挨近了一個人，身上盡是洗淨漿挺過的衣裳味道，隨即一聲怯生生還夾雜著點試探口音說道：「阿綢嬸，來買魚。」

嗓音陌生，若非喊了她名字，她不會想到是喚她。阿綢扭過身子，照面是個年輕女人的臉龐。

這女子她認得!幾年前曾到店裏找過端端，說是端端的學姐。那事不久之後，這女子私奔和個唐山人結婚的事跡轟動宮前町，到那時她才在人們繪聲繪影和口耳相傳中，得知伊是陳春發和王妹的養女，也就是端端拚死要嫁的陳昭雄的養姐。

伊這做養女的，能讀什麼書？竟來騙她這老先覺說是端端的前輩！她後來才想明白，原來伊這喚做明珠的，是幫著昭雄來給端端傳消息、訂約會。

如今幾年過去，昭雄不曾回來，端端在鬼門關前徘徊一圈又折回；這叫明珠的小女子，當年也是水噹噹一個未嫁姑娘，現此時背上揹了個一、兩歲濃眉大眼的囝仔，臉上堆滿了這些年錯綜複雜人生際遇的反射般笑容，帶點怯意盯著自己看。

「妳是——」

「我喚明珠。」伊將嗓音壓低，說道：「我是……陳家昭雄的養姐。」

這一表白，兩造忽然心靈一通，紅綢匆匆付了魚的錢，轉頭盯了一眼明珠，兩個女人竟然不需一言半語就心領神會，幾幾乎是相偕走離阿板的魚攤，往市場人少的地方行去。

明珠低低而關切的問道，聲音中自然而然有了一份替昭雄表達的歉意：

「聽說端端小姐生病了，不知狀況怎樣？」

紅綢佯裝是在寒暄般水波不興的答道：

「心病無藥醫，妳也知道。如今盼的亦只有那一味藥……到了今天，妳家小弟依然沒有消息嗎？」

明珠搖搖頭，回道：「自出征到今天，沒半點音信。若是戰死，起碼也會托夢才對，他與端端，曾在神前約束……」

這時有熟人迎面笑著和紅綢打招呼：「阿綢啊，也來買菜拜好兄弟？」
「可不是，過去阿本仔不讓我們中元普渡好兄弟，現在可由不了他們管啦。」
來者有意無意看了明珠一眼，問道：「那可不是阿妹仔家那個——」
明珠微笑略略頷了頷首，在先走與不走間猶疑。
紅綢老薑是辣，話鋒一轉，說道：「伊現此時是仁和堂藥舖孫師傅的夫人了，跟他們陳家關係已經淡得多了。」
來者見紅綢無意深談，遂也知趣的走過。
明珠抓住機會，懇切再叮嚀一番：
「我曾去抽過籤，籤解上說昭雄未死會歸，而且只在這一兩年內就有消息，那是去年抽的籤，所以如果神明有靈，應該就這最近早晚的事。端端小姐的身子，還撐得下去吧？」
明珠說完，又覺稍有不妥，趕緊做了下面的解釋：
「當然，那只是籤詩所示，不是真正有什麼具體的消息。不過，我們人既無從打探，也只有求諸神明了。心誠則靈，我亦不相信昭雄是夭壽仔……」
話未說盡，明珠又是雙眼盈盈，只差一點就要落下淚來。
阮林紅綢見明珠真心實意，傳說中伊和伊養母不和，但看這情景，伊和伊養弟昭雄倒是手足有情，要不然哪會如此？
想到這裏，阮林紅綢也不再避諱，她壓著聲音對明珠寬解式的勸慰：

「妳莫要悲傷。我不將妳當外人，實告訴妳，我帶了端端去算命，說昭雄過了明日七月十五之後，便可回來。算命準或不準，或許難說，不過，青瞑仙仔是出了名的鐵口直斷，況且若非有十足把握，他亦不敢如此連幾月幾日都講得如此清楚明白。若不準，他不怕人家拆他招牌？」

明珠眼睛一亮，露出不可置信的表情：「七月十五？那不是明日？」

紅綢「噓」了一聲，看看周遭，這才又小心低聲說道：

「正是明日。但說過了明日，卻不知須等多久？我們端端，幾個月前，因了青瞑仙仔的斷言，才撿回一條命，也才拒絕了洪記茶行家次子洪商周來提的婚事——為的就是一心一意要守她和昭雄的約束呀。若是青瞑仙仔所斷有誤，我就不知她此番活不活得下來了！」

「吉人有天相——」

紅綢置若罔聞，悽然自怨自艾：

「早知有今日，我就不讓她讀書，讀了書。談什麼害死人的戀愛。」

「阿綢嬸，端端和昭雄長得真是適配呀！端端是大美人，昭雄的英俊，這一帶我還找不出第二個，倒並非因為他是我小弟——」

「水尪有什麼用？尪某要同心，互相疼惜才好。何況，還有家世和公婆的問題，我聽說妳養母很厲害，何況現在伊又是兩腳查某（意即寡婦之意），昭雄是獨子，我怕我們端端伺候不了伊呀。」

明珠沒有資格替養母說項，她自己私奔結婚的事，人盡皆知，王妹的「美名」因之也更發揚光大，家喻戶曉。明珠即使想說謊美言幾句，自己也覺心虛。因此，她只能含含糊糊的安慰著對方：

「昭雄不敢負她的，一定會比一般尪某更疼惜端端，因為端端為他熬過這許多別的查某囡仔不曾熬過的苦痛，而且又犧牲這麼多。」

紅綢喃喃應道：「但願如此。」

明珠深深對紅綢鞠躬告辭：「那麼，請保重。昭雄一有消息，我即刻通報。」

三天以後的農曆七月十七下午，大約近五點的時候，有位衣著襤褸，步履沉重蹣跚的高瘦男子，出現在民生西路。

他髮長、鬍髭滿腮，兩隻眼睛赤紅紅像抓狂一般，卯足了力氣向著水門的反方向拖邁著步伐前行。

由於他實在太奇怪，所以引起了許多人的注意，有些好事之徒便走出店口，遠遠觀看著他。

「這人不是本地人，看那樣子，不是有病，就是大病初癒，路都走不穩。」

「會不會是從很遠的地方趕來，累得那個樣子！」

「要去誰家呢？」仁和堂幾個夥計，正值店內空閒，此時也出來湊熱鬧。

「喂，你們看！好像停在少頭家娘的娘家前呢。」

阿坤一聽，即刻擠出亭仔腳，伸長脖子往王妹家看。看不清楚，他索性向前又挪了兩三家店面，再仔細的盯住了看。

忽然之間，靈光一閃！阿坤興奮的用力一拍大腿，轉身跑回仁和堂店面，一邊鬼打般大聲叫喚：

「孫師傅！孫師傅！」

一邊踉踉蹌蹌搶進藥櫃前正坐堂的孫武元面前。

武元抬頭看他一眼，沒好聲氣的罵道：

「眼看也二十好幾可做爹了，還是這副沒定性的樣子。怎麼啦，七月裏真撞到鬼啦？」

「不是——孫師傅，有個看來像從遠地方來的陌生人，在頭家娘的娘家門口住了腳。我看那高瘦個子，忽然想起，會不會是頭家娘那去出征一直沒回來的弟弟？」

「哪裏會？戰爭都結束——」武元說到這裏，忽然竄起身子，匆匆忙忙自藥櫃前衝到亭仔腳外！

這一衝，正見到已經開了門的王妹，一手把那襤褸的「陌生人」拉進門，隨即傳來號啕大哭的遙遠而隱約的聲音。

武元回頭扯開喉嚨大叫：「阿坤——阿坤——」

阿坤從武元的另一邊身側，慢條斯理的應道：「在這兒啦，孫師傅！您叫那麼急要嚇誰？」

孫武元回頭見阿坤那報老鼠冤的佻皮樣子，忍不住便伸手拍了下阿坤的腦袋瓜，罵道：

「你這死囝仔，躲這裏做什麼？快去告訴你二頭家娘，讓伊回去看看，是不是伊弟弟回來了。」

阿坤摸摸被打的頭殼，問道：「現在？」

武元劈口罵道：「猴死囝仔鬼！不是現在，難道還等明年？」

阿坤識時務的跳了開去，邊往外走邊嘀咕：

「剛剛還罵我撞到鬼，現在就要我去通風報信了。我說了嘛，誰的眼色似我好，一下子就想到是出征未回的那一個？」

阿坤雖是嘀嘀咕咕，一路嘮叨，但腳程卻是快得很，沒兩分鐘就到了孫武元的住處，揚著聲音大叫：「二頭家娘——二頭家娘——嫂仔，有人在嚒？」

明珠此時正在後房摺衣服。七月裏，她習慣早早洗衣晾乾，早早自竹竿上收下衣服摺疊。畢竟是鬼月，衣服曬太晚有陰氣，不如趁著日頭尚豔收好它。

阿坤叫喚，伊聽見了，反正早晚都是些尋常事，所以她一邊閒閒應著：

「是阿坤嚒？進來坐，我在裏屋。」

一邊遣著那歪歪斜斜鴨子學步的翰青到前頭，讓喜歡無事忙的翰青有點趣味：

「去叫阿坤叔進來講話。」

倒是阿坤不請自進，見了明珠，客套也來不及說，忙忙便催明珠：

「嫂仔，衣服先且不必摺了，快回妳家看看，方才有一個類似流浪漢的人進了妳家門，孫師傅懷疑是妳那去出征的弟弟回來，叫我來通知妳回家看看。」

明珠不自覺停住了手中摺衣的動作，仰首張著嘴，瞠目結舌的仰望著阿坤。

來報訊的阿坤見狀，忙不迭又向明珠解釋加催促：

「嫂仔，妳娘家現此時只妳養母一個兩腳查某，哪會有什麼來往的親戚朋友？我剛才站在亭仔腳，雖有點距離，不過眼見所有過程，妳養母只開門不到一分鐘，幾乎問也沒問，便拉著那個人進屋裏去……若不是至親骨肉，伊怎會問也不曾問？況且依我看那身量、高度，雖是瘦得不成人形，人又有些佝僂，不過，倒很像是妳弟弟那樣身形的人……」

明珠聽到這裏，不知不覺便站起身子，茫然說道：「我回家看看……」

說著，手上拿著未摺的一件孫武元的竹紗布半長褲管大裏褲，居然渾然未覺依舊拿在手中就要出門去；而且竟亦忘記翰青站在身側不遠，連得帶兒子一起出門的概念都不曾有。

「嫂仔——」阿坤在身後叫住她，提醒著：「妳把衣服放著。要不要帶翰青一起去？如果不方便，我就將這囝仔帶到仁和堂去。妳回娘家看看，事情辦好再到舖裏接翰青。」

一語驚醒夢中人！

明珠低頭看看自己手中所拿衣褲，不覺感到荒唐。她將竹紗布裏褲一丟，訥訥的低語：

「事情太突然，我竟不知是夢還是真？不知自己要做什麼？」

說著，看看翰青，忽說：「來，阿母帶你去阿媽家。」

王妹常常留有麥牙膏糖、彈珠糖或鹹公餅等這個那個的吃食給翰青，所以孩子喜歡上外婆家去。

翰青不待明珠招呼，便拉著明珠的裙角，示意母親蹲下背他。

明珠一顆頭殼嗡嗡作響，兒子一拉，她馬上反射式的用沒好聲氣的嗓音責備翰青：

「自己走，懶惰骨！你一輩子好命，要我伺候到幾歲？」

翰青張嘴要哭，阿坤動作快，蹲下身子抱起了孩子，說道：

「阿叔抱，媽媽今天沒氣力。」

明珠亦不客氣，逕自急匆匆往外頭行去。

走了幾步，倒是腦子可以想點事情了。

該當是昭雄回來才是！那青瞑仙仔算得真準！堪堪才過七月十五，今日只是七月十七日哪，真是分毫不曾差著。

但是，若果不是昭雄呢？

不，再不會有他人了！陳家人丁單薄、缺親少友的、不是昭雄會有誰？

想到這裏，明珠又心思沸騰起來！

居然活著回來了！幾年之內，害苦了多少人！認真說起來，還有阮端端一家人，甚至亦包括了求婚被拒的洪商周那家大財主！

怎會這樣生死不明在外延宕如此多年？

她特別繞開了仁和堂那條路。事情還不曾水落石出，若是回來的不是昭雄，豈不又是一番從裏到外的大騷動？還要耗掉她多少唇舌和眼淚水？

明珠的腦子和步伐都在急促轉動著，抱著翰青的阿坤長手長腳卻幾乎都要趕不上。

等來到陳王妹的住處，明珠突然站住，遲疑著沒有去拉輪轉的木門。

「嫂仔，早晚終究是要進去——」阿坤騰出一隻手，就要替明珠拉開門似的：「我要不要陪妳進去，等會兒可去告訴孫師傅消息？還是……妳要自己進去，我替妳抱著翰青？」

「喔，我帶翰青進去，你回藥舖好了。」明珠接過翰青，回頭看著阿坤：「事情吵吵嚷嚷的，還不知是什麼，我怕又被人嘲笑。你回藥舖，小聲小氣叫孫師傅別大聲嚷，萬一不是昭雄，徒然又惹人笑訕。」

「妳這進去不就知道是不是了？站在這裏，就是站到明日也不知呀。」

明珠聽了他的話也不答理，深吸一口氣，伸手拉開木門，高聲便往裏喊：

「阿母，是我，明珠呀！可是什麼人來，還是——」

明珠踏進門檻，隨手將門在身後拉緊了，也不管阿坤在外頭張望，絲毫不給他機會。

她因聽不到屋裏有動靜，所以先亮著聲音邊喊邊走。等走過光亮的大廳，依稀就聽到王妹夾泣夾述的聲音：「真是萬幸呀，我本來以為這世人就到此為止了。」

明珠走過過去她養父春發和她養母王妹睡的大房，再往內走就是她當日未嫁所睡的，緊鄰後廳的房間。

王妹和那方才在街坊注目下進門的流浪漢子，不曾在任何房間裏，而是——明珠站在臨著灶腳的後廳裏，看到那「流浪漢」，半躺在椅子上，仰面對著站在那兒的明珠呆愣著。

明珠看到那蒼老、瘦脫了形、憔悴，以及驚惶的「陌生人」，半天，才在那怯弱的眼神中尋到熟悉的影子！

「昭——雄——是你嗎？」

「阿——姐——」

明珠把翰青一放，撲身過去，跪倒在昭雄那瘦脫了形的長腿前。

「真的是你啊……把我們盼死了……一年又一年……真是天保佑，天公保佑呀……」

王妹正煮了一碗薑絲瘦肉湯，肉仍在鍋子裏燉，先盛了小半碗湯汁，一匙一匙的在餵著昭雄。

明珠哭了幾聲，接過湯碗來餵昭雄，不防身後的小翰青被這一幕和昭雄可怖的外形給嚇壞了，又不曾有人理，因之「哇哇」便放聲哭了起來。

王妹一聽，便心疼的起身，趕緊又哄又騙的趨前去抱翰青：「憨孫仔，大家都忘記你啦！不怕，不怕，是你母舅呀！來，阿媽有糖仔，給憨孫吃，不哭，不哭呀。」

翰青在王妹的懷裏依舊是哭個不停。他怕昭雄那可怕的形貌，偏偏卻又拿著兩隻小眼睛透過王妹的肩膀，偷偷的盯著昭雄看。看著，看著，越看越怕，越怕越看，終致越號越大聲，反而無法安靜下來。

王妹嘀嘀咕咕叨唸著：

「那是你阿舅……哭得這樣像什麼？阿舅從老遠老遠的地方回來，差一點就回不來，自然看起來人不像人、鬼不像鬼。不然阿舅可是全宮前町最妍俊的男人哪。」

王妹說話間，手腳也沒停過，很快拿了粒外面裹糖的硬糖果塞到翰青口中，又拿了另外一粒塞到孩子手上。

「看看，阿媽疼憨孫，你可知這糖有多貴？我們台灣島產的糖，全被一些唐山來接收的官員貪污掉了！一船一船的載回唐山，米也是，台灣島米糧最豐，他們阿山的一來，吃的吃、運的運、貪的貪，弄到台灣人沒米吃，大家吃番薯！」

明珠見王妹越說越激動，忙忙就出聲制止，聲音充滿了驚恐：

「阿母，妳起猶是嗎？明明知道這件事說不得，妳卻偏偏大聲說！妳是期待深更半夜讓憲兵隊來抓妳去槍斃是不是？到時死不叫人好死，還要大大的刑一番。大部分人連屍體也找不到，也不知死在那裏……妳竟如此大聲。而且昭雄才剛回來，弄不妥當，是不是又有人藉故來調查這個那個的？昭雄的身體禁不起呀。」

千里萬里回到自己家裏的昭雄，即刻得到親情的安慰和熱食的補充體力，雖然仍十分虛弱，但卻已心神定下，神志也有了相當程度的清楚，一看明珠和王妹的神情、對話，心裏湧起莫大的疑問，低低問道：

「憲兵半夜抓人、無故被槍殺，究竟是怎麼回事？現在官府是中國人，台灣人也是中國人，一樣由唐山來的，只是時間先後不同而已。難道中國人還容不了中國人？」

明珠見碗內已無肉汁，停匙看看昭雄，像是自語，又像在和王妹商量般說道：

「餓過頭的人，不能一下子吃太多東西。我看歇會兒再餵昭雄吃點稍稍濃稠的流質食物。我先去起大灶，燒一大鍋鋅鍋熱水讓他洗身，晚上我再叫武元來把脈，看看他身子的狀況，該醫該補，也好定奪。」

明珠將昭雄放在椅把上的手臂輕輕捏了一下，眼淚不覺又湧了下來，哽咽道：

「究竟是怎的，拖到這一日才回？又是怎麼回來的？」

昭雄長嘆一口氣，來不及，事實也是力不從心再從頭講述一遍，因此，他只是垮著全身所有的線條，再長嘆一聲，說道：「一言難盡。可以說是運蹇命乖，在外受苦多年；也可以說是命不該絕，幸遇貴人，今天才回得來。」

王妹此時亦插嘴阻止養女再探問身虛體弱歷劫歸來的昭雄：

「那許多年的事，一時哪裏說得清楚？何況如今他正是才撿回一條命，更不可能有氣力講話。妳還是快替我起個大灶，燒一鋅鍋熱水給他洗身吧。還好是夏日，不然一鋅鍋熱水哪夠洗這些年的污垢？」

明珠亦知要快快讓昭雄身體復元才是當今要務。因此不再多話，手腳俐落的就在灶腳間忙碌起來。

她起了大灶燒洗澡水，又用小爐子起木炭燒旺，繼續燉那一小鍋肉湯；弄妥這一切，順手又淘了幾合米下鍋淘洗。

王妹進昭雄昔日所住房裏各拿出一套內、外衣褲，放在另一張空著的椅子上，半感嘆又半討人情的對昭雄說：「你的衣褲，我時時去翻看、撫觸，最少也感覺到你的氣息。去年三、四月間，明珠去抽籤，說是你這一兩年內會回來。雖是半信半疑，我自那時候起，還是過一、兩個月就將你的衣物拿出來洗洗曬曬……」

昭雄自然知道王妹自小疼他，但明珠與他毫無血緣，事實待他正如至親骨肉，兩人於他，都有恩義……

「阿姐……」昭雄虛弱的喊了聲。

正在搧木炭爐子的明珠，抬起頭，在被煙薰的雙瞳迷濛目光中，望見了她那身受戰亂、生離、刻骨相思與絕然的音訊滅杳的凌遲與恐慌的弟弟昭雄臉上，那種焦渴欲知卻又不敢啟齒面對真相的痛苦表情，明珠在剎那間明瞭：昭雄在生死邊緣上忍受著常人無法忍受的一切極懼與極苦，誓必歸來，為的不是他養父、養母，當然也不是她這個養姐，而是當日神前約束過要以此生相等互託的伊人！

這是不爭的事實，明珠雖然完全心知肚明，但卻一點也不嫉妒。她也愛過，如今回想起來，過去與武元之間，相逢一笑、意愛忖惻，時日雖是那般短暫，卻也足夠令她毅然捨棄養父母，孤身私奔去嫁給那個什麼身世背景都不盡熟悉的孫武元。

感情的力量，是可以穿越千山萬水，代代追尋的。

只要想想端端這些年所遭遇及面對的一切內外壓力與世俗流言，那弱女子能堅持至今日依然癡癡在等，昭雄拚死命也要回來的意志，便了然能懂。

想到這裏，明珠不忍叫昭雄一顆心懸在那兒！伊人音訊俱無，在千里萬里之外，迫於無奈可以忍受；然而，既然回到此處，知道咫尺之內有芳蹤，豈有強忍不問的？就是人面桃花、世事已變，他也得鼓起勇氣，問它一個明白清楚。

明珠走近昭雄座處，就坐在傍著他右手的椅子上。

「端——端——，嫁……人了沒有？」昭雄的聲音斷續而顫抖，彷彿用盡此刻他僅餘的一切力量出此一問。

明珠就在這頃刻間，忽然有了惡作劇的念頭萌生：早知晚知，不差這三、五分鐘，不妨和他玩笑一下，等真相浮出，喜悅更加深狂。

因此，她故意微苦著臉，緩緩說道：

「你們約定的時間未到，媒人便爭相上門去說媒，端端是大美人，又是第三高女畢業的才女，好多好譽人家都去提親，像……」

昭雄微張著嘴，臉色層層轉得更白。

「家裏也逼她，端端又不能說出你們的事，被逼到最後，你們約定相等的時間也過去了，端端終於熬不住——」

昭雄的臉一片慘白，痛苦至極的表情扭曲了他的五官，彷彿在剎那間，反悔著自己竟然生還家鄉似的！

明珠見他如此，心生不忍，終於口風一轉，說道：

「端端大病一場，昏迷不醒，鄰里間謠傳她得了神秘怪病。說起來，她甚受委屈，幾乎這兩年都閉門禁足，順勢也免去再有人來提親。她的心，是全在你身上呀！不然一個這麼好條件的女孩子，百家爭逑的好對象，到後來卻被那些做媒不成的或聘娶不成的人家，說得倒像是染了梅毒似的。我在想，伊畢竟此心可感，等到你回來，不然只怕這一生也很難在那些成見深的鄰里父老中翻案。」

昭雄聽到這裏，全身沸騰，一股氣急速翻轉而上，千言萬語排山倒海到了喉頭，又是酸楚、又是不捨、又是愛、又是恨，還有數說不盡的愁、怨與急、怒，他眼一翻，突然驚天動地大嗆起來，連著數聲，竟然順不過氣。

王妹一見昭雄如此，急忙將翰青放下，踮著小腳跑了過來，一邊伸手輕拍昭雄背部，為他順氣，一邊氣急敗壞的斥罵著明珠：

「妳明知他身體壞成這樣子，卻又講些什麼不知輕重的話，害得他如此？若是一口氣岔過去，妳看妳做的什麼孽！」

明珠見昭雄嗆成如此模樣，心裏早已又悔又急，加上王妹這一番凌厲的責罵，不覺更是惶然。她對著昭雄涙漣漣的哭勸道：

「你好不容易才留住這條命回來，這條命能同時救活阮家和端端好幾個人。如果你要這般大起大落的激動，自己不好好保養，有多少人會跟著落入十八層地獄去？」

王妹一聽，怒急吥道：

「妳這三八查某，真是十全欠兩味——八珍！七月時，妳在此胡言亂語！回來的人身子骨這樣弱……唉、唉，真真是會活活被妳氣死！」

明珠拭去涙水，也顧不了站在不遠處又號啕大哭起來的翰青。她看著昭雄，後者咳得真像要將五臟六腑都掏出來似的。

明珠垂下頭，低聲默禱：

「天上聖母娘娘、媽姐婆，信女陳明珠今日在此雙膝跪地感謝祢保佑我小弟陳昭雄出征平安歸來。現時，他身子弱，咳不止，只怕一口氣喘不上來……」

默禱到這裏，明珠雙膝跪下，對著天井雙手合十膜拜，虔心誠意繼續祈求：

「祈求天上聖母、媽祖娘娘庇佑，讓弟子陳昭雄此刻即時止咳，身子骨轉硬朗，能順利娶阮家的端端小姐為妻，夫婦好合、白頭到老，信女明珠此後每逢初一、十五必去燒香答謝……聖母娘娘、媽祖娘娘……」

明珠默禱到後來，上半身完全匍匐在地，不斷用前額叩地祈求，全心全意，不思其他。

說也奇怪，不但昭雄的咳聲漸止，而且或許因為將積鬱的氣一吐為快的關係，昭雄咳後反倒看起來不那麼氣息奄奄了。

一直大哭不止的翰青，此時也只剩抽抽答答的泣聲，呆呆望著身邊三個奇怪的大人。

「阿姐，真是對不住，嚇著你們了。起來吧。」

明珠緩緩抬起上半身，淚眼裏看著已經神閒氣較定的弟弟，說道：

「神明庇佑！不然我如何向陳家祖先交代？」

想起方才養母一副要和她拚命的神情，明珠依然餘悸猶存，因此這話多少有點不滿的情緒在內。

「阿母，有件事我一直放在心上，想向您稟告。」昭雄將窩在椅子裏的身體，微微拉向外，因此就有點前傾的姿勢：「我自出征到現在，心裏一直有個人，若不是戰爭，老早便會娶伊進門。這些年，伊不計閒言閒語，苦等我四年……這四年多來，若不是阿姐不時去看伊，給伊安慰和鼓勵，只怕伊早就因思念成疾、因病而亡……，阿姐方才說的就是這事，我一時激動咳了起來，阿母不該錯怪阿姐……雖是不該我說的話，但我仍忍不住得說一說，這二十多年來，阿姐對陳家是有功無過，不該再挨罵了。」

王妹聽著昭雄說的這一席話，心裏便想，原來你們姐弟兩人早已腳倉湊三拗（意即兩人聯合並肩，同謀某事的意思）了，早在那麼多年前，明珠便已居間為昭雄和那叫什麼端端的女孩子做郵便士

（信差之謂）傳信、互通消息了。

只有伊這做老母的被瞞在鼓裏！

說不定呀，自己疼昭雄疼到骨裏肉裏，這少年的，想著卻只有那女孩子吧！

唉，誰說的話不真？尪親某親，老婆仔踏車輪……

「阿娘——」

聽到昭雄呼聲，王妹回過神來，不無怨氣的「哼」了一聲，說道：

「兒女養大了，心就往外，查甫囝、查某囡仔全都一樣……婚姻大事，外人都比我還先早知道……你不在自然不知，你阿姐當年……是連你阿爸和我都瞞著，自己私奔去嫁給一個外江人……」

昭雄這才知道明珠是如此結婚的。若不是父母刁難，明珠的個性，萬萬不敢如此違背風俗才對！昔時養母虐待明珠的往事，多多少少又讓昭雄回想起來……也幸虧明珠姐敢如此去自尋前途，否則待在陳家，能有什麼好日子？

昭雄想到這裏，非僅沒有和母親同仇敵愾，反倒暗暗為養姐喝采。

「說起那端端什麼的，究竟是哪裏的查某囡仔？你們在哪裏認識的？」王妹兩眼分別掃過明珠和昭雄，不知究竟問的是誰？

「公學校的後輩，後來讀到第三高女畢業，是有腦筋的美女。能娶到伊，是我們陳家，也是我的福氣。」昭雄昂然自信的向母親介紹阮端端。

明珠趁勢講出這些年來，端端被家人所逼，又有多少人上門求親的種種，說了個一清二楚。然後又將伊相思成疾、去青暝仙仔那裏算命，獲得母親諒解，一直默默等著昭雄回來的情深意重和盤托出。

「按理，伊和昭雄約定的時間已過，早已不算辜負。況且，提親的對象，不少是留學日本、大學畢業的資產家子弟，這一切種種，伊都不曾動心——」

王妹忽然截斷明珠的話，問道：「照妳所說，好像咱們昭雄是多麼不堪一比。」

明珠知道王妹難纏，亦不肯多事，免得反倒壞了昭雄的好事，只說：

「反正昭雄回來了，今後就是他的事，要怎樣，就讓他自己和阿母商量，我這做阿姐的，再沒任務了。」

「不管天大地大的事，莫有比養好身體更重要的了。」王妹有意將那件事先放下，所以便轉移話題：「鉼鍋的水該熱了，你可以自己洗身呢，還是得人幫忙？」

春發已死，家裏已沒有其他的男人。明珠試探著建議：「要不我去叫武元來，他身子壯，可以——」

「不用了，阿姐！」昭雄出聲阻攔：「我沒弱到那個地步。拿把椅子頭仔進去，我坐著慢慢洗反而自在。」

「那我來準備。」明珠起身到灶腳，掀開鍋蓋，探了探鉼鍋裏的水溫熱度，回頭說：「我去刷刷澡盆，放好冷水和熱水，再把鉼鍋剩下的熱水抬進澡堂裏，你邊洗邊加，冷熱水都多給你提一桶。」

「多勞煩大姐——」昭雄欲言又止，拿眼盯著明珠看。

明珠會意，等走到他身邊時，低聲對昭雄說道：

「我去她家報信。等你身體好了，快去提親。」

王妹看到明珠在昭雄身邊嘀咕，生怕她又節外生枝找事煩人，立刻吩咐她說：

「昭雄洗澡不費好多時，妳不如現在去請武元，讓他等會兒過來幫昭雄看看。」

明珠另有打算，便說：

「仁和堂這時候病人特別多，我叫武元近午過來，昭雄洗過澡，正好再喝半碗湯，休息一下子——這樣好了，中午我炒幾樣菜過來，阿母就不用動手，我們一家團聚團聚。」

明珠任務在身，索性揹起翰青往外走。

王妹又在後頭嘀咕：

「這麼大了還揹著來來去去，若再有弟弟、妹妹，看他能這麼好命？」

明珠赤日頭下，汗珠淋漓的來到仁和堂，大家一聽真是昭雄回來，全都為陳家高興。明珠和大夥寒暄一陣，說明昭雄出征南洋，全連幾幾乎都戰死，他躲到山裏，約莫兩三年，不敢出來；直到不久前因太餓，找食物到了莊前，才被人發現。後來輾轉得到那邊一個華僑的資助，經過幾番折騰才回到家鄉。

「說起來是福大、命大，否則怎會人家戰死他活著，而且還曉得躲到山裏去藏起來。」

「是啊，幸好又遇到貴人，資助他回來，這些事看起來似乎都是巧合，其實都是福分，也是祖宗有德……」

就在眾人議論紛紛、談興正濃時，明珠悄悄拉著武元說：

「近午時，勞你撥個空去我家看看昭雄的身體，也許該開幾帖藥。午飯能不能在那裏一道吃？是昭雄回來的第一餐……」

武元點點頭，說道：

「若是要緊，我此刻便去，何須等到近午？」

「應該不會有大病才對，總不外是餓久又擔驚受怕的結果。」

「妳不留在那邊，又回家去做什麼？」

「我總得來跟你報報訊呀。」明珠眼一亮，又接著說：「我還要去阮家通報一下，讓她們早點安心——近午我來約你一起過去。」

離開仁和堂，明珠一路往媽祖宮口的阮家行走。

光復後，阮家仍做油漆生意，門面看起來蕭條了一些。

明珠才在店口亭仔腳外探頭，便被阮林紅綢眼尖看到了。

明珠嘴笑目笑，阮林綢心下一跳，急忙往裏喚出大女兒：

「端端——端端——妳出來！」

紅綢叫得急，正在揀菜的端端即刻放下菜葉，狐疑的來到店口。

紅綢往外努努嘴，說道：

「他阿姐來了，看來是有好消息。難道青瞑仙仔真那麼準，十五過後真真只有兩日……」

「阿母，要一直讓人站在外頭，還是請伊進來？」端端顫抖著聲音問道。

「看那情形伊不進來，妳出去吧。」

端端像去面見心意難測的命運之神般，懷著忐忑的心，一步一步往外走去。

阮林紅綢放心不下，猶疑了會兒，緊跟著女兒身後步出店口。

「阿嬸，端端——是好消息！」明珠喜不自勝的開口說話：「昭雄剛剛才進了門！」

「昭雄——」端端用日語喚著這個名字，彷彿還沒有真切了解這消息的真正含意。

明珠也不吊胃口，簡單扼要的將昭雄的情況盡量全方位報導，最後才說：

「他身子只怕要將養一陣子才會稍稍恢復。不過，妳的事，我們兩人合力對我阿母說了，在這種情況之下，只等昭雄恢復體力，就可以辦喜事了。我——真的恭喜端端小姐，昭雄一能開口順氣說話，便央我先來報一聲平安，其餘的，他會一步一步補上來，絕不讓端端小姐吃虧——那麼——」

明珠揹著孩子，深深向阮林紅綢母女鞠了一躬，便準備轉身離去。

「明珠姐——」端端已是泫然欲泣：「不知該如何謝妳……」

「和昭雄一起去謝謝媽祖娘娘吧，是祂保佑，也是妳兩人情意堅定。」

明珠頷了頷首，再度往前走。

「明珠樣，昭雄身體有沒有受到——傷害？」阮林紅綢的聲音，微微揚高，在後追問。

明珠知道伊擔心的是什麼，因此，她再次轉身回頭，清晰明確的消弭問者的疑懼：

「沒有受傷，四肢身體都無傷害，只可能是長期挨餓，身體很虛，能捱到今天回來，純然是意志的力量呀。我家裏的頭家，中午要過去看診，既是自己弟弟，即使要費許多心神，我們也會將他醫好。請放心，靜等昭雄的好消息。」

明珠再次一鞠躬，揹著翰青的步伐顯得很扎實。

對她而言，昭雄雖是沒有血緣的弟弟，但他的歸來，不知怎的，卻帶給她極大的穩定與安慰。最少，她「娘家」也有個體面、講情理，多少可以依靠的弟弟了。

14

歷劫歸來的陳昭雄，好不容易在陳王妹和孫武元的管制照料下，心神不寧的將養了十來天。人在家鄉的土地上，又是藥補又是食補，凡事都有人跟前跟後在照料。昭雄大睡三天，四年多來在異國驚惶度日，大約沒有一刻心安過。回到家裏，本該早已嫁人的愛人，卻仍素心潔身等著他；原來以為必然失去的幸福，在四年後的今天，似乎又完完整整的回到唾手可得的眼前。

四、五年非人生活的折損，畢竟不是十天半月就彌補得回來。昭雄幸虧年輕，十餘天後體力漸漸復元部分，他一心惦掛端端正等著他有所表示，因此亦不管王妹的態度，有天當著武元、明珠的面，講出要去阮家提親、迎娶的意思。

「人瘦成這樣子，新娘子真娶過來，諒你亦沒法度。急什麼呢？四、五年她都等了，還在乎這半年、三個月的？」王妹說話粗鄙，一直不能對昭雄心心念著阮端端而釋懷。明知昭雄非卿莫娶，伊亦不肯大方成全。如果昭雄一回來就娶妻，伊會覺得自己太不受重視了。

武元在一旁開方子，聽了他們母子的對話，直腸直肚便開口：

「阿母，也難怪昭雄要心急，女方等到今日，有情有義；人家先做在前頭，我們就不能失禮在後面。昭雄身子是虛弱，但只要三、五個月，甚至不必那麼久就恢復了。如果此刻提親、看日子、準備，先訂婚再結婚，這段日子，最快也得兩三個月，到那時，昭雄身體早就恢復。所以現此時找人提親，正是時候。」

王妹還要抵賴拖延，明珠一旁即刻趁勢幫武元、昭雄的腔：「阿母，昭雄二十四歲了，娶過來，早生早好，多生幾個，我們陳家可只有他一個兒子呀，阿母難道不急著抱孫做阿媽？」

明珠的話，正說中王妹的心坎。可不是？家裏冷清慣了，該當熱熱鬧鬧、生他一窩囝仔！昭雄二十四，女孩子就是二十三，再拖下去，畢竟沒什麼好處，昭雄又不可能另娶別人……想到這裏，王妹不知不覺鬆了口，喃喃問道：「可找誰去提親才恰當？」

武元與明珠迅快對望一眼，取得共識，由丈夫開口：

「我們仁和堂的老頭家娘最適合了。她福大命好，再恰當不過。」

王妹腦海裏迅快閃過晴玫的樣子，想了想，卻果真找不出哪一個比伊更好的人選。

「聘金方面，阿母該當大方一點，才不致辱沒人家，伊可是第三高女畢業，全宮前町有名的大美人呀。」明珠怕王妹慳吝，故意先提起這問題。

「要多大方？」王妹不以為然的冷哼一聲：「對方不要求，我們何必故作慷慨？」

明珠想起從前孫武元託人來向自己提親時，王妹獅子開大口，提出一萬元沒行情的聘金來，逼得最後她只有私奔一途。往事歷歷，明珠忽然十分感慨，脫口說道：

「這個世面，聘金給個一萬也不算離譜。」

王妹知道明珠記恨，狠狠白了她一眼，罵道：「要嫁的可不是妳，不用妳多插嘴。」

兩天以後，仁和堂的老頭家娘晴玫夫人，特地穿著一襲秋香綠長唐衫，備了份禮，前往阮家提親。

阮山河雖是硬氣的人，但深知女兒嫁過去，有個挑剔的婆婆，因此開口就有深思熟慮過的從容和分量：

「既是少年人意愛，我們做長輩的自然成全。聘金種種都不是最重要的，我們只希望端端嫁過去，能得婆婆和尪婿疼惜，這才不枉她拒絕那麼多富有人家提親、一心認定是陳昭雄的決意。」

晴玫其實自始就一心偏向女方，聽了阮山河的話，馬上笑咪咪的接口說：

「女兒幸福自然最重要，昭雄樣拚死都要回來，足見他深情。您千金嫁過去，昭雄可以做主，一定疼惜十分，您大可放心。但是，禮不可廢，聘金、禮餅、首飾等等，千萬不可辱沒令千金才是。陳家有誠意要付，當然也付得起……無論如何，禮不可廢呀。」

結果，最後由晴玫做主，給了六千元聘金，大聘全收；禮餅因為有著昭告街坊的意圖，所以做了兩百四十盒；首飾有項鍊、兩只手環、一對耳勾、一只戒指，全部純金打造。男女雙方，互送十二件大禮。

訂婚、結婚仍央青瞑仙仔擇日。

農曆九月初六文定。十月二十四成婚。

日子敲定，條件談妥，男女兩家各自忙忙碌碌、喜氣洋洋的準備起來。

尤其是陳家，為了安置新房，整幢房子打的打、補的補、刷的刷，自然更加倍的忙亂。

陳明珠因之也益加的必須往娘家去幫忙了。

另一方面，仁和堂老頭家吳頌堯，眼見基隆業務蒸蒸日上，再也無法只有三天去看診，而必須日日有個坐堂醫師才行。

本來吳頌堯屬意孫武元順勢就長駐基隆，亦可自立門戶，將家小全搬過去，省得兩地奔波。

誰知孫武元心中另有打算，不想長駐基隆，所以最後只有派吳頌堯的次子前去打天下了。台北的本店，有吳頌堯和他的長子坐堂看診，綽綽有餘；因之，吳頌堯雖不曾明說或暗示，孫武元亦知是該自己出去打天下的時候了。

武元心中早有屬意的地方，卻因著某種模糊而蠢動的意念而猶豫不決。

原來，孫武元在基隆茶室的老相好阿官，上回因墮胎來過台北，見過武元的正妻明珠之後，又去尋訪過去伊在基隆茶室同過事，現在卻轉到台北來的手帕交阿妙。

說起這阿妙的身世，倒也真是不妙。

十六歲上頭，開苞接客之後，十九歲那年第一次有了身孕。當時正值青春年少，捧場恩客眾多，阿妙又年輕糊塗，誰下的種無從分辨；其實以當時的狀況，一天接幾個客人實在平常，即使是經驗豐富的老娼，亦未必知道哪個是冤頭債主。

阿妙如此，糊糊塗塗到了胎兒四個多月才被老鴇發現有孕，配了草藥為伊打胎，連吃兩帖全無動靜。老鴇無奈，只剩半埋怨半惋惜的絮叨：

「妙仔呀，生一個囝，落九枝花，老得可是非常的快呀！妳做這途，正當青春年少，偏偏去懷胎生產。妳現時年輕，肚腹看不出來，再兩個月可就不行了，客人哪個會找個有身孕的趁吃查某？只怕躲都來不及，怕被妳纏上，脫不了干係呀！」

阿妙畢竟只有十九歲，當時並不懂來個養兒防老的計畫。有了身孕，諸多不便，最起碼做起事來樣樣不俐落；何況又得好幾個月不能接客，光被老鴇念叨也念叨死了。

「妳自己算算看，這個囝仔一生，妳最少得大半年不能做生意……」

「不然，要如何是好？」阿妙無可奈何的問道：「早先不知道，現在卻打不下來，我也沒法度啊。」

老鴇嘆了口氣，說道：

「注定是要跟妳的，打也打不掉。只是，往後若妳打算從良，拖著個孩子，人家會嫌呀。」

阿妙那頭胎生下來的孩子是個後生，小頭、小臉、小身子，什麼都小，阿妙和老鴇看了半天，竟也看不出像哪個恩客。

孩子落地，阿妙滿月將養好身子，繼續幹以前的營生。

生意起先是受點影響，沒有先前的好；但生過囝仔之後，妙仔似乎脫胎換骨般，一夕之間突然開了竅，盡褪過往澀柿子般的作風，很自然的煙視媚行起來。

所以，後來兩三年的日子倒也風光。

阿妙二十四歲那年，也就是伊大兒子五歲的冬尾，竟然又有身孕。

這回，伊倒是知道囝仔的阿爸是誰了。

那人到茶室的頻率很高，每回都找阿妙，不找別人。

阿妙發覺有孕，在打胎與留下孩子之間痛苦懊惱的徘徊甚久，為的是下種的恩客有個半似承諾的言語：

「若是男胎，孩子我要，孩子的娘，只要願意，也可以進我陳家大門，不過必須委屈妳做小。細姨其實也沒什麼不好，將來財產，孩子名下有一份，妳至少也得半份。」

阿妙心中燃起希望，滿腦子憧憬做好譽人家細姨的風光日子。老實講，送往迎來，天天要伺候不同脾性的粗男人，還不如只伺候一個，最少老來亦有個社會上的名份、家庭裏的位置，勝似人老珠黃還得賣笑。

「若生的是查某囡仔呢？」

那位陳頭家也算誠實，答道：

「我家中已有五個千金，只怕囡仔和妳都進不了門——不過，我多少會給妳一筆款子，最少兩三年內，妳可以安心過日子，不用再幹這種營生。」

阿妙不曾再追問下去：兩三年之後，伊的日子要如何過？以後若是女嬰落地，他還來不來茶室捧伊的場？他與伊的關係還會不會維持下去？

儘管有這許多疑惑，阿妙天性中的賭性抬了頭——第一胎無主要認，伊都生了！這第二胎至少有一半的機會可以改變伊的命運，豈有不生之理？

說來也是阿妙沒有從良的命。那孩子落地是個油麻菜籽命的查某囡仔，是五個以外的另一個。姓陳的囡仔的生父，說來亦算不曾食言，給了日據時代的一千元，了結這段孽緣。竟然從此就不曾再踏入阿妙駐在的茶室了。

阿妙始終不明白的是，女兒不能入籍陳家，這件事伊能了解。然而，何至於要連伊的面也不肯再見？

這疑惑尚未完全解除，阿妙居然又懷了第三胎，與第二胎的女兒落地只差十一個月。

這一次，伊連想打掉的念頭也不曾有，倒是很自暴自棄的順其自然了。

老天和伊作對，第三胎無主可認，居然生個兒子！叫伊如何不怨嘆？

到了這步田地，二十七歲的趁吃查某，拖著三個不同父親的孩子，要再靠趁吃這一行養四口人，的確是非常不容易了。生過三個孩子的查某，又在風塵裏打滾吃苦，心情滄桑無人能曉。

阿妙左思右想，決定離開基隆這個傷心地，換個地方打拚。

到底是靠姿色和身體這些原始本錢賺錢的女人，禁不起孩子拖磨，老得更快。眼下，伊已是近三十大關的查某，又拖著三個年幼子女，若是靠伊趁吃，生意好倒也罷了；只是，趁吃查某，到了某一個年齡，一定是伊趁吃生涯的終結……阿妙越想越害怕、越想越後悔，早知如此，一個孩子都不應生他，造孽啊！也是伊自作孽，伊命苦沒關係，拖累那三個無有父親的可憐囝仔……

伊曾聽由基隆轉去台北茶店仔趁吃的姐妹淘談起，台北地方大、人多，茶店仔三七九流全都有，什麼樣的茶店仔查某都有地方可去，都有伊們可以歸屬的處所。

伊想定妥當，某日，將三個孩子託給附近的鄰居看護著；自己仔仔細細的打扮停當，穿著唐衫，將那新燙的頭髮重新梳理，趿了雙高跟鞋，手中提著份「伴手」準備送給那早先去台北闖天下的姐妹淘。如果今日此趟就能謀定新職，那再好不過；不然，當做探路亦行。

阿妙，生得嬌小玲瓏，身子骨小，肉渾圓卻不鬆弛，整個看起來，就活像一隻剛發情的小母雞，肥嫩肥嫩，真想掐伊一把。

伊生得普通，尤其是鼻梁和嘴形。然而，一白遮三醜，何況伊還有雙大大靈動的眼睛，看透世情，也浸過滄桑，風月裏滾動十多年，深諳男人的癢處。所以，即使生過三個小孩，打扮起來還挺挑逗人的。

伊到台北尋到那舊日的姐妹淘，一提來意，後者即刻拍胸脯答允伊：

「妳放心啦，全包在我身上！只要有查甫人，就有我們這些趁吃查某可以生存的地方。妳要嘛自己去尋個適當處所，要嘛就到我工作的茶店仔看看，我只要告訴我們老娼一聲，伊歡迎都來不及哪。」

阿妙在台北人生地不熟的，自然就做了第二種選擇。那家茶店仔坐落在水源路下面近新店溪的一條窄街上。

店面大門一向開著，讓過路的人，很方便就看到店內刻意暈暗的神秘中，懶洋洋歪坐在沙發上的茶店仔查某。

阿妙在那裏做滿一個月，評比了其他同事的「專業水準」，覺得自己像隻鳳凰插翅於雞鴨群中，委屈太多，所以即刻轉到太平町附近去，做了一陣子，又在大稻埕租了戶瓦房，將三個孩子都帶過來團圓。

其實，另租瓦房安置孩子雖然重要，卻未必是必須；阿妙慢慢發現，要做這行，自己做主接客才可能賺大，否則在茶店仔，匆匆了事，又須跟老鴇三七或四六對抽，哪有什麼錢可拿。因此，伊一方面在茶店仔當班執壺，一方面對客人用上了心，仔細挑選，總要擇那有些家業、出手又闊綽大方的恩客，極盡嫵媚誘惑之能事，慢慢將客人帶到自家瓦房去「營業」，因之，阿妙事實是慢慢在向「暗娼」的路上行去。

阿官由基隆去訪伊的時候，正是兩個茶店仔查某趁吃生涯都在低潮谷底的那陣子。

聽到阿官有意轉到台北來做，那阿妙心思較為陰沉，笑問道：

「妳長得高鼻凸眼的，正合那些阿凸仔的胃口。基隆是海港，美國大兵出出入入，妳留在那裏不是生意做不完？」

「我又不會講美國話，從來沒做過阿凸仔的生意，不成啦，我不是那個料……」

「美國話，敢學就好。反正做我們這行的，也沒什麼好說的，講句粗話，咱們不靠上面的口賺吃，而是靠下面那張嘴賺吃的啦！」

阿官雖也是茶店仔查某，可言語行事都不像阿妙這般放得開，粗鄙的話更是說不出口。所以，聽了阿妙這番言詞，阿官覺得很難接口。沉吟許久，才慢慢托出原委：

「妳也是知道的，阿妙，做這行全靠貴人大恩客，給得大方，勝似我們一再張腿接客賺有限的皮肉錢……」

「這話自然不錯。但是，也是機會機會啦，基隆沒有，未必台北就有。」

「實不相瞞，有位客人，人又年輕又將才，出手給得更是大方。從前他到基隆，一個月少說也有十天半月的。但最近聽他說，要和原來合夥的人拆夥，自行創業，將來便不再常去基隆，所以……」

那阿妙一聽，心念快速轉動，即刻換上了一張笑臉，殷勤回道：

「咱們姐妹，妳怎不早說？既有這層原因，我自然勉力替妳物色好所在，不然，若妳不嫌棄，先到我店裏做做看亦是可以。只是，聽妳形容，世間竟有這等好才情的查甫人，妳可不可以介紹給我認識認識？咱們畢竟是老交情，不會搶妳的查甫人啦。」

阿官聽阿妙如此一說，心中忽然蒙上一層淡淡的陰影：她來託阿妙介紹工作地點，阿妙竟要她把她最好的客人介紹給伊。如此，她阿官又何必辛辛苦苦老遠轉到台北來打天下？

念頭沒有轉完，只聽阿妙又說，聲音難掩尖刻：

「哎喲，我只是好奇，想看看那麼好才情的查甫人長得什麼款樣而已！我是替妳高興啊，卻不知妳心中怎麼想，以為我要搶妳的契兄（意指情夫）不成？唉！真枉咱們姐妹一場，妳的心肝怎會變成這樣？」

阿官被阿妙如此搶白一場，原先的疑惑不敢落實求證，反而急急申辯：

「妳想到哪裏去了？阿妙姐！我只是想，他事業非常沒得閒，不知請得動請不動？」

「既是契兄，還請不動他，那妳是怎麼混的，這麼沒本事？」

阿官有些赧然，訥訥說道：

「其實也不是什麼契兄不契兄的，根本還談不上。他只不過常到我們店裏，一去就找我就是……

最近，才打掉一個他的種……」

「笨啊！不留下那孽種，拖住他的人！」

「人家是有妻室的，少年，又水，而且也有個兒子……我告訴他有孕，他叫我打掉，所以……很難啦，在這兒要碰到同心的，哪有那麼容易？」

「那是妳好說話，若換是我，豈容他開溜？最少也得拿出一筆錢來！」

阿官苦笑了笑，說道：

「做煙花查某已是造孽，我更不會想去破壞人家家庭——」

「呸！」阿妙叱了一聲，提高嗓門，再次提出要求：「妳約他來我這裏，我請你們吃餐飯，替妳相相他也試試他，看用什麼辦法套住他——哪，既然妳人都來了，揀日不如撞日，就是今日晚間吧，我茶店仔今日就為妳特別休個假！」

禁不起阿妙連哄帶騙又加逼，阿官居然傻傻的就到仁和堂去約孫武元。

武元對阿官原有歉意，因此也就無可無不可的答應了。

當晚，武元來到阿妙的住處，只見這女子眼波含情，不時睨著自己；笑時狐媚，不笑比笑更加引人遐思。

那美麗的阿官坐在一旁，相形之下，僅像個木頭美人罷了。

阿妙見武元，高頭大馬，人又威武，心中想著阿官提及他的事業與出手大方，早已有了計較。但伊與武元，都還礙著阿官在座，兩下裏算是很客氣的克制住了。

那一夜過夜，阿官傻傻回到基隆，靜候阿妙為她找茶店仔來報佳音；卻無論如何也想不到，她一心想要巴住的恩客，與她多年的姐妹淘，卻早已背著她，在台北先是陳倉暗渡，繼而又打得火熱起來。

原來，見過武元一面之後，阿妙心中已下了決定要將之收在石榴裙下。看阿官那沒本事魅惑男人的柴頭樣子，阿妙更是胸有成竹、毫無芥蒂。

才情男子，人人可搶，各憑本事罷了。何況阿官也不承認武元是她的契兄，這樣，就算他是老客戶好了，搶起來自然沒什麼心理障礙。

初見後的第三日，阿妙託人送了封短箋到仁和堂給孫武元，約他去伊處喝酒。

那武元原也花心，妻子明珠和相好阿官是同一型，皆是木頭美女。若是那阿妙就不同了，瞧伊騷得那副眉眼都藏不住的勁道，定必十分刺激。

他本亦掛在心上，在偷與不偷、要與不要之間有些許擺盪。不巧那兩日特忙，暫且就擱下了這事。

直至看到阿妙託人請他前去相敘的邀約，武元心中突有一種模糊的預感：自己和這喚作阿妙的女子，只怕要糾纏好一陣子了。

武元依約到了阿妙住處，那阿妙早已將三個孩子暫時遣回基隆依靠伊養母。大魚尚未上鉤，舉凡會令他卻步猶疑的因素都須排除，否則如何能遂伊心願？

那阿妙拿出伊的看家本領，幾樣可口的小菜自菜館叫來。武元那樣子能喝，酒是必備的，既能亂性，又可以助興。在這關鍵時刻，阿妙雖對引武元上鉤有六分自信，可也不敢大意，在每一個伊想得到的細節上都下了功夫。

伊將伊身上穿的唐衫和伊的身子，都用薰香薰過。伊所穿唐衫，不像上海師傅裁的樣式，領口略低，但腰身及其他都甚緊，顯出了阿妙最引以自豪的誘人身段。

整間屋子，亦全用薰香薰過，特別是床褥被單，更全部換上了新洗漿過的。

武元心中，倒沒有阿妙這般計較。

除了男人身體中那蠢蠢欲動的、有時全無流程可循的慾望之外，孫武元幾乎只像去會個新勾搭上的情婦般，帶點兒肉慾的期待與衝動罷了。

兩人在開門乍見、四目相接的那一剎那，各自微微晃了一會。怎麼這查某比我上回所見更加妖嬈惑人？而阿妙那廂，卻驚異於武元那眉眼五官、身體各部所散發出來的，幾近逼人的火焰。

阿妙掩嘴吃吃的笑，說道：

「以為你不敢來了呢。」

武元被那女人特別撒嬌和作態的嗲氣給勾了魂，亦聽出伊話語中那刻意的挑逗與欲迎還拒，一股熱氣自胯下升起，武元脹紅著臉睨著那才見過一面的煙花查某，悶著聲音回應了伊的挑逗：

「我不敢？還不知誰怕誰咧。」

武元說著話，自站在門中央、不曾讓開的阿妙身上，不，是胸前和肚腹迎面給擠撞過去！

男人，伊見識過何止十百，但這魯男子全身像火盆般，一接觸，竟燎得伊那千人騎萬人壓的、身經百戰幾已刀鎗不入的身子，「轟」的一聲，渾身是火！

而孫武元，自十七、八歲嫖宿煙花查某開始，到在空襲中於宮前町和明珠相遇驚豔為止，如果還要算上阿官那一段，亦從未有一個女子，如此讓他想欺身而上，狠狠的衝撞一番！

兩人既是如此乾柴烈火，那一晚的所有一切，自然完全都不在話下。

等到三度雲雨過後，孫武元在床上探身想去看看自己掛錶上此時此刻究竟是什麼時候，阿妙自後以雙手抱住他的腰身，半嗔半笑的問道：

「怕家裏那個不饒你？」

武元禁不得激將，錶也不看了，將身子躺回床上，回道：

「家裏我是天，伊敢如何？只是看看現此時幾點了？那憨人會等門啊。」

阿妙一聽武元叫明珠為「憨人」，語氣中分分明明的疼惜味道，伊心中突然竄起鴨霸的歹念：喝！你疼伊，我偏不准！

阿妙想到這裏，即刻將擱在孫武元腰腹上的雙手往下移，移到他那命根子上下，又是逗弄、又是撩撥，嘴裏卻軟軟的在他耳根子邊上呵著癢癢的熱氣，款款說道：

「別想要回家去了，回去對伊也沒用了嘛！如果不夠，我這裏隨時候教。」

武元身壯體健，床笫之間原甚強悍，明珠有時禁受不住，時常以翰青會醒為藉口，避開他的尋歡敦倫。這也是武元經常狎妓的緣故。

然而，在他心中，妻仍是妻、婊仍是婊，到底不能相提並論。

只有在遇到這蓄勢而來的阿妙，他才突然像措手不及翻了舟船一般，第一次有了暈與茫的混亂。

「我是不准你回去的，把我撩撥在半空中，這下半暝如何度過？你別想走，我即使答應，它也不肯應允的……」

「使妳娘的！妳當真如此勇?!看我治妳！等會兒可別討饒！」

孫武元一翻身便跨騎在阿妙身上，猛力衝撞！

阿妙邊哼哼唧唧有節奏的叫著，邊提著下半身迎著，把個孫武元激勵得更加神勇！

那日，陳明珠照例先將翰青哄睡了，自己坐在燈下，縫著一件兒子放長的小褲子，用這例行的縫補工作，填補著等待丈夫歸來的空檔。

時間過了十一點，平日這個時候，孫武元老早到家；即使有時陪老頭家小喝兩杯，吳頌堯也不會留他超過十一點。

明珠不想人家以為伊是個死管丈夫的大醋桶，因此沒事很少上仁和堂去走動，特別是武元在台北時。

武元婚後這些年，除了在基隆的那一切有些她知道，另一些她全然不知的夜生活之外，回到台北，倒也還算規矩。

像今晚如此遲歸，那是從來沒有的事。

明珠越等越不是滋味。會不會發生什麼事？若真有事，按理仁和堂的阿坤會來報訊。

難道是今日店裏太忙，到現在還不得閒？

明珠看看蚊帳裏熟睡著的翰青，終於決定冒一次險，將翰青留著，她一個人跑一趟仁和堂瞧瞧究竟。腳程若放快一點，來回十分鐘也儘夠了，應該不會出什麼問題。

明珠想到就做，悄悄開門出去，夜色中半跑著到仁和堂。

藥舖是打烊了，但門面尚未全關，明珠硬著頭皮走上前去，問著另一個夥計：

「金塗，孫師傅還在忙？」

那名喚金塗的夥計，猛然見著明珠，有些糊塗，半天才想起似的回道：

「孫師傅未吃晚餐就走了，有個人拿了封信給他，他和老頭家告了假，說是和朋友有事……約莫五點才過的樣子。」

「有沒有說是什麼朋友？」

「那倒沒有。」金塗忽然有點好奇問道：「孫師傅還沒回家？」

明珠不想教人猜疑，趕緊說：

「我想起來，前些日子他說過有個同鄉要來……我竟把它忘了！真是叨擾，我得趕快回去，說不定此刻他已到家。」

明珠轉身，快步往回家的路上趕著。

回到家，武元未回、翰青未醒，一切仍如她出門時一般。

究竟是什麼朋友，竟然連著人來通知她一聲要遲歸也不曾？難道會是女人？

那阿官的事才解決不久，按理不會有第二個女人才對。無論如何，不可能那麼快吧？

不然，今日他又去了哪裏？難道連她會等門這件事，他都已經不放在心上，一點都不罣意了？

明珠在猜疑中，慢慢便有恨怨。

結婚四、五年，雖然外頭叫得堂皇，總尊她是少頭家娘。但是，除了好名頭之外，她可曾享受過什麼？

沒有！她仍素樸的生活著。

武元開銷大、人四海，自奉又豐，剩下給妻子持家的，僅夠日常一般生活而已。

她結這個婚，外頭皆說尪婿才情，可嘆無人知曉她心中那淡淡的寂寞和蒼涼。

她無人可說。當初是她自己私奔成婚，如今拿什麼臉去向旁人訴苦？

明珠就在猜疑、憂心、怨恨之中，睜眼等門到天亮。

孫武元次日到了日上三竿，才離開阿妙的居處，家也沒回，直接到了藥舖。

因為武元有每日換穿襯衫的習慣，如今他未更衣來到藥舖，先前金塗又將昨夜明珠來詢問的事傳開，因此幾乎整個仁和堂，上上下下都知道武元昨晚徹夜未歸的事；有好事者，更紛紛在猜測那留住武元的人，究竟是何方神聖。

15

九月初六吉時，陳王妹、陳明珠、陳昭雄、媒人仁和堂老頭家娘晴玫，另外又湊齊了象徵吉數的十二人，後有抬著禮餅及文定大禮的禮品，像遊街一般，自民生路的街頭迤邐行到街尾，引來街頭街尾、厝邊頭尾指指點點、說長道短；有那知情的，總算明白了這其中周折，恍然大悟當初阮家為何辭掉好譽人家洪記茶行第二個後生的提親，原來是端端有了私心戀慕的愛人！

說到陳家的家世門風，那自然是遠遠遜於洪記茶行，或當初有意做媒的那些媒婆和雜貨店的阿信，或春仔姨等這些人腦海裏打著算盤要牽線的各家後生。所以迎親行列經過時，雖然大部分圍觀者是以讚嘆和看熱鬧的心情，七嘴八舌絮絮說說；但也有不少人是懷著酸葡萄心理，左挑剔、右嫌棄的說了一堆閒話。

陳家這些人到了阮家，最不能平靜自抑的唯有新郎倌陳昭雄本人。四年多睽違相思，恨不得一見；真正回到故土，因身體關係及人言可畏，反而無法相見。雖是提親、訂婚，甚至結婚都快，但相思磨人，一日如三秋，確實令昭雄等得心都焦了。

奉茶時，昭雄一見盛妝的端端由人扶出，居然激動得不由自主的站了起來！

王妹瞥見兒子竟如此失態，正要低聲喚他，卻是明珠眼尖，歪過身子去將昭雄拉下，低低吩咐他道：

「這是重要場面，不要失態。」

昭雄聽話的坐下，兩隻眼睛卻是再也離不開一一端甜茶給男方親友的阮端端。

將近五年未見，端端除了稍見清瘦之外，只有益形清麗。昭雄眼睛看著佳人，心裏想著伊如此多情多義，在閒言閒語和各種壓力下，未嘗憑藉片言隻字，於生死未明的漫長四年多中，一個人對抗著所有人事和環境，以自己的終生幸福做賭注，堅持等他。這是何等的情義！何等可感的堅貞！

當端端奉茶到他眼前時，昭雄顧不了周遭那些耳目，雙目炯炯有神盯著心所愛的人，低聲但有力的對端端說道：「多謝妳相等，這一輩子我都會記著。」

端端俏目一抬，雙瞳中水光波動，亦忘情的回望著昭雄。奉茶的雙手因激動而顫抖不已。

扶著端端的女長輩，此時雖亦感染到年輕兩人的激動，但伊不忘職責，輕輕觸了觸端端，軟聲催促著雙方：「新郎倌快接了甜茶吧，我們新娘仔手都捧疲了。」

昭雄這才接過茶杯，就著杯沿喝了一大口茶。

茶是甜的！但願今後苦盡甘來，日子兩人相依，甜蜜濃稠。

訂婚之後，由於昭雄回來的日子與訂、結婚佳期，擠得十分近，所以阮家準備嫁粧、陳家籌備婚禮，各自忙得不可開交，無形中就沖淡了那一對準夫婦因離散而自然產生的多愁善感。

新婚那日，迎娶吉時是下午三至五時，亦是青暝仙仔擇卜的吉時。阮、陳兩家，現在對青暝仙仔的話，不，莫說是話語，即連青暝仙仔放個屁，他們亦是奉如神旨，不敢違逆的。

迎娶既晚，拜天地神明、祖宗先人，再宴請親朋好友，尋樂鬧酒，陳昭雄一旦能抽身進入新房，已經是很晚的時候了。

阮端端依舊穿著白色結婚禮服，她的頭蓋已被掀開，但裁成荷葉邊的新娘頭紗仍然整整齊的戴在梳成一串串捲髮的頭上。她的前髮亦捲成向後的髮式，露出光潔高亮的前額，整個姣好的五官與臉形亦充分凸顯出來。

端端的結婚禮服是剪裁得極為合身、長及腳踝，長袖上亦同樣縫綴荷葉邊的同色裝飾。在燈下，端端正像一尊純潔高雅的美麗神像，微俯著頭，從任何一個角度看，無一不美。

昭雄將黑色禮帽順手一擱，本來扣得好好的兩粒西裝釦子，亦被他用手解開。

他緩緩走近自己這一生一世將要相守的女子，面對著端端，突然屈膝蹲下，微仰著頭看住端端，雙手執住依然戴著手套的端端的纖手。

「端端——」

端端吃了一驚，以為昭雄對她下跪，顧不得自己一身雪白新娘裝，反射式的也趕緊自椅上溜下，正待雙膝落地，卻被昭雄給緊緊扶住，低聲說道：「千萬不可！是我令妳受苦……」

「昭雄樣亦不可如此，否則我怎消受得了？」

昭雄緩緩站起，同時亦將端端牽了起來，說道：「好不容易盼到今天，我們好好說說話。」

兩人相扶相偕走到紅眠床依偎坐下，昭雄輕手輕腳在端端協助之中，將她的頭紗摘下，然後撫著伊人美麗的臉蛋，無限憐愛的說道：

「辛苦妳了。造化弄人，讓我們平白多受了幾年絕望椎心的苦。當年，若不是心裏念著妳在等，我簡直一天也活不下去……」

「昭雄樣，快不要再說這些了！今天是我們大喜日子，過去種種，任它放水流；我們要把握的是未來，一定要把過去戰時中、分離中的種種遺憾和辛苦，在往後的日子一起將它彌補過來。換一句話說，我們要過雙倍幸福的日子才行，再也不提過去那些傷感的事。」

「是，再也不提……再也不提……」昭雄在端端鬢邊廝磨著，熱熱的氣呵得端端又癢又心猿意馬。

「我臉上化的妝都沒洗掉，好像蓋著一層面具，好難受。而且，這身衣服也該脫了……」

「我來幫妳脫。」昭雄無心，出於體貼脫口而出，卻把端端臊得一臉紅，輕輕推開他的手，嗔道：

「不要！我自己慢慢弄。」

昭雄意識到今日經過這一番禮數折騰，端端早就是他陳家的人了！尪替某脫衣換裝，全是閨房內的親密私行，誰管得著呢？

端端這一番推拒，倒喚起他的權利意識和心內那股蠢動的愛慾。他不退反進，攬過端端的香肩，藉著幾分酒意，帶點兒嘻皮笑臉替自己壯膽，低而急促的在她耳邊、頸間說著：

「荒郊野地、異鄉異地拚命的活下來，為的不就是今夜？當然是我來幫妳……」

兩人正在糾纏不清，忽聽房門重重被敲兩下，王妹的造作的聲音咳得叫人無趣已極，隨即聽到伊刻意粗戛以顯威嚴的嗓音說道：

「舞了一日，還不出來洗洗身子、刷刷手腳。難道要醃它過一暝？」

昭雄停了聲音動作，過了會兒，無可奈何的應道：

「知道了。」

就這一問一答之間，新嫁娘的阮端端心頭一凜，頭一次想到她和婆婆的關係。就是門外那厲害腳色，害得端端母親阮林紅綢擔了好幾個月的心事。而她，在漫長的等待與匆遽的準備之間，愛情佔滿整個心房，再也容不下其他的思想，當然更不曾去細思她和婆婆會有什麼事情？

叫兒、媳洗身，畢竟是關切，雖然語氣聽起來是有些刺耳。不過，也許那只是婆婆慣有的口吻，並不代表什麼……

端端想到這兒，無法再想下去，但心中已了然，婆家與娘家、生母與婆母，終究是截然不同的兩回事了。

昭雄輕輕在解她背後的釦子，兩人都失去了方才的情致。

端端推推丈夫的身子，低聲催他：

「你先去洗，免得母様又……才第一天，被這様叫著總是不好聽。」

「習慣就好，伊就是如此，嘴歹心腸倒不惡，妳不用掛心煩惱。」昭雄看出她的不安，故意輕鬆安慰道。

端端無有回答，只是想起明珠小時候被虐待毒打，傳遍街坊的舊事。

「昭雄……昭雄……」門外又有呼聲，卻是養姐明珠特意壓低小聲的嗓音：「滾水幫你們準備好了。你到浴間去洗，端端是新娘子，我用大的木桶，端進去讓伊洗，省得伊出出進進的。」

端端一聽，對昭雄搖搖頭，說道：「不好吧？勞煩阿姐！」

「沒關係，阿姐最知人家輕重，讓伊來幫妳料理。」說完，昭雄即提高聲音，向外說著：「多謝阿姐，我寬了外衣就去，一切勞煩妳了。」

昭雄這話是說給養母王妹聽的。

說完，俯身在端端額頭上親了親，半是安慰，半自嘲或嘲弄著什麼人似的，笑了笑：

「阿母今晚沒事做。或許是想起了在生時天天喝酒的阿爸。人家說，歹歹尪，吃不空，有個丈夫活著，總勝自己一個兩腳寡婦。我們體諒伊的心境吧。」

昭雄扯下領帶，想了想，不急著寬外衣褲，返轉身去開房門讓養姐明珠進來。

明珠正站在門外一步遠處，一手拎住側擱在地上的大木桶，一手抓著一條新臉巾，面無表情的低頭不知想些什麼。

「阿姐！」昭雄喚伊一聲，伸手要去接伊手上的木桶：「我來拿，恁重的桶仔。」

明珠身一側，避開弟弟：

「你自去洗身，重物我是拿慣的，這點東西算什麼？」說著，用那隻拿毛巾的手，將昭雄往外推。

昭雄被推出房外，明珠順手關上房門，將木桶擺在靠近梳妝台邊的地上，直起身子對端端說道：

「我去抬水，妳先慢慢寬衣。」
端端忙說：「不敢勞煩阿姐，叫昭雄抬水進來就是。」
明珠考慮了一下下，才說：「莫讓阿母覺得昭雄在伺候妳……」
一語點醒端端，她微張著嘴，是吃驚也是意外，竟至答不上腔。
明珠安慰著，卻也乘機教她：
「做老母的，就怕兒子娶了某，變某生的。所以你們小倆口恩愛，等關起房門再恩愛不遲。在伊面前，妳還裝著伺候昭雄，才可免伊怨妒，畢竟是老母，個性又有些鴨霸，妳記得這原則，不管真假，順伊就是。」
明珠話剛說完，卻聽得昭雄在房門外大聲叫嚷：
「阿姐，且來開門！我端了端端的熱水來了！」
明珠眉一皺、腳一頓，返身去開門讓昭雄進來。
一鋅鍋滾熱水，說實在的，沒男人捧來，還真不容易。
明珠與昭雄將鋅鍋置於木桶旁，這才嘀咕他：
「我來幫忙，全因不要阿母不爽快，你又大呼小叫，日後可要讓端端難過，叫阿母以為伊大塊，過門叫尪婿伺候？」
昭雄臉熱熱的，想著母親心眼細、姐姐心思密，一個多心、一個貼心，不覺期期艾艾回道：
「一時忘記……」

「今後且好好記著，免叫端端為難——你快去洗身，冷水我去提。」

昭雄有些無趣的返身出去，明珠也沒閒著，緊跟在他身後，到後院壓了泵浦，提了一桶冷水進來，隨即將房門拴上。

新嫁娘仔已將結婚禮服的釦子解開，她站起身，讓明珠為她褪下新娘服，身上只穿了件「西米司」（日語連身式的襯裙），有些害臊。

明珠各拿兩瓢冷熱水，置於臉盆架上的搪瓷臉盆內，再將毛巾擱在架上，輕聲吩咐端端：

「先把臉洗乾淨再洗身。我這就回去啦。洗後，叫昭雄悄聲的將木盆水端出去。到那時，阿母即使不睡，年紀大耳朵背，大概也聽不到什麼。妳就放心的休息吧。」

「阿姐，阿母伊——」

「沒什麼，伊就那性子不好，妳如此聰明的人，只要用點心，便可以收買伊。我是無伊緣，但昭雄是獨子，伊對他不敢如何，是疼入心的。昭雄疼惜妳，自會替妳做主，妳不用擔心。老大人，有時像囝仔一般，哄哄便可。」

明珠知道春宵一刻值千金，不曾多留，管自帶上門走了。

走過長廊時，特意的躡手躡腳。

王妹房裏的燈光，自門腳下洩了出來。明珠自王妹房間行過，聽到她養母歷歷分明的咳嗽聲，不知怎的，聽來十分嚴厲。

明珠想起端端，為這剛嫁過來的別人家嬌嬌女感到有點憂心；旋即又想到昭雄自小受寵，王妹即使對端端不滿，諒也不敢太過，「打狗仍須看主人」，這件事何須她憂心？

小心拉開門出去，冷風一吹，身子一顫，想起的竟是自己小時被王妹和春發毒打的往事……日子一天天過，竟也由當初的小養女，變成人家的阿娘了。若是當初不曾冒險私奔出來和武元結婚，自己不曉得今日會在哪裏呢？

想到這裏，明珠腳下一緊，大步往回家的路上走去。

16

孫武元自從打算自己另行尋個店面開業之後，基隆每個星期三次的看診，逐漸減少。有時一兩星期去一次，有時則將近個把月才會走一趟。

他與阿官相好有一陣，自上回阿官有孕打胎，拖拖拉拉身子一直不乾淨之後，武元對她的熱情亦漸次澆熄，剩下的只是些有情過後的義理罷了。

等到他和阿妙搭上，熱辣辣像團火油淋身，自裏到外，阿妙或阿妙燃起的火焰，自有伊不同於阿官、明珠，或任何其他他沾染過的女子那種烽火味。

老實說，短短數月，武元已經發現他漂泊的身心，居然在阿妙的人與居處相結合的既具體又抽象的生活方式裏尋到故鄉。

武元喜歡阿妙，喜歡阿妙的講話、喜歡阿妙待他的方式，喜歡阿妙的情慾和伊的熱中情慾……說句沒見笑的話，他甚至也喜歡阿妙跟不同的男人所生的那三個分別是八歲、七歲和五歲的「父不詳」孩子。

武元自己也說不上究竟為了什麼那般喜歡阿妙。當然，剛開始時，是肉慾的吸引；可那東西亦有個新鮮期，去得多了，他有時中午時分過去坐坐，也不和阿妙幹那檔子事，光只是坐坐、聊聊，便覺得十分舒坦踏實。阿妙隨便說些什麼，聽起來就叫人高興順耳；而他到了阿妙那兒，那顆心自然便柔軟起來，什麼硬氣話都說不出口……

到了這時候，武元不得不相信「緣分」這兩個字。阿妙真是得他的緣呀。

可他亦不曾想過要遺棄糟糠這個念頭。反正他賺的錢夠，明珠、阿妙兩頭都大，這不是很好的事？

明珠是正妻，伊的人品、身分都符合。

阿妙就算是湊合的細姨吧，誰會去追究伊的出身？

這如意算盤，他打了甚久。不想人算不如天算，竟有了轉折。

原來，這日吳頌堯的兒子有事，不克去基隆，要武元代他去出診兩日。

武元雖是對基隆跑得膩了，卻也不得不硬著頭皮答應。

為了去基隆，阿妙第一次和他鬧意氣，而且不是撒嬌似的。

「我知你一定又去找那阿官，一定又死灰復燃，我不准你去。」

武元最恨女人鴨霸，尤其想到阿妙能和他結識，完全拜那憨直阿官所賜，阿妙此刻卻吃水果不拜樹頭，忘恩負義要斬斷他和阿官的所有關係，這豈不有點心狠手辣？

武元站了起來，甩手就走，只留下一句話：「要見不見在我，誰敢攔我？」

「喂——」阿妙憤怒又絕望的叫了一聲！她僵立在玄關，心裏充斥著妒恨和後悔，又氣又怕。氣的是武元竟然無視於她的撒嬌和威脅；怕的是這數月來，自己所下的魅惑功夫，居然留不住那本以為早在她掌握之下的男人。那麼，他會一去不回頭嗎？

孫武元要上基隆，心裏其實一丁點兒也不曾聯想到要去看阿官這件事。

幾近半年來，他心頭全被阿妙佔據著，即連那用言語激他、問他，用冷臉冷嘴向他的髮妻明珠，他都經常視若無睹、不以為意。

那明珠原是好強女子，叫她用哭、鬧潑辣的手段質問男人，她自己就無法說服自己放下身段。她最直接的問法也不過像隔岸逼供般，平靜壓抑：「我是哪一點做錯了，讓你不想回家？」

武元連看她也不看，回道：「妳胡說些什麼？」

「我胡說嗎？就是睜眼瞎子也看得出來，你這樣反常，要嘛三更半夜才入門；要嘛整夜不回家，次日回來換了一身乾淨衣服……若非另有一個巢，哪來這樣的方便？我亦不是不明是非胡鬧的查某人，若是那外頭的查某真是賢慧，難道不能引見引見，也讓我見見伊嚒？」

武元照例不看妻子，但顯然開始有了不耐，粗聲粗氣應道：

「查甫人在外頭玩玩，總是有的。妳如此扛著個大醋桶，教人如何受得住？既是玩玩，妳見伊做啥？難道是要正式讓伊入戶口？」

武元最後一句話，果然發揮了威嚇的作用。明珠不知不覺噤口，但心中那股怨氣難平。什麼都是他的話，起風做浪、出日頭曬棉被，全由他一個人，要東就東、要西往西，她連句實話也討不到，叫人怎麼甘心？又豈能安心？

想到這裏，明珠目眶不覺赤紅起來。

翰青只有四歲，未來路途迢遙。和武元做夫妻，前後亦不過六年，真正恩愛，論起來十分短暫。

或許，婚後沒多久，武元對她的新鮮感就逐漸喪失了吧？

武元身子原甚壯健，加上又懂藥理，很會照顧自己，時常拿些藥引子回來，要她燉這補那。不知是否這個緣故，他在床第間就很生猛，日日都要。偏偏明珠又生性不喜那床第間事，初時，為了克盡妻職，她還勉為其難應和；到了翰青生下，伊便能省則省，以孩子幼小為藉口，躲著武元的需求……

是不是夫妻間就如此給生疏掉了？

但是，那夫妻敦倫，帶給明珠的亦非樂趣，相反的，只有負擔與幾近痛苦的感受……她是不該刻意避他近身，逼他往外頭去尋那些浪蕩女人；然則，做個查某人，為何就要如此辛苦，處處得看男人的頭面？

這一世人還漫漫長，她究竟該如何才好？依他、順他、容他、隨他，還是另有什麼方法？為什麼別人夫妻，看起來那樣圓滿；而她，除了床第間稍稍有些規避，就落得這個下場?!

她亦不曾拒絕夫婿的燕好，她不敢！她僅僅是想個再呆不過的方法躲他罷了。

事實上，到後來這一兩年，說不定她不必躲，他也不會找她。否則以武元的個性，哪容得了人違抗他呢！

是呀！何以她如此憨傻，竟把罪過往自己身上攬？

長久以來，武元若非在外吃得粗飽粗飽，回到家來，豈肯容自己的妻室干溜？

他是早就外頭有了野食，才會演變到如今這個局面呀！

而且，近大半年來，他外頭包的查某，只怕不比以前那些個她知或不知的女人。

現此時這查某，一定神通廣大，日日霸住他不放。這，究竟是個什麼樣的查某人？厲害到這個程度?!

就在明珠自己胡亂思想時，忽聽得武元冷冷說道：

「妳不喜歡我近妳的身，可外頭有人求都怕來不及。這有什麼不好？不正順妳的心，人家替妳做妳該做的事。」

「我哪有……不讓你近身？」明珠畏縮的辯白。惟恐落實了自己這個罪名，就挽不回尪婿外放的心了。

「難道我還得等妳辭兼請呀？」武元哼聲說著：「我可是巧巧人，看臉色就知。」

「我並不……我知道做人家妻後該做的事，我沒有躲避……只是，有時翰青淺睡，弄醒孩子，可怎麼好？」

「算了！我不強求妳，妳也別強求我了。反正，外頭仁和堂二頭家娘仍是妳做，家用錢我亦不少妳。妳就清清靜靜過日子，有什麼不好？」

「翰青轉眼就懂事——」

「懂事最好。大人的事，不用他操心，反正我認他是我的親生子，凡事少不了他一份。妳少挑撥我們父子之間的感情就好。」

「小孩有眼有耳，難道不會自己看？」

「囉唆！哪個查甫人不是三妻四妾？我算是有良心的，妳還不知足！」

武元忿忿說著，起身披上外衣就要走。

明珠不曾攔他，只跪著在榻榻米上追了兩步，問道：「我問你，可是上回那個阿官？」

武元一聽，忽爾放聲大笑，用一種自大間夾著輕忽的語氣，大聲說道：

「妳也太小看我了！查甫人生得雄偉才情，口袋裏又有錢，哪裏不是好去處？人人都巴著你不放呀！阿官？那是幾世人以前的事了？妳是未見過大蛇放屎，不知道自己尪婿的好寶惜。告訴妳吧，阿官啊，說來說去，只不過是個木頭美人，老早就跟妳說了，不得我的緣……」

武元翻身大踏步出去。只留下明珠一個人跪在榻榻米上，但覺天旋地轉，沒個支柱可以撐住她飄搖的未來！

自那次夫婦兩個公開說及武元外頭的查某之後，明珠再也無法像從前那般強顏歡笑。過去，武元喜歡尋花問柳，但都從未像半年來一般，幾乎日日外宿，最早也是三更半夜拍門回來。

從前，為了怕左鄰右舍聽到尪婿半夜才入門會有閒言閒語，明珠總是不敢深睡，全夜保持警戒狀態，遠遠聽著沉重的腳步聲，便趕緊自床上爬起，匆忙跑到門邊，將門槓子拿開，打開一小縫門隙看看那夜歸之人，確定是武元之後，她才將門開到可容武元進來的寬度。

武元後來常徹夜不歸，明珠經常半睡半醒等到天亮，才覺悟到丈夫今天不會回家。

長期以降，身子漸漸就有虧損，人的手采便大不如前，免不了憔悴起來。

自那次武元做了那樣的表白，明珠一顆心死了大半。

想著尪婿說得沒一分眷戀，自己又何苦守住這一份人家並不寶惜的癡心？從此遂再也不用槓子等門，任它隨拉隨開；自己則仍舊睜眼到天明，伴著流完又乾、乾了再流的淚水，反反覆覆到天明。

本以為尪婿年輕時浪蕩，等他浪蕩儘夠，或許就將回頭，那時仍是一家一業、夫婦廝守。那曉得這次他鬧真的。半年來，越演越烈、越走越遠！

是何方查某，有本事令這鴨霸的浪蕩子，如此咬住不放？

她陳明珠，真想拜識一下！

她陳明珠，更想知道，除了床上那件事之外，夫妻尪某之間，再無其他可以寶惜？

天啊天！祢真是不肯放棄折磨我這苦命女子！

我陳明珠，究竟前世做了何等欠德事，今世要遭此報應？

我做人家養女，不得人疼；成了人家妻室，又黯淡如此。難道真是所謂「做惡做毒，騎馬蹓躂」？祢就只會作踐這些苦命的好人，卻任那些歹查甫、壞查某，一個個春風得意、劫掠他人？

攏總算起來，她陳明珠也不過才享了一年平常人家輕易就可享受的尋常日子！再下來，尪婿在外就無分寸……

原以為，當年宮前町前相遇一笑，自此鴛鴦注定，相守到老……不想卻成了這個局面！

究竟自己錯在哪裏、差在何處？

是前世歹事做多，還是今生好香燒得太少？

這樣輾轉問天責己，原就鬱卒經年，經常不曾放心安歇的陳明珠，終於病倒了。這病來得凶險，高熱寒戰，明珠竟日處在軟綿綿的半昏迷狀態之中。

翰青有些曉事，坐在榻前看他母親沉沉睡去，再突兀驚醒；望著他，只是垂淚。

翰青憨憨的問：「阿母，妳會死嗎？」

明珠眼角滲出淚水，想這四歲小兒，若非她陳明珠親腹所生，定必不致有這歹運命。隨便出世在一般家庭，過一般有父有母、尋常日子，也勝似做她陳明珠的兒子來得幸福。

想到這裏，卻又意識到自己責任重大，必得將這獨子撫養長大。因此，她伸出枯瘦的手，去摸兒子的臉頰，提著聲音說道：「阿母不會死，要將翰青撫養成人。翰青肚子餓了是不？阿母無法煮飯，翰青吃牛奶餅好不好？」

翰青用力點點頭。

明珠勉力起身，蹣跚走到碗櫃前，打開櫃門，自最上一層拿下一個玻璃罐子，顫巍巍將之置於榻上，打開瓶蓋，指指裏面，說道：「吃這個。」

平時，明珠總是捨不得將這麼貴的餅乾，放任翰青去吃。她自幼儉省慣了，翰青雖是獨子，她也不曾寵著，總在兩餐飯間，給他一片兩片的。

「可以吃幾個？」翰青睜大眼睛，充滿期待的問著明珠。

「隨你吃——今日阿母有病，不煮飯，你就吃這餅乾度一日……你要乖，渴了喝水，不要吵阿母，也不可跑出去，知道嚒？」

翰青用力點點頭，迫不及待便伸手去拿餅乾。

明珠實在是再也撐不下去了！摸著榻沿，重新又將自己摔回榻上，不一會兒，竟自又昏昏沉沉的睡死過去。

那翰青吃了十來片餅乾，又喝進一大碗水，小肚子撐得飽飽的。這裏摸摸、那裏走走，只覺無聊透頂。

他站在母親睡著的榻前，很想叫醒母親，讓她准他到門口去玩。

正在躊躇著，忽聽母親說起話來。不，是邊哭邊叫：

「饒了我吧，阿母，我此後不敢了！我，我……我不是故意的，誰知他會在此時伸手過來……我不敢了……不敢了，再也不敢……」

翰青吃了一驚，見母親緊閉雙眼，又哭又說，把他嚇得魂不附體！

這下子，翰青再也不想其他，一翻身，跑了起來！

跑到門前，木槓子自那日之後不曾頂著，小翰青使了吃奶的力，好不容易才將木門拉開，一鑽，出得門外，嗚嗚咽咽直向外頭行去。

明珠不病前，幾乎一兩日就要回娘家一趟，翰青總跟著她。路途不遠，因之他是認得路的。

翰青這孩子也奇怪，他去外婆家，必先經過仁和堂他父親工作的鋪子，可他一丁點兒也沒想到要去找他阿爸。不，是根本不知道可以去找他阿爸的。

仁和堂早已開店門，不過此時幾個夥計正忙進忙出，誰也沒注意那四歲孩子打店口前經過。

翰青就如此一路往他外婆陳王妹的家走去。

路沒多遠，儘管孩子腿短，終也走到。

首先看到他的是他那美麗的妗仔阮端端。

端端拿著把竹粗帚在掃庭前，一回頭看見翰青獨個兒哭著來到，吃了一驚。掃帚一丟，蹲下來便抱住那孩子，殷切問道：

「小翰青怎麼啦？一個人跑到這兒來？」

翰青見了一向疼他的妗仔，不禁放聲哭了起來：

「阿母……伊……」

「被阿母打了？」

翰青猛力搖頭，哭得更慘，斷斷續續說道：

「阿母……快……快死了……」

端端急問道：

「翰青乖，跟阿妗說清楚，阿母是怎麼了？」

「阿母破病……睡著在哭，又說話……」

端端當機立斷，將翰青一把抱進屋裏，一邊叫他低聲不哭，一邊急急走進房裏去找自己丈夫。

「昭雄，阿姐好像病倒，翰青一個人哭來這兒。」

「怎麼啦？翰青，阿母是如何？」昭雄「豁」的起身，接過端端手中抱著的翰青，又問著相同的問題。

端端即刻打斷丈夫的話，說道：

「這麼小的孩子，哪知道什麼？我看我們趕快過去瞧瞧，勝過在這裏問四歲囝仔。」

「那就走吧！」昭雄也不含糊，即刻就要動身。

端端忙又吩咐：「阿母還在睡，先別嚷，暫且別讓她知道。」

夫婦兩個，一前一後出了門。走過仁和堂，昭雄向裏望了望，狐疑的說道：

「難道姐夫不在？這麼早，他不會到藥舖來。」

端端沉默了一下，才說：

「那日去市場，聽得相熟的人在說，姐夫現在外頭包了個有三、四個孩子的趁吃查某，經常宿在伊那裏。」

昭雄猛然扭頭看住端端：

「真的？何以妳不向我說？」

「是聽來的，亦不知真假，教我怎麼說？萬一不是……」

昭雄加緊步伐，忽又問道：

「阿姐哪裏不好？卻去姘個有三、四個拖油瓶的趁吃查某……」

「等會兒若是阿姐不說，你也莫提。」

兩個大人、一個小孩，來到明珠住處，門依然拉開著，剛夠一個囝仔鑽進鑽出。

端端疼惜的摸摸翰青的小臉，說道：

「虧他拉得動這木門，否則我們怎會知道出什麼事。」

昭雄將門大大拉開，領先向屋裏大步行去。

明珠皺著眉依然昏睡，眼旁兩腮猶有淚痕。

昭雄放下翰青，和端端不約而同探手摸向明珠的額頭。

「非請醫生來看不可。」昭雄一臉怒容站了起來：「我去仁和堂找他！問他如何這樣待我阿姐！」

端端即刻拉住丈夫，嗔道：

「這麼早，他哪會上仁和堂？一定還在別處高臥。現在阿姐身體要緊，和他理論其次。何況，若是理論得了，阿姐還會有今日這副模樣？」

昭雄不語，端端說得無一句沒道理。自己若貿然去理論，那孫武元只要相應不理，或反問他一句：「干你何事？」他可怎麼答才好。

這事要稍安勿躁，還是醫病要緊。

「那——」

端端立刻拿了主意：「去請轉角街口那王醫生，西醫打針比較快，先得讓她退燒。」

於是，昭雄即刻出去請醫生；端端則安撫了翰青，讓孩子乖乖坐到一旁。然後去打了一臉盆冷水，用毛巾浸水扭乾，按在明珠額頭上。

明珠臉上一抽搐，忽又開口哭道：「我哪一點錯？我也盡心款待尪婿，不曾做差一步……」

「阿姐、阿姐，妳醒醒，我是端端呀。」端端略略使力搖撼著昏迷中的明珠，後者張開眼，茫然的注視著端端，許久，才忽地又低低哭了起來：「妳怎來的？我以為……」

「阿姐放心，昭雄去請醫生，即刻就到。燒退了人就安穩……我是怕阿姐一直睡過去，所以……」

「端端，我的命……好苦！」明珠說著，淚水再也止它不住。

端端以毛巾順手為明珠拭淚，邊拭邊覺自己亦哽咽難抑。半天才恢復正常，勸道：

「自己的身體第一，翰青能靠的，亦是自己親娘。阿姐若是自己不保重，翰青豈不得做前人子？到那時，誰會疼惜這囝仔？俗語說，換某像換草蓆，男人沒有情意，女人就只有自己寶惜。妳能寶惜自己，翰青才有幸福可言呀。」

正說著，昭雄請了王醫生來到。端端趕忙讓位，給王醫生替明珠診斷。

王醫生仔細看了會兒，說道：

「這是積勞，欠吃少眠，身體自然要抗議。我要注射兩筒針，開兩天藥吃吃看，以後再說。」

說著，就在往診的藥箱裏準備著，在明珠臂上打了兩針，吩咐病人家屬：

「熬一點粥飯，光喝米湯也好，不能不吃。不吃哪有精力？」

送走王醫生，明珠精神因打針和見到親人而振作了些，低低吩咐弟弟和弟媳：

「武元的事，莫讓阿母知道。當年，我是自己選的，而且是逃家和他成婚……」

端端很快應道：

「這些事，阿姐都不用煩心，我和昭雄都有分寸。您只要養好身體，不然翰青如何是好？是他哭著跑去告訴我們，才四歲，很懂事，阿姐要留著生命好好栽培他才是。」

明珠眼淚又流了下來。

昭雄咬咬牙，問道：「他去哪裏？那查某住哪裏？」

端端偷偷扯了扯丈夫衣袖，暗示他少問。

明珠任淚流著，搖了搖頭，半天才說：

「我亦不是愛查東查西的查某人……何況，查到了又如何？自己尪婿不檢點，管不住他是我無能，找那查某做什麼？」

端端遞了毛巾給昭雄替明珠拭淚，自己起身到灶腳，淘了米，又生著火，準備熬點稀飯。

只聽昭雄在勸他阿姐：

「尪婿若是不能靠，一個人死給他亦無用。阿姐是明白人，自己要看得開、要堅強。妳若站得穩，他將來對妳，亦只有敬重；若是孩子長大向著妳，阿姐自然就有分量。」

昭雄停了會兒，忽然問道：「他昨晚可是宿在那查某居處？現在是幾天去一次？」

「隔時不隔日，天天都去，只偶然回來。不過，昨天他是到基隆去了，倒是為的生意。」

「這事要從長計議。阿姐且先試著看開，養好身體才能談其他。」

姐弟間又談了些時候，怕王妹醒轉找不到人，所以昭雄先回。端端留下來看顧病人，餵明珠喝了一碗米湯，又餵翰青吃了半碗稀飯，這才準備回去。

「端端，真多謝。」明珠滿懷感激的對端端說道：「阿母——不好伺候吧？」

端端美麗的臉龐閃過一絲陰影，半晌才說：

「我有個遠房阿叔，要介紹我去國民小學教書。我還去學了國語和注音。可惜阿母現在還不肯答應我出去做事，我是想，如果我出去吃頭路，和阿母不會整天在家像犀牛照角一般，老要唸東唸西。可惜她偏偏想不開，不讓我去。」

「昭雄的意思怎麼樣？」

「他是不反對啦。不過，妳也知道，他不太肯和媽媽有不同的意見。」端端有些抱怨：「他若肯替我說話，事情就好辦了。」

「緊事緩辦。」明珠說：「妳多和昭雄說幾次，他怕人家嘮叨，受不住，便只好替妳說了。高女畢業，真的是可惜，而且在家和阿母長時間相處，真的也不容易。我下回看到昭雄，和他說說看。」

「再說了。」端端苦笑著：「一家有一家的苦處，正如我母親以前常常說的，捧人家飯碗不容易，我到今天才明白。」

端端攙著翰青，叫孩子和明珠話別：「叫阿母好好休息了！小翰青好乖，要跟著阿妗去住幾天——阿姐，妳能睡就再睡會兒，近午時，我再來，順便給妳送飯菜。」

端端走了兩步，忽聽明珠在身後喚她：「端端——」

「什麼事？阿姐！」

「端端，妳和昭雄好不容易才結合，你們一定要懂得寶惜。能做夫妻，又能恩愛相守一生，是多大的福分！你們不要忘記這一點，像你們這樣幸福的人，天下找不出幾對呀。」

「是呀。」端端露出甜蜜的笑容，說道：「我也覺得好幸福，所以阿母的事，相形之下就不會太難過了。我想，我和昭雄樣，這一生都會這樣快樂的相處下去的。」

明珠躺著，只覺原就高䠷的阮端端，顯得更高。

端端那甜蜜的笑容，非常深刻的印在病中更加善感的明珠心中。她在心中，出於最大的誠意，默默祝福著昭雄和端端這一對，永遠也不必嘗受人間的苦難與分離——因互相意愛而結合的兩人，在這世間是多麼難得呀。

17

和阿妙鬧了意氣而出診到基隆的孫武元，度過了忙碌的一天，到了晚上，不必坐堂看病，突然自紛冗中沉寂下來。

長久以來，和阿妙糖甘蜜甜，幾乎夜夜廝守；今夜突然落單在異鄉，又是淒風苦雨的晚上，孫武元站在亭仔腳，往左往右都不是，從未有過的寂寞，四面八方向他襲來。

「幹——騙那個㾀的！」

武元狠狠唾罵了一句粗話，罵過之後，卻又茫然起來：究竟，自己罵的是誰呀？

自己嗎？或許吧，一天沒有查某，竟也熬不住？實在是說不過去。人家那些一尪一某的尋常夫妻，料想也不可能日日敦倫。就以自己為例吧，當初還沒姘上阿妙時，明珠那柴頭查某不是老避著他？他有時也三兩日才去嫖查某。按理不是這方面的問題。

那麼，他恨的可是阿妙那婊嫺？

可不是！也沒名沒分，居然敢開口不准他到基隆！人家明珠那正式髮妻，可從未有伊那沒大沒小，無分無寸的狂言妄語！

阿妙這婊子，看準了他疼惜伊、寵㘗伊，竟想限制他的行動！他孫武元哪裏是女人束縛得了的？

想到這裏，武元意念一動，把心一橫，也不管雨勢正大，大跨步就走入街心，往那被他冷落七、八個月之久的阿官所在的茶室疾行而去。

半是和阿妙賭氣，半是異鄉寂寞的雨夜驅使，若是論及對阿官的懷念，那可是十分之中不曾有一分的。

武元在雨夜中沒攔到三輪車，冷雨澆著燒旺的熾熱情慾，卻是越淋越熱。

「幹！怪不得我，是妳阿官沒本事，才會被那阿妙臭賤婊子搶得我乾乾淨淨，一絲也沒得留下給妳……」

想到這裏，武元忽覺對阿官有些歉疚。

該當給伊一些補償的。上回伊囝仔拿不乾淨，少做許多生意，自己雖曾給她一些錢，但這大半年未曾行腳至，伊可也損失不少！全到了阿妙的囊袋裏！

說到自己對阿妙的照顧，連武元自忖都覺有點不可思議。不管是阿妙要穿的、插的、戴的，全是武元包辦不說；連阿妙和不同男人所生的三個子女，武元也愛屋及烏，絲毫沒有芥蒂，就像照顧他們母親那般照顧那三個無父囝仔。

講起來笑破人家嘴，放著家中有個血緣純正的嫡出親生兒子不管，卻去照管他人下的野種。他孫武元不是頭殼壞是怎麼？

武元胡想亂思來到阿官工作的茶室。那阿官正有客，武元淋了一身濕，心情正自煩躁加鬱卒，聽得阿官沒空，一時怒火中燒，衝口大聲便罵了起來：

「你爸給五倍價錢，叫那阿官即時給我出來，莫叫我掀桌鬧氣，大家都不好看！」

武元仗著茶店仔的老鴇認得他，也仗著自己往日來此，向來出手大方，「吉布」（日語小費之意）給出手都是尋常客人的好幾倍，所以不怕他們不買賬。

茶室門口閒著的保鑣，一聽擾攘，旋即入內探看，準備對那喝醉酒尋事的嫖客或酒客施點顏色，卻被老鴇使著眼色給連推帶拉的請出屋外去：

「沒事，沒事！是阿官的契兄，是個闊爺哪！沒你的事。這種人，只能來軟，不能使硬的，你看那麼大叢一個人。」

原來在闢室裏的阿官，其實也還沒和客人入港，不過喝了兩杯悶酒，聽得外面喧嚷，起身出來探看。還沒來得及發話，便迎著老鴇雞爪般攫住伊的豐腴的手臂：

「阿官，好心的，妳那姓孫的契兄來了，正在發脾氣等無人哪——我看妳先過去，原來那番，我叫秀梅仔去當番。」

阿官一聽來的是武元，霎時百感交集！

伊那顆豆腐做的心肝，「嘩啦」一陣酸痛，先緊後熱，兩滴眼淚滾呀滾的，終於讓伊咬牙把它們給留在眼眶內，硬生生停在那兒。

她阿官，雖操的是賤業，但卻不曾存著要奪人尪婿的壞心。半年多以前見過武元的牽手明珠，見後者並不是厲害角色，管不了武元；而且明珠明明對伊沒有敵意，何以武元自那次之後，竟不肯行腳至，和伊斷得徹徹底底？

明珠若是那種厲害查某，斷不會有怯生生的神色。那麼，武元絕足不來尋伊，為的是哪樁？難道還會有別的女人？

阿官想著，已來到武元坐的地方。

伊站在簾幕前，一手掀著那塊織錦簾，一手睨著氣呼呼坐在那兒的孫武元：

「是怎樣啦？要不半年十個月不行腳至，要不來了就鴨霸即時要人，照你如此，若是客人都像你，一年難得來一次，一來就趕我的客人，我哪裏會有一口飯可吃？你可幫我想想！」

武元見阿官依舊是桃花面一張，聽伊嘮叨，想起自己孟浪，不覺就有點歹勢，趕忙笑著招呼阿官：

「莫生氣，莫生氣！許久不來，是因我未到基隆，如今不是一來就立刻來看妳了？妳有什麼好抱怨的？快快進來，來坐我身側，讓我仔細摸摸，妳是肥是瘦？」

阿官不情不願、慢吞吞的走到武元身側，嘴裏仍是抱怨：

「虧得我還活到此刻，不然，你今天來哪找得到人？」

「呸呸呸——」武元連聲大呸：「好好的，講這什麼話？妳是咒妳自己？還是觸我的霉頭？」

「我是歹命人，死活有什麼大干係？我哪敢觸你孫師傅的霉頭？」

「好啦，好啦，人來就好了嘛，多說彼此都不爽快。」孫武元一把摟住阿官豐潤的身軀，嘻皮笑臉說道：「還是如此有肉，足見我沒來亦無差，妳不是照樣肥軟肥軟？」

「你這人，敢有良心？」阿官推他一把，卻也不想掃興，改口說道：「我來叫點酒菜，你還沒吃晚餐吧？」

「是沒吃，急著來看妳哩……」武元又湊過臉去。

阿官略閃了閃，嫌他：「嘴鬍這麼扎人，也不剃剃……」

武元一時忘形，脫口炫耀：「扎人？有人還寶惜得要命，恨不得我天天扎伊咧。」

阿官心下一動，問道：「誰人？我知你牽手不是喜歡這個的。是不是另外有女人？」

武元自知失言，有點訕訕說道：「沒什麼啦，不過是一些茶店仔查某。」

「是台北婊喽？」

武元忽然閃爍起來，支吾回道：「沒什麼要緊的角色啦，不然我還來看妳？妳何必多問？我最恨查某人囉哩囉唆，一心要管男人。」

「我管你做啥？一來無名無分，二來也遠，鎗子仔打到你那裏早涼了——」阿官講到這裏，忽然住口，兩手合掌，又復用力拍了拍。

不一會兒，有雜差人進來伺候，阿官為了武元點了四、五碟下酒菜，又吩咐多拿一瓶酒進來。

雜役退下，阿官回頭對武元說：「空腹莫先喝酒，先吃點菜吧。」

說著，揀了塊鴨肉，剝去骨頭，溫柔的遞到武元嘴裏去，旋即又說：

「這衣服濕成這樣，叫他們先拿來帕加馬（日語，類似大袍）給你換下，等會兒到我那裏再換一套。你自己是醫生，何以如此不在意，萬一受了風寒——」

「這妳可知道了，我一心要來尋妳，哪顧得其他——」

阿官不理他，又揀了一粒蚵仔塞到他嘴裏，問道：

「要不要叫他們添飯來？這菜盤盤都鹹，叫人怎麼下口？」

「且慢，且慢，我還是喝酒有味。再吃塊肉，腹裏有底，就可以慢慢喝點酒……」

兩人就這樣，一個揀、一個吃，倒好像情味十足。

「唱個曲子來聽。」武元推推阿官，半真半假說道：「若說想及妳，倒有大半是先想到妳的歌曲。」

「看，終究是吐實話了。」

「唉，一個人，有一樣叫人想念，那也很夠了。」

阿官不理他，為他斟了一杯酒，然後才說道：

「最近有幾首台灣歌很好聽，說是什麼黑貓歌舞團唱出來的。如果你曾去新台灣酒家，或那些相似的地方，或許你那新的女人就唱過給你聽——」

「嘿，阿官，妳何時變得如此囉唆，唱就唱嘛，話先一堆！」

「我怕你聽過，不新鮮，嫌臭腥！」

「不曾聽過、不曾聽過，妳唱吧。」

「歌詞不知有沒有記錯？是客人自台北來的，教我唱……」阿官清了清喉嚨，開始低低唱了起來：

每日思念你一人

未得通相見
相像鴛鴦水鴨不時相隨
不意會來拆分開

武元聽得入神，不覺停杯傾聽。

牛郎織女伊二人
每年有相會
怎樣你那一去全然無回
放捨阮孤單一個

阿官唱得全心，神色間也跟著詞曲起伏不定，逐漸有憂傷之色：

若是黃昏月娘要出來的時
加添阮心內悲哀
你要甲阮離開彼一日
也是月要出來的時
阮只好來拜託月娘
替阮講給伊知

講阮每日悲傷流目屎
希望你早一日返來

唱到此處，阿官自感身世，又悲武元這大金主的冷遇，不禁流下眼淚。

武元本來也被楊三郎的曲樂中這悲涼的況味所感染，又聽到歌詞中傷感的意思，益發有點心虛。

但阿官一掉淚，他反倒有點心虛起來，粗聲叫道：

「沒歹沒誌，唱這失戀歌做什麼！」

阿官一聽，很快把淚擦了，為了掩飾失態，反而提高聲調，堆起笑容說道：

「這哪是失戀歌！那曲名叫望你早歸。若是要聽失戀歌，也真有一首，好聽得很哪。」

「夠了，唱點好聽的吧。」

「這就是好聽的嘛。不信，你聽聽看，不會輸給那些日本歌。」

阿官說著，大約唱起了興頭，不等人請，又自唱了起來：

明知失戀眞艱苦　偏偏走入失戀路
明知燒酒不解憂　偏偏飲酒來添愁
看人相親又相愛　見景傷心流目屎
誰人會知阮心内　只有對花訴悲哀
明知男性眞厲害　偏偏給彼騙不知

明知黑暗的世界　偏偏走入這路來
看見蝴蝶結相隨　放阮孤單最刻虧
親像花蕊離花枝　何時才會成雙對
明知對我無眞情　偏偏爲伊來犧牲
明知對我無眞愛　偏偏爲伊流目屎
第一痴情就是阮　每日目屎做飯吞
欠伊花債還未滿　今日才得受苦戀

阿官唱著，心境悽愴。但引她傷心的，倒也不是眼前這既是他人丈夫，又是花叢老蝶的孫武元。數月來，阿官雖因孫武元的冷落而自傷自嘆。但心傷乃因命，嘆氣也為運，懷念最深的，其實仍是伊死去多年的丈夫。

但是，在孫武元聽來，伊的每一句歌詞，似乎都是針對著他唱的，失戀、等待、受苦……難道，伊知道他與阿妙的事？

看來不像。

可是，孫武元心中有愧，本來是種心虛，但隨著歌聲句句逼入心坎，令他如坐針氈。他的個性，本來就不喜女人與他鬧意氣、說酸話，連他那麼迷戀的阿妙，出語鴨霸，都會惹惱了他，更何況是這繫不住他心的茶店仔查某阿官?!

只聽「哐噹」一聲，孫武元揮手一掃，將眼前的杯盤掃了大半在地上！

那兀自在悲傷氣氛中神傷的阿官，吃了一驚，抬頭驚懼的望著怒氣沖沖的孫武元。伊完全不明白，大半年不見，伊唱個歌取悅他，何以會惹惱了他，發這麼大一場脾氣？

阿官美麗而略帶滄桑的臉，哀傷的注視著孫武元；武元自那清澄的雙瞳中，看不出一絲蓄意指桑罵槐的詭詐。

「如果歌唸得不好，你出聲也就罷了，何必如此摔盤丟碗的叫我歹看？我也是……希望讓你爽快才唱歌的啊。」

阿官說完這些話，再也忍不住自怨身世的愴痛起來，眼淚滴滴答答落下，伊也不擦，任它流著。

那武元原就是個性躁心軟的人，見阿官神色，又思及這女子原來就不會彎彎曲曲藏心事，定必是自己做賊心虛冤枉了她。因此，當老鴇聽到聲音進來探看時，還來不及探問，武元就攔前面解釋：

「沒事、沒事！春芳姨，我一時失手打翻了杯盤，等會兒照妳開價賠償。煩您找個阿桑進來掃掃。」

老鴇春芳姨見兩人神色，又瞥到特意避開臉去的阿官，早已心知肚明。但客人既然開口偽裝，伊也不便追究，只瞥了瞥阿官，通情達理卻意有所指的說道：

「孫師傅說什麼話，就打破十個、八個碗，我也不敢要你賠，又不是向天借膽，對不對？但我這裏，雖不成樣子，畢竟也是生意場所，大家和氣生財，好來好去的。若是阿官有任何不是，您告訴我，我來訓誡，千萬別氣壞了您貴體才是。」

武元訕訕，卻也有幾分不耐煩的說道：

「知道、知道，就勞煩您找人進來收拾一下吧。」

老鴇春芳不好再延宕囉唆，轉身出去了。

武元趁著阿桑尚未進來打掃前，趕緊一手拉過阿官，放軟了聲調對伊說：

「我不是說了？是我的差錯，稍等我自會給妳一個交代，連同過去六、七個月的份，加倍給妳。妳就擦乾眼淚，當我是起猶好了。」

阿官經這一緩頰，早已漸漸恢復情緒。像她們做這行的，哪裏能跟客人鬥氣呢？吃了虧，還不是只有暗自吞忍？

因此，阿官扭過頭，強顏歡笑的說道：

「沒什麼大事，是我自己欠眼色，你心情歹，我還雪上加霜，是自找苦吃，不怨怪別人。」

阿官越是自抑，武元越覺不忍。想想與伊玩狎這許久時間，伊不僅不像一般趁吃查某那般處處要錢；而且亦不會虛情假意、旨在他囊袋裏的鈔票。總而言之，伊與他，並不像是只做生意的恩客與趁吃查某。

想想自己待伊實在普通，不，簡直是絕情絕義透了，自己竟背著伊，與那阿妙膏膏纏，眼看是斷也斷不了。不，是自己根本不想與阿妙分手呀！

他與阿妙，都對不住這憨傻竟信任他倆的阿官呀。

來打掃殘局與送酒菜進來的侍應生及給仕仔，前後腳幾乎是同時進來。

所以阿官與武元都裝作若無其事的樣子。武元照例賞了那打掃的雜役兩塊錢，獲得後者千恩萬謝的無盡感激。

飯菜重新擺過，武元與阿官的情緒，就在給仕仔（意即供人使喚者，即服務生或現今小弟、小妹之謂）忙碌之際，得到轉換的時間。

武元心中有了確實了斷的意念。這了斷之心，一方面是因心虛，另一方面，也有不想再傷阿官的意思。畢竟，鴨蛋密密也有縫，他與台北的阿妙若要繼續來往，甚至就將阿妙納為外室，自然以不讓阿官知道為宜。

三、五年之後，萬一阿官知道了，也比現此時發現伊被他和阿妙背叛來得容易脫罪。

武元在心中，亦不得不產生一種又氣又恨、帶點兒羞惱的忿悶。幹！不過是個經常光顧的茶店仔查某，為什麼他要如此為自己的欺心自責?!

總怪這阿官太老實、太笨，又太沒有城府與防人之心了。騙這樣一個人，益發覺得自己和阿妙的卑劣！

這情緒污染了來時的高興致，武元忽然很後悔自己今夜來此一趟。

而阿官那邊，雖不明白武元因何動怒，但衝著他大半年不來，加上今夜的易怒，阿官再木然，也了然武元的心早已不在此，他對伊的情意，早就不知何年何月就淡去了。

兩人經此各自琢磨，情緒均大受影響。勉強喝了點酒，吃了些菜，武元也不叫撤桌，只對阿官吩咐：「到妳厝裏吧，今晚就算我包下。」

兩人出了茶店仔，叫三輪車直駛阿官住處。

外頭風雨正大，三輪車放下了遮雨的油布，黑漆漆的窄小空間裏，孤男寡女擠在一起，溫熱的、無可避免的摩擦和碰觸，在雨夜裏格外容易燃燒。

兩人到了阿官住處，時候已晚，阿官的孩子早在後進的房裏睡著了。

孫武元身強力壯，加上又值盛年，早就不管一切，推擠著阿官，入了屋裏，急猴猴辦了事。

阿官在武元抽動的韻律裏，恍然覺得自己像躺在海的波浪裏那舢板船艙裏一般搖動……從前，伊那短命夭壽的丈夫，不正是日日夜夜在海上討生活嗎？當他遇難的那一天，是不是也正像此刻伊在浪裏任海撕扯一般？

夭壽仔——短命的——你明明和我約好了要一起活到很老，何以竟狠心拋下你老母、拋下我和孩子？

你若是疼惜我，何以在天不保庇我生活有個根柢，不必再過這賣笑的日子？

我不是浪蕩女子，學不來別人那手段；可也是不肯作踐自己和你的夫妻恩義而不願賣笑賣身又賣心呀！

想著、想著，阿官的眼淚又不能控制的落了下來，無聲的浸透床被。

那孫武元渾然未覺，辦完了事，翻身躺在阿官身側，大聲的喘氣。

那粗聲粗氣驚破了阿官的冥思，伊悄悄拭去淚水，記起了武元的習慣，在黑暗中出聲問道：

「可要洗身？我去燒水。」

說著便移動了一下，準備起身。卻被武元橫過胳臂給攔住了，倒是一片體恤：

「這麼冷，咱們好一陣子才相聚，今日就不洗了。反正我明日一大早就走。」

「不是今早才來，明早又趕回去，不是太趕緊了？多待些時日不好？」

武元略停了停，才說：「台北最近忙，而且，我自己準備離開仁和堂，自立門戶……」

「那真是恭喜了。」阿官有些意外，但仍實心實意的替武元和明珠高興，忙著又問：「店面找好了？」

「那倒還沒有，猶在斟酌。只是，以後，」武元在黑暗中調勻了呼吸，「我怕是不得空能到基隆來照顧妳了。今日此來，也是想告訴妳一聲。」

難得這壞脾性的男人還有這點情意，阿官有些感動，嘴裏不知怎的，卻說：

「其實，台北、基隆也不遠——」

「我沒要你來基隆，是說，有時候，我可以去台北……」

「這不是遠的問題。我自己當了店老闆，自然沒這麼自由，這點妳應該明白才對。」

「那不好！」武元斷然說道：「我家裏那個，以為我和妳早斷了。」

阿官不語，心中卻想：你家裏那個，哪裏管得了你？只有伊怕你，沒有你怕伊的。但是，阿官想著，卻沒開口，也聽出了武元話中要徹底了斷的意思。

武元見阿官不答腔，接著又問：「妳也該想想自己的前途，現在猶然年輕，生意尚可；再過幾年，難道還能賺這途？花無百日紅呀。」

「是啊——」阿官茫然應道，不知在問武元，還是問自己：「不做這途，要做哪一途？」

「妳不能老是不會算計，阿官！趁著現在年輕漂亮，在客人中找個肯娶妳的，後室也好、細姨也好，總是有副男人肩膀可以依靠，起碼亦能幫妳撫養那兩個孩子。」

阿官耳裏聽著，心中揣想著：「來往這許久，武元不曾為伊想過什麼將來的事；今夜倒是如何這等關心？好像伊沒有歸宿，他會不安似的。」

「我是——實告訴妳吧，我們之間，大概也緣盡了。未來，我要來基隆，差不多是不可能的事——」

阿官脫口打斷了武元的話，說道：「我可以去台北找你呀！」

武元忽覺阿官這女人簡直點不透，這感覺使他又按捺不住就要發起脾氣，一瞬間，他的聲音便粗嘎起來：「妳怎麼聽不懂，我不能再和妳膏膏纏了，我有妻室，又——」

武元忽然住了口，嘆了口氣，轉口說道：

「妳我亦來往一陣，我是好心替妳想，希望妳也有一家一業……阿官，若要我說實話，妳確實不是幹這行的人，趕緊收腳吧。」

阿官在黑漆漆的暗夜裏，即使看不到武元的表情，卻能從他呼氣吐息之間，嗅得出這人已是多少次要發作起來又強自按捺下去的……伊這樣一個女人，究竟是如何的不堪，竟會讓這個從前也恩愛過的男子，如此的不能忍受、不願忍受？

身為一個女子，最起碼的尊嚴竟然也維持不住……阿官在來不及傷心之前，突然前所未有的靈巧起來。是的，武元今日是來辭別、是來了斷、是來叫伊從今而後莫要再去等他或尋他，彼此兩了。

阿官總算明白了。

但也有一些些的不明白。

這大半年來，武元從未行腳至，事實亦等於斷絕了來往。若是他今日不突然來相尋，伊亦不肯再主動去尋找他的。

若是說他未能忘情於伊，這是無論如何也說不通的。一個人，若是意愛一個異性，不管路途多遠、困難多大，他都會排除萬難、不遠千里前去爭取才對。

武元對伊，根本沒有這份情意。這是阿官再明白不過的事了。

那麼，他今日此來，只是一時興起，剛好來到基隆，還是異鄉雨夜，耐不住孤枕獨寢？

也許都是，也許都不是。這卻不可能是問題的中心。

真正的問題在於孫武元的態度。

阿官一旦放棄感覺而代之以頭腦思考，馬上發現了事情的癥結所在——那就是武元竟如此害怕在日後會和伊有任何瓜葛或聯絡。

武元怕什麼呢？

他的妻室明珠早已清楚他的一切花街陋跡，他亦是那種明珠管不住的野大男人。如果他與阿官斷緣，依他的個性，斷就斷了，哪裏還要千叮萬囑不讓伊去相尋？伊又不曾有過和他膏膏纏、胡亂要錢、要人的劣跡，他怕她做什麼？

唯一的解釋就是：台北有人不願伊再和他藕斷絲連……

台北有人不願看到伊……或竟是不願被伊撞到……

阿官思路至此，冷不防結結實實打了個寒噤。伊心念一動，突然開口問道：

「阿妙有沒有跟你提過伊在台北幫我找事做？」

「找什麼事？」武元一時不察，上了阿官問話的當而仍未察：「沒聽伊提起。」

武元的這一回話，剎那間落實了阿官的揣測。原來，伊最好的朋友和一度是枕邊人的男子一起欺騙了伊！

「阿妙有你看顧，也不必出去做生意了。」阿官又若無其事的挑起了一句問話。

孫武元這時才發覺自己著了阿官的道兒。在又惱又急中，衝口辯解：

「我哪有時間看顧伊？不過在街上和店裏見過幾回，伊來買藥，總是客人。」

是啊，總是客人！

阿官在黑暗中斜斜坐起身子，帶著一種再淡不過的語氣說道：

「其實，過去我和阿妙姐妹感情不錯，伊的身世亦是可憐，拖著三個沒爸的孩子，若是有你這大手臂幫伊撐著，我們知道亦替伊高興——」

武元忽然大聲喝阻阿官的話語：「妳這查某亦不可理喻，跟妳說了沒這款歹誌，妳還要胡亂猜測！我真是自綁手腳來見番婆。」

阿官仍然雲淡風輕的回了話：「沒有就沒有，這款大小聲要嚇誰？」

武元噤了口，想想實在犯不著如此緊張易怒，這樣一來，反倒叫阿官猜疑。

而且，把心肝打橫來講，就算他和阿妙有什麼被阿官知道，也不是什麼罪大惡極的事。阿妙亦是趁吃查某，找有錢契兄是本能，也是職業所需。誰叫伊阿官要遠在基隆，又欠缺手腕？誰叫伊阿官要認人不清，將自己最大的恩客介紹給同行阿妙？

是啊，這能怪誰？

該怪的，第一是阿官伊本人，再來就是命囉。還有，阿官和他不投緣，這亦是變不了的事實。總而言之，他實在不必苦苦閃躲呀。

想到這裏，武元忽說：「妳把電火打開。」

阿官不想讓武元看到自己神色，便推託著：「點電火做什麼？這麼晚了，天又冷，早點睡吧。」

「妳照我所說，點亮電火就是。」

阿官聞言，知道武元脾性壞，容不得別人與他唱反調，因此也就摸索著披了件外套，下床去扭電燈上面的開關。

黑地裏乍然點燈，雖是小小的十燭光燈泡，但兩人心中都有山水，自然覺得特別刺眼。

阿官故意岔開方才的氣氛，揀了無關緊要的話問武元：

「要不要喝杯茶？那天有個客人送我一包茶葉，我一直捨不得泡，現在泡杯給你暖暖身可好？」

一句忠厚話，尋尋常常就這樣由阿官口中說出。武元再心粗無情，也不可能無動於衷。

唉！這沒有用的女人，卻是這般厚道又寬宏！叫他怎能吐出什麼絕情的言語？

「我不喝了，一肚子都是水，整個晚上跑便所，如何睡得安穩？」武元指指方才自己丟在椅上的外衣、西褲，示意阿官拿過來。

阿官心想，難道他今夜就走？此時竟要付伊過暝的夜渡資不成？想歸想，伊還是聽話的去椅上將武元的外衣褲拿來：

「哎喲！裏面莫非裝石頭，竟然這麼重？」

阿官拿著衣服，企圖用說笑的態度來淡化方才彼此的心結。

武元也不理伊的言語，指指身側，說道：

「妳到眠床上來，免得受涼了，我有話和妳說。」

阿官上得紅眠床，只見武元把每一個口袋都掏出來，有銀角仔、有紙鈔大額和小票面的，零零碎碎也有上千元之譜。

武元將數張小票子和銀角仔照舊放入自己的口袋，然後仔細點數著放在被面上的紙鈔。數了兩次，這才將錢遞到阿官手上去，誠懇說道：

「煙花查某沒了時，做不了一生的。聽我的話早早找個查甫人嫁了，省得天天都要張腿伺候不同的查甫。我這裏也沒多少，總共是一千兩百多元，也幫不了妳就此脫離苦海。只是一點心意，其他的，就靠妳自己了。還是一句話，趁著還少年，找個可靠的嫁了，亦好讓兩個孩子讀點書，免得將來沒出脫，一輩子要過艱苦日子。」

阿官知道這是離別錢，想到自己信任別人半生，卻落得被朋友欺心，不能不有滿腔憤懣。但伊此

杆上。

時，紅著眼眶，卻只稱謝：「長時期受你照顧。」

說著，滑下床，對武元深深鞠了個躬。

「三八！行這大禮做什麼？快上來！」武元伸手拉伊上來，另一隻手，將衣褲抛掛在紅眠床的欄杆上。

阿官捧著那筆錢細細盯著看了會兒，心內五味雜陳。伊返身將錢置於枕頭底下，問道：

「是要睏，還是要呷茶？」

「睏吧，明日早起，睡不好欠眠我白天就撐不住，我是個重眠的人，欠眠身子就不爽快。」

阿官起身去關電火，又摸索著回到眠床，躺下身去時，問了句：

「若是沒急事，就遲點起床吧。落雨暝，又這麼冷，正好睡。」

武元心中惦著阿妙，回道：「不成，台北一堆歹誌，等著我處理。」

阿官無言，默默躺下。

那武元倒是個好命人，給了阿官一千兩百多塊錢便覺心安理得、仁至義盡，不一會兒便睡著了，而且一貫的鼾聲大作。

倒是那阿官，左躺不是，右臥也不成，心裏翻搗著萬般心事，又難抵被姐妹淘出賣的不甘與難平。

伊是怪不得孫武元，再怎樣，人家是出錢的大爺，也不曾和伊有什麼約諾，他要來要去，本就是他的權利，伊亦只不過是他點過的眾多煙花女子罷了，難道與他睡過數暝，就要賴給人家？

不！伊不怪他，伊恨的是阿妙這本應同病相憐卻口蜜腹劍設計伊的賤人！

想當初，在基隆，阿妙遭遇多少事，哪一樁不是眾姐妹幫著她解決的？她怎好用這手段來待伊阿官？

伊必得親眼見到阿妙與武元相處情形才能證實是否被阿妙所賣。伊也必須當面親口問問那蛇蠍心腸的阿妙，看她如何向伊交代？

阿官不是想要去搶武元，這不合伊的作風，伊只是要找阿妙討個公道。

主意既定，阿官心中有譜。只念著明日的事，卻再也睡不著覺了。

那武元直睡到次日近八點才醒來，一看掛鐘便毛毛躁躁的唸著：

「太晚了，太晚了，妳也不叫我。」

「差也差不到一個點鐘，我泔糜煮好放涼（泔糜，稀飯是也），扒一碗暖暖肚子，空腹在冷大出門不好。」

「免了，免了！我隨便在車站或火車上吃點東西就可，不要再耽誤時間。」

想到武元從未有過如此倉皇的要奔回台北，若為的竟是那阿妙，就未免讓人太不服了。但是，阿官不想再和武元言語衝突，緣盡情了，也圖個好來好散，何須弄得雙方都灰頭土臉，恨著分手？

因此，阿官也爽快的說著：

「既是趕得這款樣子，我也不便留你，等一下為了一碗泔糜誤掉大事，那可是大大不好。走吧，我正好要到台北一趟，兩個人作伴，較不寂寞。」

武元聽阿官如此說，心下大驚，抬頭這才看到阿官早已穿戴整齊，身上一件冬季花色唐衫，外罩一件黑色半長外套，人高眺亮眼，雖是歷盡滄桑，猶然美麗。

但武元此刻心全不在這欣賞上頭，他腦門轟轟作響，因急、驚又帶點惱怒而聲音不覺大了起來：「妳是如何，還在這時候要去台北？我已告訴過妳，明珠不知我與妳仍有來往，妳這查某，為何番不停，鬧得我亂亂糟。」

「誰要亂你？我去台北，是我自己的事，誰人會亂你呢？你自去坐車，我一個人走亦行，本來是圖個有伴，誰知你怕得如此，好像我是痲瘋病一般。」

武元一聽，半信半疑問道：「妳去台北做什麼？」

「這就奇了，有人規定我不能上台北嗎？」阿官不想打草驚蛇，改了口風：「我有個阿姨病了有一陣子，一直不曾去看過伊。聽我表姐說，再不去探伊，怕是見不到活著的。所以才想趁你作伴，一起上台北。」

聽得如此說，武元倒不好再攔阻人家，只是頗不情願的嘀咕著：「哪那麼剛好？我不來，妳不去——」

「是呀，這事拖了很久，做晚輩的再不去，真的說不過去。」阿官嫣然一笑，對武元說道：「放心，說好的事，我不會亂來。你與我相識亦有一段時間，我難道是膏膏纏纏的查某？我們剛好只是同路，你若是連這也忌諱，我另外搭車好了。不然就是同車去台北，車到火車站，你自去你的，我則辦我的事。」

話都說到這個程度，武元亦無可奈何。

兩人搭三輪車到火車站，再坐火車到台北。一路上，阿官出奇的沉靜，而武元一上火車，不多時便又沉沉睡去。

能睡的人，是好命人。這孫武元，前輩子不知送了多少花，這輩子有那麼多人要償他花債……阿官漫無邊際的亂想，一夜無眠，又遭受打擊，伊的頭殼空空的，什麼也不能想。

到達台北，阿官果真表態對孫武元說：

「你要走快走，我是不同方向，你也送不了我。」

武元急著要去阿妙處，經過昨夜和阿官再續了場魚水之歡，他才真正開悟到自己對阿妙的合意，已是沒人可以動搖、亦無人可以代替的了。

武元見阿官如此說，正中下懷，也不再客套，招來三輪車，連價錢也沒說便一腳跨上，揮揮手絕裾而去。

等武元的三輪車走了丈許遠，阿官招來另一輛三輪車坐了上去，吩咐車伕說：

「跟著前面那鬍鬚的查甫人，不要叫他看見。」他約莫是往民生路去的。

跟了一陣子，武元的三輪車特意避開仁和堂和他自己的住家，逕往阿妙的居處趕去。

阿官到了此時，見事情正如自己所料，心中反而沒了激動。

伊吩咐車伕踩得更慢，後來發現武元的車跑在街道上，伊乾脆付錢下車，步行走稻田間的阡陌，算是抄近路走。

武元的三輪車，正正停在阿妙住處門口。

阿官在阡陌間遠遠看著，見武元下車，拍門，不一會兒，阿妙來應門，兩人不知說了些什麼，只見阿妙拖著武元的手臂，整個人幾乎賴在他身上般相依相偎的進屋裏去。

阿官以正常步伐慢慢行到阿妙住處。

伊不是武元的正妻，也談不上任何關係，無論從什麼角度看，伊都沒有捉姦的權利。

而阿官確也不是要來捉姦。伊只是用行動來向阿妙表示：伊知道阿妙對曾義助過阿妙無數次急難用度的伊欺心，伊只是要讓阿妙知道伊知道，伊只是來看阿妙怎麼說罷了。

阿官深深吸了口大氣，伸手拍門。

等了好一會兒，才聽到屋裏有腳步聲，慵慵懶懶又微帶不耐的阿妙嗓音問道：「誰人呀？要找誰？」

阿官怕阿妙不肯開門，故意變了音，應道：「頭家娘，是我。」

阿妙以為是送東西來的，不疑有他，嘀咕著開門：

「什麼時候不好來，偏偏挑人無閒時。」

等開了門見是阿官，阿妙大吃一驚，本能的將打開的門又合了起來，卻被阿官伸手給撐了半扇開。

「怎麼啦？見了老姐妹，竟然不請我進去坐，反而要將我關在外頭。是裏面藏了什麼我見不得的人？」

阿官人高馬大，很有些力氣，阿妙根本擋不住伊，只好拿身子將門抵住，陪笑道：

「真失禮，裏面正有客人。妳也知道，做我們這行的，有客在，不方便請妳進來坐，咱是老姐妹，一定不要見怪才好。改天我專程再請妳來吃頓飯。」

阿官笑笑，說道：

「我方才自車站來，明明看到仁和堂的孫師傅進了妳家門。所謂有客，說的可是孫師傅？」

阿妙未料阿官如此直截了當，一邊拚命抵住門，一邊努力表白：

「是妳看花了眼，我和仁和堂的人哪有瓜葛？我知道他是妳契兄，哪會欺心去搶？這還算人嗎？」

「我明明看到是孫師傅。他昨夜到基隆我居處，我和他同車到台北，他穿什麼衣褲，我明明白白，的確不曾看錯——不然，讓我進去看看，若不是他，我當客人的面向妳下跪，這應該可以吧？」

「不行，我不能氣走我的老客戶——這樣好了，阿官，我當天發下重誓，若是我真的欺心搶妳的老契兄，天公有眼，讓我與他生養的囝仔，一個也活不了，個個都夭壽！」

阿官為這欺心阿妙所發的重誓嚇呆了！

這個女人！明明是實，她居然敢下如此毒的重誓！而且發誓的對象不是她自己，卻是那依然無個影的「囝仔」！

阿官為了阿妙的無法無天、欺人昧心而大受驚嚇，一時之間答不上任何話語。莫非這女人以為她與孫武元不會生養小孩才發這樣的重誓？

阿妙見阿官不語，趕緊又追問道：

「怎樣？這般毒的誓我都發咒了，妳也該相信人，不要苦苦再相逼。」

阿官看著阿妙，突然失去要繼續追究的力氣。

伊將推門的手一放，對阿妙說道：

「就憑妳這話，我回去了。不過，人在行，天在看，妳可別胡亂賭誓才好。」

阿妙迫不及待將門關上，重新上閂，然後對著門外的方向，「呸！呸！呸！」吐了三聲。

那阿官茫然站在路當中，抬頭看著灰濛濛的天空，覺得自己似乎再也沒有絲毫力量，可以迢迢回轉基隆去了……

這個世間，怎會如此？

18

昭雄自娶端端之後，夙願得償，念著嬌妻為他，謝絕有錢世家的提親，不顧左鄰右舍的風言風語，苦等他到戰後第二年。這份癡心和堅貞，激發了一向懶散慣了的昭雄，為了讓嬌妻過著較好的日子，婚後半年多，昭雄和他生身父母那邊的親兄弟，合夥開了一家布莊。

布莊生意，對昭雄而言並非志趣，但為了養家活口，似乎也只有努力學做生意才行。昭雄似乎覺悟到這點，所以有好長一陣子，強迫自己不拿畫筆、不剪剪貼貼，不做被視為遊手好閒的工藝等活動。

開綢布莊的本錢當然是王妹拿出來的。兒子肯做正經生意，王妹高興還來不及，錢項的事自是不會計較；何況雖是養子，但姑疼姪，同字姓，昭雄自小就和她很親，王妹也指望老來要靠他過日子，所以若能在昭雄手上開創出一番事業，亦能彌補春發在世時，鎮日遊手好閒給王妹帶來無法與人比拚的遺憾。

昭雄的親哥哥過去是個布販，由於人勤懇努力，又和氣生財，所以生意做得特別好，不數年就攢積了不少本錢。戰時他亦眼色好，雖不曾大賺，但根基越踩越穩。

和昭雄合夥，綢布莊的規模可以弄得大些，在氣勢上就勝人一等；而且，他們「和祥」字號，以西裝料為主，都是高級品，這也看出昭雄哥哥王福新的企圖心。

福新與昭雄雖是同父同母親兄弟，但兩人外型不僅不同，個性也極不相似。

福新是長子，凡事會想得周詳，因為長久以來都須負擔家庭生計的關係，所以個性也就變得謹慎小心。

他亦是個生意囝，天生有做生意的能耐，頭低臉笑，又會在量布時，投合人天生貪小便宜的心性，慷慨的多量一吋、兩吋的尺寸，弄得客人十分滿意。

昭雄人生得俊俏修長，對布料花色的品味十分獨到，可惜「和祥」以西裝料為主，所以昭雄能發揮的地方就十分有限。但他亦努力跟著福新學習如何進貨、送貨、叫貨，如何開價、折價、再給客人惠而不費的小小好處；以及如何看好料子、如何用火柴燒布邊讓客人知道這是毛織品等等。

但昭雄畢竟不是做生意的料子，起先是一鼓作氣，充滿了理想、幹勁和新鮮好奇，等忙過一陣子，該見識的都見識過了，整日價坐在店口等客人，有些女客固然喜歡找昭雄，但來客顯然以男性或夫婦為主，那就是福新揮灑的空間了。何況「和祥」還聘了三個夥計，等閒根本用不到老闆出馬。

昭雄自己亦知志不在此，但他能做什麼呢？

未婚前，或許曾有過遠赴法蘭西學畫的野心，但經歷過殘酷的二次世界大戰，差點因為日本發動的大東亞戰爭而客死異鄉；況且，也在那段時間，親身體會了愛別離的刻骨相思。好不容易留得性命回來，養父死了，而他也和端端成了親，現此時，叫他一個人遠赴歐洲習畫，不僅無理，也近乎無情。若是帶著妻子端端一道去，那養母一個人被丟在台灣，更是說不過去。

這段心事，變成昭雄鬱卒的主要原因之一。

還有一點是他萬萬想不到的事。

在外作戰兼窩藏達四年之久，四年多以後回到自己的家鄉，竟想不到整個天年都變了。

按理，回到自己祖國的統轄之下，應該是種萬幸才是，可是，昭雄卻發覺自己遇上了適應困難的重大問題。

日據時代，他讀完工商學校，當時只是因為做生意不失為一種生計出路而已，所以才選讀這個職業學校。其實，昭雄本人在文學及美術方面頗有天分，而且還下了相當的工夫。他讀了不少的日文小說，更喜歡塗塗抹抹。

然而，正所謂天年變了，現在，到處都是漢文，和講著帶有令他如「鴨子聽雷」般的唐山各省濃重鄉音的「國語」。

昭雄覺得被周遭這一切給隔絕、給摒棄了。

日據時代，固然也有漢文，不過意思和現在的國語相去甚遠，根本無法相通。

剛開始時，昭雄連看報紙都一知半解。他嘗試著去讀報紙上那些文學類的作品，讀到那些作者描述中日八年戰爭的文章，也讀到許多看不懂的詞和字，後來他才知那是各地的土話和方言。

他也讀了許多隻身跟著軍隊來台的軍中作家所寫的生離死別與懷鄉的文章。亂世裏，有多少悲歡離合的故事被時代的巨輪輾過、灰飛煙滅；亂世裏，每個人都是潮流吞噬的魚肉，誰能主宰自己的人生？

陳昭雄在心中升起一種恐懼：如果今後他必須存活在這新的統治天年裏，他怎能幾近半聾、半瞎與半啞的生活在自己的家鄉？

這塊土地是他生長的地方，他知道光復就是回到中國母親的懷抱。但是，五十多年的隔閡，他和這母親生分了，連彼此的言語都不能溝通。他不知這母親是否還有骨肉之情，還疼惜他這連母親的言語都無法聽與講的孩子？

如果他下半輩子要生活在這個天年裏，他就必須進入社會的核心，去參與、去決定自己的生活，而不是永遠活在外圍地帶，做著萎縮的社會邊緣人。

現在，上面大力推行國語，聽一些街坊鄰居有孩子上「國民小學」的人講，學校裏凡講方言母語的孩子，都會被處罰；不是罰站，就是罰一角錢充做班費基金。凡是閩南孩子，發不出注音符號「ㄈ」的音、分不清捲舌與不捲舌的差異者，全被唐山來的各地外省孩子嘲笑。

他亦聽許多人講述因查緝私煙而爆發的外省人殘殺本地人、本地人打外省人的事件。光是他們住處的附近，便有許多有名有姓、彼此熟悉的鄉親被憲警人員深夜召去，從此失蹤的恐怖案例。有些人甚至還穿著睡衣、趿著拖鞋，只披了件外套便出去；有不少有頭有臉的參議員或地方領袖，也在被殺之列；甚至一個晚上，同一條街便抓走好幾個……

王妹每講到這裏，便無限慶幸；幸好當時昭雄還滯留在南洋，不然，以他的年紀和地緣關係，難保不被捲入。

「赤手空拳和棍棒，哪裏是軍隊槍桿的對手？有些人明明是好人，也沒有要幹什麼反政府的事，卻也被牽連進去，連怎麼死的、屍首在哪裏都不知道……夭壽喔，那時候，政府寧可錯殺千萬人，也不肯漏淖一個……現在台灣人全被教乖了，終於知道同樣是中國人，殺起來，不會比日本人更慈悲……這世間，沒什麼天理可講，有權有勢就贏啦。沒權沒勢的百姓，最好乖乖不要管世事，不然連這條命也保不住。」

王妹的話，只引起昭雄更大的好奇心。

王妹足不出戶，伊所講述，全是市井中輾轉相傳的好幾手資料，可信度太低。

昭雄也不特別為什麼，只是基於自己是這地方的人，應該要知道這地方的事情的本分；尤其是宮前町、太平町、大稻埕、大龍峒這幾區，被捕、死亡，乃至失蹤的人無數。這些罹難鄉親中，幾乎都可以尋出一些和自己的干係，有些是學長、有些是遠親、有些是世交、有些是同學或學弟妹的家長，有些則因共同認識的某個人或某些人而輾轉有了認識。

陳昭雄在和祥布莊的生意上了軌道之後，出於這樣的推動力，也由於布莊生意的非其志趣，所以他開始走訪那些在戰後、國民政府遷台不久之後發生的一連串恐怖事件中喪生或失蹤者的家屬。

經歷過親人未經審判、沒有犯罪事實卻被屠殺的慘痛與恐懼遭遇之後，許多人因為天意之難測，戒嚴時期的高壓統治，而絕口不願再提傷心往事；更何況多提無益，反易致禍，所以等明白昭雄的來意，那些人，特別是死者的未亡人或老母親，特別忌諱，幾乎不曾給陳昭雄任何再來的藉口。

然而，也有一些例外的，尤其是年紀較輕、和昭雄具有先後期同窗關係的少年家，他們所說的話，往往帶給昭雄前所未有的震撼。

像一位蒙難時具有參議員身分的長輩，他的獨生子林俊威就是國小高昭雄兩屆的學長。

「公賣局所製的煙能入口嗎?要禁絕私煙，最起碼你那政府專賣的煙就要能讓小老百姓吸得進去。事實不是嘛，全被他們歪哥去了!」林俊威忿然說道:「聽說公賣局是有兩種煙沒錯，一種數量極少，是給上級大官抽的;其他就是賣給我們這些憨老百姓的。呸!那也叫煙?那也能抽?」

經過林俊威的介紹，昭雄又認識了也是正值盛年的父親被捕殺的陳松茂。

「沒歹沒誌說我們要反政府。說起來令人吞不下這口氣，當年國民政府的軍隊撤退來台時，我父親還拿著國旗去基隆歡迎過他們呢!誰知竟是死在這個我們一開始就去擁抱它的政府上頭。」

「有一個說法是這樣的，因為台灣人不順服，所以國民政府要把台灣人中的精英份子全數掃蕩乾淨，寸草不留，如此一來，剩下的人就不敢造反了。」

陳昭雄、林俊威和陳松茂，三個人經常相約在民生路的「波麗路」相見。當時，波麗路的咖啡和唱盤鼎鼎有名，許多本省人在此相親，亦有不少人像陳昭雄他們這樣的，聚此清談;而出入其間的騷人畫家，更是不計其數。

昭雄慢慢也發現了社會上許多不公平的現象，印證了林俊威和陳松茂的言語。

「外省仔並沒將我們當作同胞看待，你看吧，所有的政府官員，大大小小都是他們外省仔包辦，僅有的一兩個台灣人，根本不能稱做台灣人，他們全是半山仔，血統不純正的。你可以看出來，台灣人與外省人，一方是被統治者，另一方則是統治者。不說別的好了，像那些機關，外省人憑關係就可以互相牽成，進去易如反掌。台灣人呢，只有靠自己打拚去從商罷了。這種情形，比日據時代好不到哪裏去，半斤八兩啦。同是中國人又有什麼用?」

三個二十多歲的年輕人，其實也沒有什麼謀反的企圖或計畫，只是聚在一起發發牢騷罷了。

在那樣進退失據的斷層年代，受過完整的日本教育，卻突然又回到中國的統治之下，過去所學，在許多層面上都被否決，派不上用場，原本就叫人惶惑難當；加上一兩樁燎原事件的點燃，很容易就會引發這些自忖是社會邊緣人的昔日中產階級的不滿。

而不滿儘管不滿，陳昭雄他們卻沒有做烈士的企圖與條件。大家充其量也不過是藉之抒發鬱卒罷了。

就因為有著這樣一種心情，所以昭雄看著妻子端端興致勃勃的學注音、學國語，而且學得還像模像樣的時候，他的心情只有矛盾複雜。

端端亦算受過中等以上的教育，伊原來亦對文學頗有興趣，有時昭雄和伊談起某篇小說，端端常有令人激賞的見解。如果伊在使用日文的社會裏，或許會有受人激賞的表現。但是，在這一切必須從頭開始的環境，二十多歲的女子咿呀學語，卻予人一種又滑稽又憐惜的情懷。

因此，婚後第三年，一經發現端端懷孕，不只是王妹，連昭雄也不希望妻子再出去學什麼國語。端端略略了解丈夫的心情，但卻不知昭雄是為了什麼原因和林俊威及陳松茂走得那麼親。

她其實已學了一陣子國語，一般日常應對都不成問題。所以婆婆和丈夫因伊懷孕而不要她再學下去，端端沒有什麼意見。

結婚三年多才有身孕，著實也叫王妹擔透了心。昭雄是養獨子，若是端端再不孕，他們陳家的香火就叫人著急了。

所以端端懷了孕，久已不太操持家事的王妹，踮著小腳，忙著燉這補那的侍候兒媳婦；又忙著去註生娘娘神壇前許願，若生個男丁，一定用雞酒、米糕來答謝。

端端有些害喜的現象，人常慵慵懶懶的嗜睡；而王妹一來怕端端動了胎氣，二來亦發現有些年紀、近年來手腳缺活動的自己，實在也無法總攬家事。

因此，伊從娘家那裏尋來了個四十餘歲、孩子都拉拔長大的婦人吉娘，住到陳家來煮飯幫傭。

端端嫁入陳家第四年，這時候才嘗到了飯來張口、茶來伸手的「阿娘」生活。伊因之半玩笑的對昭雄說：「喂，我現在終於明白母以子貴的道理了。」

昭雄伸手要去摸伊的肚腹，被伊閃掉了。昭雄撲了個空，調侃妻子說：

「妳別太早高興，若是生個查某囡仔，我看妳怎麼母以子貴。」

「那有什麼關係？我妻以夫貴，不然再生一個好了，總不會全是查某囡仔，哪那麼衰？你看起來，又不像個丈人樣子。」

昭雄一聽，便要過去呵端端的癢，伊邊笑邊躲邊討饒：

「別亂來，若是動了胎氣，你可如何和阿母交代？難不成你自己要孵一個？」

昭雄一聽，又要撲來。端端忙忙用手擋他，說道：

「這不是踢投的（意即開玩笑、笑鬧著玩的意思），你可千萬別腳來手來。」

「那怎麼行？妳用言語激人，卻又拿懷孕做擋箭牌，我什麼都居下風，不能輕饒妳。」

「別鬧了！別鬧了！阿母說，懷孕不滿六個月最危險，容易發生差錯。六個月坐胎才會坐穩。」

「妳又騙我，我聽阿母說，什麼七個月生有救，八個月生則反而養不活。又說……」

「呸！呸！呸！」端端連啐丈夫三口，薄有怨嗔的責備昭雄：「什麼不好說，偏揀這些歹話說！我看你生意越做越倒退，連這點分寸都不知。」

「好啦，不過隨口討論而已，妳那麼敏感做什麼？」昭雄訕訕的自解。

「你不知，懷胎十月，查某人總是擔著這顆心，尤其這是第一胎，你又是獨子，我能不擔心呀。」

昭雄見妻子又蹙起了眉頭，忙改口逗她：

「第一個緊張，以後經驗多了，自然像下蛋一般，輕鬆自在，不擔一分心事。」

「什麼下蛋？」端端做勢要打，被昭雄將她的手給抓住。昭雄趁勢又調侃她：

「我們生他十個，看看妳會變成什麼樣子。」

「討厭！要生你生，誰給你生十個！」

「我若能生，也不勞駕妳了，倒是……」昭雄又不懷好意的笑了起來：「我替妳孵，就如剛剛妳自己說的……」

夫妻打打鬧鬧。結婚四年了，感情依然如此濃稠，這大概是鬱卒於心的昭雄，最大的安慰所在吧。

那年冬至前一天，陳王妹與阮端端婆媳兩個，坐在後廳裏搓圓仔，端端看著燈下那有白有紅的小圓仔，忽發奇想，對婆婆說道：

「母樣，這紅花米還剩一些，不如我再染一部分，染深一點，讓它紅豔豔的，看著好吃。」

「這不就是紅的？還要多紅？」王妹好脾好性的搭著腔，也沒反對的意思。

「那是粉紅，我來染點大紅的。」端端說著，自椅上站起，忽的「哎呀」一聲，右手摸著右側腹，整個人彎向前方。

王妹吃了一驚，顧不得一手米粿，趕緊扶住媳婦的左手臂，急急問道：「是怎的？莫要動了胎氣！」

端端慢慢直起腰身，回道：

「不知是不是站起來太急，肚子還是上腰擰了一下，應該沒大礙才對。」

王妹扶端端坐回椅上，不免說媳婦兩句：

「雖是六個多月，照理坐胎坐穩了，但也有萬一的時候。妳就是閒不住，什麼都要胡亂動它，像個囡仔似的——現在到底覺得怎樣？要不要找產婆看一看？」

端端坐著，只覺心口有些緊，其他倒沒有什麼不舒服，因之，她一手將婆婆扶回座位，用一種玩笑的口吻對婆婆說：「母樣，不是我閒不住，是您孫子在翻觔斗呀。」

一聽孫子，王妹就喜上眉梢，嘴裏卻說：「妳怎知是查甫囝仔？查某囡仔也有很活動的。」

端端笑咪咪的回道：「若不是查甫孫子，我再給母樣生一個。」

「這可是妳說的！」王妹樂不可支：「我要好幾個孫子，越熱鬧越好。」

婆媳兩個笑談著在搓圓仔，吉娘在天井裏洗刷錫鍋和大鼎，昭雄則窩在房裏塗塗畫畫的，或許在讀什麼書也不一定。

「這囝仔來得巧，是年頭囝仔呀。」王妹一談到孫子便沒完沒了。端端經方才那一擰，雖覺不曾閃到腹腰或肚內的囝仔，但卻不知怎的，心頭糟糟亂。

但她不想掃婆婆的興，所以還是提起勁來和婆婆搭腔閒聊。

就在圓仔快搓好時，忽聽前門有人用手捶打叫門。

「喂——有人在嗎？」

叫門的人用國語，聽起來帶點唐山某一省份的鄉音。

陳家少有，不，是幾乎沒有什麼來往的外省朋友，所以王妹與端端互望了一眼，心裏都有些疑慮。

王妹喊了吉娘去應門，又回頭叫著屋裏的昭雄：

「昭雄，這麼晚，究竟是什麼人？」

昭雄邊在衛生衣外面套上那件端端手織的咖啡色毛線衫，邊就要往外面去。

端端此時忽然升起一股不祥的預感，她拉住丈夫，阻止昭雄：

「我去。我可以說國語，講得通。你先待在這裏。」

端端跟在吉娘後面，心裏儘管七上八下，但表面上卻力求鎮定。

門開處，站著三個便衣陌生男子，為首的望著端端問道：

「請問，陳昭雄先生在嗎？」

端端抬眼看著他們，用相當純正的國語回答道：

「他身體不舒服，已經睡下了。我是他太太，有什麼事，告訴我也一樣。請問——您三位是哪個單位的？」

為首的人根本沒有回答端端的問話，拿著眼睛搜尋著客廳後面的幽深長廊，冷冷說道：

「這件事，只怕天皇老子也替他擋不了，陳太太還是請他出來吧，不然，我們就到裏面，直接去請駕。」

「我會去叫他，但可否告訴我，究竟是什麼事？」

「有人告密，說陳昭雄是匪諜，陰謀叛亂。」

端端腦門轟然一聲巨響，差點昏倒，她深吸一口氣，堆著笑說道：

「那怎麼可能？一定是弄錯了，我們規規矩矩做生意……」

為首的那人冷冷一笑，說道：

「誰不是用做生意掩護？」

說完，也不等端端回話，抬起左手，做了個進去的手勢。於是，三個人魚貫跨進陳家大廳，不管直叫著「等一下」企圖攔阻的端端，逕自穿過長廊，來到後廳。

燈光下，陳昭雄穿了一身咖啡顏色的衣褲，白著一張臉，冷肅的看著來人。

「你就是陳昭雄？」為首的男子點點頭，繼續說：「有人告你和陳松茂、林俊威陰謀叛變——要請你跟我們去談一談。」

「笑話——什麼叛變？」昭雄用閩南語反駁，人仍定定站在原地。

原來走在後面的兩人，此時未經指揮，便進昭雄與端端的臥房裏搜尋。

過了好一會兒，兩人抱了一堆書出來，將其中兩三本對空晃了晃，說道：「鐵證如山！」

端端匆遽之間，只看到「馬克思」三字，她不明白那些書與陰謀叛變有什麼干係。

「這三位先生，一定是弄錯了，我家老闆不是……」

「陳太太，有人證、物證，還能冤枉嗎？何況另外兩人也招了。」

「這位先生……」

不等端端開口，職位較低的兩人，一左一右挾持著陳昭雄，便往外走去。

「昭雄……」

「昭雄，我的囝仔……」

端端和一句也聽不懂的王妹，此時不約而同撕裂著心肺，同聲叫著她們最親愛的人的名字。

昭雄奮力掙扎了一下，扭過頭看著王妹和端端，倉促的對那兩個這世間他最親的女人說道：

「如果我沒有回來，請平安生下孩子，勇敢的生活下去——母樣和囝仔，就全部拜託妳了，端端。孩子長大，要告訴他，爸爸是冤枉的……」

「昭雄……昭雄……」

端端的哭聲撕裂了黑夜，她顧不得癱軟在椅上的婆婆，奮力拖著虛脫無力的身體，追趕著被抓走的丈夫，泣血一般叫著。

「昭雄……昭雄……」

昭雄被緊緊挾著快步向門外走去，連駐足或回頭的機會也沒有。

很快的出了門，又被挾上停在門外的吉普車，他望著蹣跚追趕而來的妻室，大聲和淚叫著：

「端端，要為囝仔和我保重……這輩子欠妳的……我來世償還……要好好活下去……一切……拜託妳了……」

「昭——雄——」

阮端端站在冷颼颼的黑地裏，撕心裂肺的對著絕塵而去的吉普車叫著——

叫著伊的今生！叫著伊的來世！叫著伊生命中的生命……

19

昭雄被捕的次日，正是冬至。

一大早，明珠得到消息，一顆心碎成千萬片再也兜不攏的碎玉。

伊千思萬想，亦只能指望早已甚少回家的夫婿孫武元去奔走打探。

遇上這種事，竟日鎖在家中為柴米油鹽醬醋操勞的女人，真是沒有一點門徑可以去探索的。每逢發生巨變，明珠就特別感受到身為女人的無用；也難怪女人要永遠仰視著男人祈求垂青。

去找孫武元，是倔強的明珠走投無路的唯一去處。

她早已知道孫武元和阿妙的居處。

約莫兩個月前，出於好奇，伊尾隨自家中前往阿妙住處的武元，不僅知道自己丈夫包飼的趁吃查某的居處，也遠遠瞥見了阿妙的形貌。

那之後又有多次，明珠偷偷再到附近等候，靜靜的看著那叫阿妙的趁吃查某出出入入，不時打扮得花枝招展到處走動。

武元為阿妙請了煮飯打掃差喚的歐巴桑。那趁吃查某，如今過著比她陳明珠這一生當中所曾過過的最好生活還要好的日子。

明珠老實講並不怨嘆。自小被賣為養女，這二十多年中，伊已不知不覺養成了認命安分的個性。

所以，儘管查知武元的香巢，伊也不想去吵鬧搗亂。

也許，這就是伊這種女人所堅持的某種尊嚴吧。

尪婿都已變心，又何必又吵又鬧，到處宣揚自己的無能？

伊只是想知道，究竟那趁吃查某，是哪一點絆住了武元的心，令他再也不到花叢裏去拈花惹草，而一心一意守著那千人騎萬人壓，甚至還拖著三個不同老爸的拖油瓶的女子？

論姿色，莫說比不上上回那阿官的一半，就連伊明珠，也遠遠超乎這趁吃查某的平庸姿色。

人說「水人歹命」，莫非真有道理？

明珠遠遠的看著丈夫包飼的女人，不知道明天以後的命運將會如何？

武元看來是回不了頭了。伊明珠生有翰青一個兒子，但那趁吃阿妙，如今肚皮也隆了起來，眼看不是十二月，就是正月，也該順月臨盆了。

所以孩子已不可能成為繫住武元的因素。伊能生，阿妙也能生呀！子以母貴，看來伊的翰青，命運竟是不如那趁吃查某的野種！翰青將來懂事，不知會否怨嘆自己母親的無能？

況且，那阿妙既是又鴨霸又能纏，若是肚子裏的囝仔落地，會不會挾此要求明珠的名分？

若是如此，伊陳明珠要如何是好？

這就是明珠不去直搗香巢的另一顧忌。伊實在害怕攤牌的那一天會來臨呀！若是攤了牌，伊還能擁有什麼？或許連翰青也不能擁有吧。

沒想到，一向沉靜、不問世事的昭雄會出事！

說昭雄是什麼「匪諜」、什麼「陰謀叛亂」的那些人，一定頭殼壞掉了。昭雄自小就是那種不太現實，只愛好繪畫和工藝的囝仔，這種人怎會去做什麼大歹事？

端端連昭雄被什麼機關派來的人抓去都不知道，若是不趕緊找出昭雄被關的所在，時間一拖久，只怕昭雄撐不住……

想到這裏，明珠挺直了腰桿，把自己的尊嚴和可能會有的後果全拋到腦後，筆直向阿妙的住處走去。

伊只想找到武元，求他去找人營救昭雄。武元行醫看病，交遊廣闊，病人中或許會有什麼貴人，可以搭救昭雄。

若是那女人來應門，伊就直接告訴她這事，她總不該攔著武元，不讓他出來吧？

明珠沒有太多時間細想，伊好不容易等阿妙的傭婦出門買菜才去敲門，為的就是不會有其他閒雜人手來幫襯阿妙，壞了伊的正經事。

明珠伸手打門，也許是因害怕或焦急，所以不由自主使盡了全身的力量拍打著柴扉。

不一會兒，便聽到女人的嗓音，自裏面一路罵出：「夭壽咧——阿鳳嫂，妳又忘了什麼？誰叫鎖的門？棉被燒燒，一定要刁苦人家起身來替妳開門……」

門「咿呀」的開了，腫泡著一雙眼睛的阿妙，乍然看到明珠，因為意外，竟然愣住了。

明珠匆忙的述說著來意：

「家裏出了事情，是死活的大事，我來叫我頭家回去處理。勞煩妳通報一聲。」

阿妙曾經遠遠看過明珠幾回，只是不曾像此刻般近距離面對面如「犀牛照角」。

她乍然間沒認出是明珠，聽明珠開口，才知道是伊。出於本性和本能，阿妙順手就要將門用力關上！

明珠早防到這招，用盡了全力將門自外推開！卻未料到懷有身孕的阿妙，竟然企圖用自己大腹便便的身軀擋門。

吃明珠那一推，阿妙連著倒退了兩三步，煞不住腳，竟然一跤跌坐在地上！

這下子非同小可！

阿妙扯開喉嚨，放聲又哭又叫：「來人哪，殺人哪，這個猸查某知道我有身孕，故意用門撞我——哎喲，痛死我了！痛——武元呀，快來——」

孫武元很快自裏屋裏衝了出來！一看眼前這一幕：阿妙跌坐地上叫痛，明珠當門站立，不是伊推阿妙又是怎麼？

這一衝冠便怒火升天，他破口就罵：「妳這查某，透早來此幹什麼……」

明珠截斷他的話，言簡意賅便說出來意和事情始末：

「昭雄昨夜被三個人給抓走了，說是陰謀叛亂、是匪諜，我們一群查某，連他被關何處也不知，所以才來求你探聽。若是去得晚了，怕昭雄命會保不住——若非生死大事，我也不會前來，但伊卻要關門，讓我見不了你——我是出於不得已——」

此時阿妙已被武元扶起，正在哼哼唧唧呻吟著，又不忘趕緊搧火：

「伊存心要打掉我的孩子……」

「妳不擋門，我不會用力推！誰知妳肚腹就在那裏——」

忽聽武元大聲吼道：「人命關天，妳們還在這裏相罵！查某番就是查某番，不識大體！」

武元將阿妙攙著，然後轉頭對明珠吩咐：「妳先去昭雄家，我隨後就到。」

武元自此忙了四天，輾轉託了無數朋友，才打聽到昭雄被帶往的所在。

武元和那有關係的人一齊前往，口袋裏揣著一包厚厚的六千元紅包，準備當救命錢。

一到那裏，見到的卻是昭雄的屍體，才知早一晚就被槍決斃命了。

死時那一年，陳昭雄只有二十六歲。

兩個半月後，他的妻子陳阮端端生下一個男嬰，正如不久前，他倆共同企盼的一樣：是個健康的查甫囝仔，是個可以傳續香火的兒子。

可惜，他們夫妻立意要多生幾個的願望，這一輩子，不，是永遠永遠也無法實現了。

喪夫、生子後的端端，顯得非常堅強。伊自己在這幾個月中，把事情前前後後都想得清楚剔透，這才對大病初癒、顯得有點癡呆出神的婆婆王妹說出她的想法：

「母樣，昭雄雖死，幸好有個囝兒，他是陳家最重要的香火。一個抵一個、大的換小的，我們要怨天也難。倒不如打起精神，照昭雄的遺言好好過日子，最重要是得把這囝仔撫養成人。」

講到這裏，王妹已止不住又開始哭泣起來：

「這夭壽仔啊，明明是來騙我二十多年，白白疼惜了你！為什麼去和人家看那什麼會被鎗殺的書……早知一本書會害死你，我老早就該不讓你去上學……」

端端任王妹哭了許久，等哭聲稍歇，才又接著說：

「俗語話在說，坐吃也會山空，囝仔這麼小，要把他撫養大，起碼也二十年。所以，我準備出去做事，母樣身體不好，我就把囝仔帶回娘家……母樣放心，無論怎麼苦，我有一口飯，一定也會伺候母樣半口的……」

這話把婆媳兩個都弄哭了，半天，王妹拉著端端的手，哭道：

「妳這憨查某囡仔，放著好譽人家不嫁，偏偏來嫁這短命的昭雄——我們陳家、我們昭雄，這輩子欠妳太多了，要還幾世才還得清？」

一個多月後，端端在信用合作社裏謀到一份工作，開始正式上班，也忠實的履踐伊對昭雄的承諾：盡心盡力照顧昭雄的養母王妹，以及那來不及看到爸爸的遺腹子。

阿妙和武元生的亦是兒子，方面大耳，頗有乃父之風。

這名喚泉溪的囝仔八個多月大時，孫武元拗不過阿妙的吵鬧，前去找髮妻明珠打商量。

「妳知道，那邊亦幫我生了個查甫囝仔，已經會爬了，現此時，伊又懷了兩個月身孕，明年初，我便有兩個囝仔，不管男女，總是我的親骨肉。」

明珠心想，難道翰青不是他的親骨肉？但她嘴裏卻說：「恭喜了，人財兩旺。」

「我不是來接受妳的恭喜的，我有事和妳商量。」

來者不善、善者不來。明珠沉默但倔強的注視著眼前這事實已如陌路的尪婿，等待他如何了結他們這一段孽緣。

「幾年來，我們之間，實在已經算不上夫妻了，我亦沒有回來這邊的打算。但是，那邊，眼看我就要有兩個囝仔，將來也許還會再生好幾個。孩子生下，個個都得報戶口，還有從前伊跟他人生的三個囝仔，我也準備認養……我是想，我們都無夫妻之實了，再有這名分也沒什麼意義，不如乾脆辦了離緣，我會給你們母子一筆錢過日子。這樣安排，對妳我都十分適當。妳看呢？」

明珠按捺著胸中起伏的激動，儘可能鎮定的開口問武元：

「翰青難道不是你的親骨肉？我從沒聽過，這世間竟有這等憨人？為了別人生的囝仔，竟然丟棄自己所生的親骨肉。你如此想，究竟有無差錯？」

孫武元被明珠這一駁斥，老羞成怒，聲音不覺急促且大聲起來：

「我這樣是為妳設想，妳竟不曾懂得！如果翰青跟我，妳將來依靠什麼人？除非妳打算再嫁……何況阿妙這個查某，頂頂沒量，翰青若是跟我，一定會被虐待。查甫人常年在外，哪裏管顧得到？難道妳會放心自己的囝仔，讓阿妙管教？」

「我不會把翰青放棄掉。為了他，我也不會將正式結髮夫妻的名分放棄掉。若論骨肉，翰青是長子——」明珠講到這裏，忽然激動憤懣起來：「你原是個有心肝有頭殼的查甫人，究竟喝了伊什麼符仔水，竟然如此顛顛倒倒？我不會離緣的！我對那煙花查某已處處忍讓，不想伊卻步步進逼，不讓我活——看著好了，從此刻起，休想我再讓步——」

武元聽到這裏，怒從心頭起，忽的將桌上明珠倒給他的茶杯掃到地上，「哐噹」一聲，確實嚇人！緊接著便是他聲洪氣促的罵語：

「幹你娘的！我好言好語對妳說，妳卻敬酒不吃吃罰酒！我對妳已無夫妻情緣，妳硬巴著我做什麼？妳肯也罷，不肯也罷，三日後我來取離緣書，順便給妳六千塊錢的生活費。屆時妳若還頑強不肯，休怪我孫武元無情！」

孫武元罵完這話，旋即氣呼呼的起身離去。

明珠坐在那裏，倒也沒有眼淚可流。

該流的眼淚都流光了，該受的苦也都受了！伊耐心等待尪婿能有回心轉意的一天，卻等到一紙離緣書。

離緣？！

伊怕的才不是離緣！

事實上這些年，又和離緣有什麼分別？伊才不戀眷這樁姻緣！

伊不離緣，是因為不甘心！

一個人，可以被人不斷的欺負，只要伊還有一片屬於自己的立足之地，可以自由呼吸，再大的磨難都可接受。

但是，如果對方連那點小小的立足之地都要奪去，連讓伊呼吸喘氣的餘地也不給，伊為什麼還要繼續忍受？伊也有權利讓對方受點創傷、接受一點挫折吧！

武元離去後不久，明珠帶著翰青，迢迢遠路去到三重。

大東亞戰爭時，不少車衣廠因躲空襲，疏散到鄉間或郊區去；光復後，這些廠不曾搬回，索性在郊區生根落戶、擴大生產。

明珠早有終有一日必須自食其力的覺悟，也早就想好了因應之道。

伊在三重下了公車，牽著翰青走過一片稻田的阡陌，到昔日一起工作的姐妹淘居處。透過那些朋友的介紹，明珠不到一個小時便分租到附近一戶人家的一個房間，付了訂金便像下聘；緊接著又去談好車衣廠的工作。

明珠這才攜了翰青的手，又是走路又是搭車，在入夜回到她自婚後便一直住著的居處。

她環顧厝內，家具全是武元當初所買，她一樣也不帶。只撿了自己和翰青的幾件衣服打了包袱，隨時可走。

然後，她又偷偷去向端端辭行。王妹近來有些昏昧癡呆，明珠的遭遇一時講不清楚，也就放棄了和王妹坦言的可能。

端端執著明珠的手，誠懇的說：

「阿姐如有困難，多的沒有，小數目是絕對不成問題，千萬不要客氣。」

說著，將一疊摺好的錢，準備塞到翰青的口袋裏，卻被明珠攔住了。

「現在妳我境況都是一樣，全是寡母帶著稚子，我有什麼理由拿妳的錢？今後，我們就是各自打拚，無人可以依靠了。」

「話雖如此，但車衣論件，所賺有限，不像合作社上班有起碼的薪水。」

「端端，我相信在台灣這地方，只要肯做，是沒人會餓死的——不要為我擔心，我自己很有信心哩。」

「阿姐一向能幹……」端端說著，忽然轉口問道：「阿姐，這幾年妳與他，其實亦無異一對離緣夫妻，既然是他提出，妳簽了字，實在亦無損失，既可拿他一筆錢，亦無須離鄉背井，何苦要和他爭這口氣？」

明珠吁了口氣，雖微笑，但口氣卻十分堅決：

「軟土深掘，是惡人天性。這些年，我處處吞忍，到了最後，卻有種不甘心讓惡人事事得逞的意念——離緣算什麼？可是，為何要凡事讓惡人順心？我雖是駑馬，也有一點心性呀。」

「阿姐說的是，只是阿姐落得如此，叫人不捨。」端端紅著眼眶說。

「唉，婆娑世界，哪能不苦？等到有一日，苦不再是苦時，人也就出脫了——那麼，再會了，端端，阿母就靠妳了，阿姐不能留下幫妳……咱們今後都靠自己這雙手了。」

明珠在黑暗中離開那伊自六歲便來的養父養母之家，沿著民生路向南走。經過仁和堂時，店門早關，當年空襲時，她經過仁和堂，與武元乍然相逢，受邀進入他店口前的防空壕躲警報，因而訂下鴛盟……想不到，當年相逢一笑，今日卻以此收場……

明珠站住了腳，四周環顧一圈，用一種懷念兼感慨的聲音對翰青介紹著：

「翰青，我們要離開這裏了。你知道媽媽從小就住在這裏，也在這裏結婚，在這裏生下了你……真捨不得呀。」

翰青抬起臉，無邪的注視著母親，接著說：

「死去的阿舅也在這裏長大，還有阿妗，對不對？」

是啊！昭雄與端端也是在宮前町定情。記憶的門一打開，當年昭雄臨將出征，託她去約端端的情形，即刻鮮明呈現；端端病相思；不曾在戰爭中死去的昭雄，卻在和平時期，莫名其妙的死於莫須有的罪名——早知各人的姻緣都如此短促，當初又何苦執意相隨？

啊，當初又何苦執意相隨？

何苦相逢？

何苦相視一笑？

所有的悲歡離合，原本都是為了成就各人那短促不永的因緣……

這小小的昔日宮前町所在，埋沉了他們這些人遽爾即逝的高歡與沉哀——原來，人生竟是如此的簡單，又是如此的複雜。

明珠牽起翰青的手，重新再向周遭看了一眼，然後輕巧急促的向著新的明天奔去。

十二年後

夜市裏人聲漸歇，做買賣的攤販，不管生意好壞，都有那領先收攤、一心要早早歸家的，早已打包得差不多了，不是夫妻同心合力，就是來了兄弟或兒女，合力將貨抬上木板拖車，再用闊巾長布條，結結實實將貨捆紮妥當，這才一人前拉、一人後推，同心往住處歸去。

沒有店面就是這點麻煩，即使有固定攤位，每日開攤、收攤間，都要大費周折，比店家只管開門、關門，不知要辛苦又麻煩多少倍。

然而，夜市人潮永遠洶湧，只要貨切得準、切得便宜，不怕銷不出去。

儘管社會普遍物資尚不豐沛，不過這附近全是做生意的店家，生意錢，活如水，每日有現金收入，用起來總比拿死薪水的人大方而闊氣多了。

陳明珠觀望著這長而狹、自己擺了四年攤位的夜市，心裏儘管想著不會再有生意上門了，都已十二點過，什麼人會趕在這時候巴巴的來買件衣服、褲子或什麼的？又不是逢年過節要著新！然而，伊仍然不肯死心的磨蹭著，反正橫豎都出來這一趟了，不差這半點鐘一小時的，就當作是這裏歇著也一樣。

「阿桑，收啦！不會再有客人上門了，趕緊回家休息吧。」在明珠隔壁攤賣鞋的少年家阿東，邊吐檳榔汁邊勸著不死心的明珠：「稍等妳囝仔又來催，不是耽誤他睡覺、讀冊的時間？算一算沒比較長啦！賺錢有數，生命要顧啊。」

明珠被說中心事，有點不好意思，訕訕的回道：「是啊，我這種有歲數的查某人，不比你們少年的那麼阿殺力。實在是該收了，就是看不開……」

明珠邊說邊動手拿起取衣的木叉子，將吊在高處展示的衣服一件件取下，準備摺好用大藍布巾包起來。

「今暝妳兒子不來幫妳收啊？」阿東又問，同時快手快腳的將紙製鞋盒子一只一只放入大箱子：「幹！生意好時，一個人一雙手真的是應付不來，有時一回身，東西就被摸走。」

「是啊，你某順月了，隨時會生，不能叫伊再來站一晚。」

「欲晚時我準備出來做生意，伊直嚷腰痠，我看那情形，就叫伊免來啦。說不定我此刻回去伊就生啦。」

「頭一胎不會那麼快生。」明珠好言好語的說著：「我看伊那肚子，尖尖窄窄的，自後面看不到，應該是生查甫才對。」

「誰知道？不過也不要緊，反正我打算生他四、五個，總該有男有女才對。如果生一個像妳們家那狀元囝仔，十個我也敢生！將來不知有多出脫啊。」阿東由衷的稱羨。

一提到翰青，明珠心頭暖意就起，臉上不知不覺就有了笑容：「歹命囝仔，自己知道要打拚，沒一片牆可以依靠呀。」

「阿桑也快好命了，翰青今年讀高一，不幾年就可以奉養妳，阿桑就不用出來艱苦了。」

「其實也不辛苦。以前在工廠車衣服，那才真叫辛苦，工錢又少——若不是我一時把心肝拿橫的放，大膽出來賣衣服，哪會有今天？現在我只有晚時才出來做生意，白天最多去補個貨，厝裏和囝仔都管顧得到，我已經很滿足了，不敢再要求其他。」

「如果我是阿桑，我也會很滿足。台北最好的省中，又保送升高中，起碼就幫阿桑省掉聯考的報名費！」

阿東最後那句話把明珠逗笑了：「是你誇獎——不過翰青這孩子，確實自小就很曉事，什麼都不用我煩憂，讀書也是拿獎學金——」

「是啊。今晚這孝子怎麼沒來？」

「學校明天要考試，我不准他來——」

明珠話還沒說完，就聽阿東笑說：

「這個孝子，只有這件事不聽阿桑的話，妳看，那不是他？還是來了，不放心阿桑一個人嘛。」

明珠抬頭一見兒子，馬上愛憐的責備：

「叫你不用來，你又來！你如果早點去睏，我還放心一點。」

翰青已長得高出明珠一個頭了。長寬臉型，眉眼和他父親很神似，又濃又粗；但是整個人看起來卻不似孫武元那樣粗獷，而另有一股斯文中帶英氣的氣質。
「少年仔，我們正在說你，你就到了。」
「東仔叔，你也還沒走？」翰青禮貌的和阿東點點頭。
「是啊，日後你不用天天來，你阿母搬不動，我會幫忙，讀書要緊，身體也要顧，眠一定得夠。」
阿東誠懇的說道：「大家鬥陣這麼久，好像親戚，互相幫忙是應該的。」
「我知道。我每日睡個六、七小時就夠了，欲晚時曾小睡了一下——東仔嬸生了嗎？」
「你阿母說沒那麼快，大概要被折磨一陣子，囝仔才肯出來。所以，母恩很大，你孝順才會有今天。」
翰青不好意思的笑笑，說：「誰人不是這樣？應該的。」
說話間，翰青早已將明珠在賣的衣褲幫忙收妥，一大袋一大袋往手拉木板車上安置，再用粗麻繩自頭至尾、由東到西，打橫的也捆綁好。
然後，翰青在前拉著木板車，明珠跟在車後步行，看著衣包不要掉下。母子兩個邊走邊談，也不過七、八分鐘就抵達一戶兩層樓的屋子。
這房子不大，蓋好也有些年，明珠兩年前買它，貪的是地點和價錢。住下來之後，覺得日子過起來順暢平安，明珠就越發滿意。
說來，買這屋子也是湊巧。
原來，明珠十二年前撕毀孫武元丟給伊的離緣書，帶著翰青負氣躲到三重後，一直在車衣廠車衣，整整做了八年。

後來在街坊中有個賣成衣的，由於老母經常受到明珠照顧，心裏感恩。剛好他自己生意順手，在圓環買到店面，準備將攤位脫手，又見明珠車衣辛苦，便慫恿伊出來做生意。

「妳做那工作，做到死也是這樣。趁現在有這機會，跳出來做生意，保證妳比車衣會加倍好。」

「我一個查某人，從來也沒做過生意，哪有那麼容易？你是內行人，不能以為任何人都和你一樣內行……生意要是那麼好做，滿街的人都可以去做——」

「這是機會機會啦。妳剛好碰上我，我剛好有攤位、有經驗。我教妳，妳害怕什麼？萬一——我說的是譬個喻讓妳放心，萬一生意做不成，妳也沒有損失，頂多是切的貨囤著而已。若是便宜賣，一定賣得出去，也虧不到哪裏。何況有我在，穩賺不賠，妳就放心聽我一次，不會害妳啦。」

明珠在這鄰居慫恿下，聽他仔仔細細的教，又準備帶伊去切貨、進貨，甚至還要陪著伊賣個數天，不知不覺便有點信心。

她又想起，自己這半生雖未做過生意，但小時，在日本人開的百貨公司也待過好幾年，耳濡目染亦知曉許多。難道自己越活越倒退，連個攤位也照顧不來？

這樣想時，頓時勇氣倍增。而且辛勤努力車衣八年，後期翰青上學，伊更經常加班，每日工作時數很長；再加上生活節儉，很存了一筆小錢，即使生意失敗，再回去車衣，也不會影響她和翰青母子兩人的生活。

前後這一想，明珠膽氣壯了不少，心意也就跟著打定。

在那鄰居的幫助下，不多時，自己一個人已能應付裕如。

兩年後，那鄰居一個親戚要賣房子，正在圓環附近，離伊做生意的地方很近；加上考慮到翰青每日要到植物園附近上學，在此處定居也相宜，所以明珠就用積蓄買下了那幢房子。

而圓環，離昔日伊住的宮前町只近在咫尺。

伊也想過，會不會被武元撞上？

繼而又回心一想，撞上又如何？要離緣，伊就蓋章給他！經過這些年，伊對武元已無恨意。一切都是緣分。是伊與武元無緣，沒什麼好恨的。這人世如果要恨，又哪恨得完呢？

天公待伊亦不算薄了，給伊一個這麼出色又孝順的兒子。

當年遺棄翰青，無情也無福的人，卻是那孫武元呀！伊該感謝他才是，若是當年他堅持要翰青，伊豈不只有跳港一途？翰青，一直是伊這十二年來能咬牙吃苦拚命活下去的希望啊。

不管那趁吃查某阿妙能生幾個，沒有翰青，依然是孫武元最大的遺憾。不管他知或不知、覺或不覺，有朝一日，伊一定要讓那魯莽的孫武元知道。

自然不會是現在。最少要等翰青成年，道道地地變成能替伊出頭做主的男人。

而且，明珠心中一直有個對兒子的虧欠，是伊無能，讓翰青自小無父，長成亦無父蔭。

翰青雖恨父親遺棄他們母子，然而，他內心是否曾渴望過父愛？長大成人之後，他是否會想與父親相認？

伊這做母親的，讓翰青失去父愛在先，不能再令之連與生身父親相認或復緣的機會也斷送。翰青長大了，自有一己對生父的看法。

伊要讓他自己決定。

伊雖撫養翰青長大，卻斷然不會去宰制他的一生。

至於伊自己的後半生呢？

伊也想過。

翰青或許會去留學，這孩子天生是讀書的料。伊任他去！任他去創造自己的人生。

伊留一點老本，或者菜堂裏亦可度過餘生。伊的阿姐，年輕時即出家，出家反倒清閒。

伊亦不怕獨白一人。

一個人，一口苦過、看透，也盡力過，便無什麼好怕的事，天不會負憨人，天公也疼憨人啊。

這輩子，伊自小離開生身父母，在養父家受過虐待，自小就在外供人差喚，自謀生活。

哪一種苦境沒嘗過？大難來時，還不是要獨自一人承擔，誰替伊遮護過？

海海人生，獨自來，獨自去，有什麼好怕？

伊已四十一歲，而翰青才囝仔出頭。伊的人生，驚濤駭浪皆已過去；而翰青才要出航。無論在心理上或實際上，伊都不要成為他的負擔。

伊也不要自己苦難的過去，變成翰青人生的苦汁。母子連心，難得的是要將這份心放出去，讓孩子闖前途無絲毫罣礙。

這些想法，明珠從未對翰青說過。伊唯一曾幾次含蓄的向翰青提的是：他要唸多高就放心全力去唸，錢的事，他毋庸擔心。

相信以翰青的聰明，和他們母子平素相處的貼心，他一定會完全了解伊做母親的心意。

這一日，台北陰寒下雨，雨勢不小，到處泥濘。近晚時，曾經停過一陣的雨又下了起來。擺攤子做生意，最怕就是這種天氣，不僅辛苦，而且出來逛街的人必少，生意自然清淡。

翰青放學回來，便對明珠說：

「今天不要出去做生意了吧，這種天氣，除了白忙一場，生意絕對不比平常。阿母冒雨出出入入，就怕受到風寒——我看，今日就休息一天吧，阿母一年到頭不得休息，趁今日稍歇。」

明珠有點心動，略一遲疑，即刻又轉了心意：

「我是勞碌命慣了，不出去做生意在家也坐不住，稍等如果擦東洗西，反而攪你讀書。我還是照做生意，你安心讀書，這種天氣又不是沒碰過，台北啊，冬天就是這樣，若是遇雨就休，那還有什麼可做的？我們又不是賣冰仔水，購一季吃一年。」

明珠仍然依時出去，手拉車上用厚橡膠布蓋著貨品。翰青一定要替伊拉到攤位去，伊攔也攔不住，只得領收兒子的孝心。

到了攤位，翰青幫母親將貨一大包、一大包搬下，這才準備回家，臨行對明珠說道：

「天氣壞，早點收攤，我十一點半來幫您收拾。」

「這種天，不用了——翰青——」

翰青穿著雨衣，頭也不回的擺擺手，不讓母親再有討價還價的機會。

明珠既安慰又帶點兒捨不得，扭回頭，快手快腳的開始將貨物攤擺起來。
這一日生意果然清淡，到八點還未開市。約莫再過十來分鐘，才賣掉兩條長褲。
明珠反正閒著，便慢條斯理收著方才客人挑過的衣褲。
不知怎的，就在收收弄弄之間，忽然憶起自己十三歲時，經保正鄭金虎介紹，到瀧村百貨做給仕仔（工友之意）的往事。當時伊的工作，不正是收拾客人看過的布匹和衣物？
原來，冥冥中，早在二十八年前，就注定了伊這輩子要做賣衣服的生意！雖只是攤仔，到底仍是自己的本事……人啊，自己手肘能生肉第一重要，無須仰仗他人。
「喂——」
不知何時，攤仔前站了一個女人。
明珠出於本能，很快的堆著笑容，問道：「要什麼？我拿給妳看。」
來客並不看衣褲，卻只盯著明珠看，慢慢露出笑容。
明珠剛開始時並未注意來人的模樣，此時見伊望著自己只是笑，心中喊怪，便也回視著那差不多和自己年紀相仿的婦人。
高鼻大眼，長相就如阿凸仔——
明珠在剎那間，血液整個凝住！她張開口，卻發不出聲音，只愣愣瞪住對方！
「明珠姐，久見了！認不出我是誰嗎？」婦人笑意盈盈的開了口：「我是阿官啊，當年曾經到妳府上叨擾過……，我是，基隆的……阿官啊。」

明珠回過神，亦驚亦喜又復有點不相信似的：

「我記得、記得！怎會忘記？只是一時意想不到——妳是路過，認出是我？」

「我是專程來找妳的，還怕妳今天不出來做生意，心裏直後悔不曾問妳弟媳妳厝裏的地址。」阿官笑意盈盈的、十分親切的拉住明珠的手。

「妳怎會和端端熟識？」明珠訝然問道，一方面又不免在心裏有些責怪端端隨意將自己的下落告訴他人。這阿官雖不似壞人，畢竟也非有什麼交情的人，何況僅只是從前孫武元的包飼查某而已。

阿官大約猜到明珠的心事，很坦然又極快速的解答了明珠的疑惑：「是這樣的，我頭家——我後來又嫁了個船員退休的，他前妻跟人跑了，我們……，簡單講一句，他不嫌棄我，我也做累了，所以和他結婚——他前妻生下兩個囝仔，我自己也有兩個，這些年，和他又生了兩個，加起來是半打——」

阿官說著，忍不住掩著嘴，不好意思的笑了起來：

「我從前不是跟妳說過，我像個豬母，很會生，一碰就有事情……」

看阿官的神情，好像生活得不錯，明珠由衷的恭喜她：

「這樣大的喜事……真好啊，勝似妳自己一個查某人打拚……」

「是呀，難得兩人合得來，他又不分我的、他的，很疼我那兩個大的囝仔。」

「恭喜妳啊，阿官！」

明珠將她延入攤位內，拉出另一只圓木椅子，兩人面對街道並排坐著。

「我頭家因為跑船多年，有些線路，所以在基隆開了家委託行；另外，前兩年又在台北加開一爿，由他妹妹看顧。生意錢來來往往，和銀行有些關係，認識妳弟媳仔，承她很幫忙，大家都變成好朋友。我是前陣子到她住家去，談了半天，才知妳是她大娘姑，也才知那孫師傅竟那般絕情……」

原來如此！這世間竟是如此窄小。

不該碰的、不必碰的，全都遇上了，閃也閃不掉。

明珠吸了一口氣，淡淡說道：

「過去的事情，只能說彼此無緣。反正一枝草一點露，只要肯做，餓不死人，勝似看他的頭面過日子。」

「是啊！」阿官不禁也喟然嘆了口氣，然後帶點愧疚說道：「我一直很歹勢，孫師傅今日會如此待妳，全是我的錯！我聽到消息後，一直想找妳說聲失禮——」

明珠搖搖頭，截斷阿官的話：「跟妳無關係，他是搭上一個叫阿妙的查某，已有跟別人所生的三個囝仔，他還不是攏不離，一心要跟伊成正式夫妻。」

阿官臉一黯，說道：

「阿妙是我介紹給他的。」

明珠一愣，扭頭不可思議的瞪著阿官，不想竟是阿官牽的線……

「事情是這樣的。我因為基隆生意不好，所以央阿妙介紹我到台北工作。不想這查某心腸如此惡毒，一定要我介紹孫師傅給伊認識，我亦不曾料到伊會做出這種事，伊不僅不曾幫我找頭路，且暗地裏和孫師傅來上這一段，也是伊手段高，孫師傅竟被伊黏住……」

原來如此，她明珠卻什麼也不知曉！

「我實在對不住明珠姐。但是，這種事，一般人根本做不出，我們想也不會想到。」

明珠吐了口大氣！事情發生得太久，她已覺不出苦澀了。她略略靜了靜心，才反過來安慰阿官：

「妳也是受害人，過去的事情放水流，如今說它亦無益。各人有各人的命，那也是伊阿妙的福分呀。」

阿官卻冷笑一聲，說道：「那也未必！是福是禍，還很難說。」

「眼見伊十多年遂了心意，找到一個好頭面，做伊的頭家娘，不是好命，難道還會是苦命？」

「明珠姐，當年我曾尾隨孫師傅自基隆回台北，眼見他進了阿妙的門。我去叫門，阿妙不讓我進去，當天發下重誓，說伊如果和孫師傅有瓜葛，情願生一個死一個——」

「如何這樣詛咒自己的囝仔？伊當時早已懷了身孕，難道不怕天譴？」明珠皺著眉說道：「要咒應該咒她自己，虎毒不食子，這查某難道只顧自己的情慾，還是不敬天地、不怕鬼神？哪有拿自己親骨肉的生命去發誓？太，太夭壽了嘛。」

「是啊！」阿官深深點頭：「這樣歹心腸，天若容她有好尾，我也不信！」

「要她自己受罪才公道，囝仔無罪，不能責罰他們——她反正沒關係，她自己早已有了兩男一女不是？所以她不在乎和孫武元生的孩子，是不是這樣？」

「她心裏如何想我不知，這查某，不是普通人，不是普通心腸……」

明珠在心裏算了算，說道：

「算來她和孫武元生的那個孩子，今年該有十二歲了。就是因為她生了囝仔，武元才覺得可以放心拋棄我們母子。」

「明珠姐！」阿官按住明珠放在膝上的手，帶著一種掩不住的同情和快意糾纏的表情說道：「這是端端要我轉告妳的，那查甫囝仔，一個月前說是什麼腦膜炎，發病才兩天，送到醫院便死了！」

明珠腳底升起一股冷意，茫然問道：「端端何以不曾告訴我？」

「妳沒裝電話，她很難跟妳聯絡。這陣子妳又不曾打電話到她工作的銀行，妳養母病得很重，端端走不開——她順便要我帶話，要妳近日中回去見養母一面，端端擔心就是這幾天的事了——」

「我養母……」

一下子聽到兩個人的死，不，王妹未死，但聽起來也快了。明珠忽然一下子迷茫起來。武元和阿妙所生的長子死了？難道這是天譴？但怎會對毫無罪愆的孩子下手？這太不公道了！而王妹，伊明珠的養母，這些年情況一直沒有好過，自從昭雄死後，王妹似乎也跟著死了，只剩一副軀殼……

剎那間，所有的恩怨情仇全都成過眼煙雲——人生如夢啊！幾十年就如此過去，苦也罷、樂也罷，天公仍然是公平的，所有的人，一概逃不過生老病死……一概有悲歡離合……

「明珠姐——」

阿官的聲音使明珠如夢初醒，她喃喃說道，像問著什麼人似的：

「不該讓那囝仔擔那罪愆，那是上一代的罪孽……」
「話是如此，但是，也許那囝仔根本不該生下吧。」
明珠陷入沉思，忽爾又問阿官：「武元和阿妙，僅生了這個？」
阿官大訝，問道：「難道妳全不知？」
明珠搖搖頭，回道：
「怕我知道心裏不爽快，我出來十二年，端端時時來看我，我也經常打電話給伊，但伊絕口不提武元和阿妙的事，我也不曾問過，只是拚命打拚，要把翰青好好養大……所以，我完全不知他們那邊的事。」
阿官恍然大悟：
「原來如此！難怪端端要我轉告妳，妳若回去看妳養母，孫武元可能會來找妳要翰青那孩子。」
「當年，他不要翰青這個囝仔！他說阿妙會生，要幾個有幾個，看我可憐，把翰青給我，免我孤老一個……」
「那是當年，如今情況不同了。」阿官手指比出一個三字：「他們一共生了三個，阿妙能生是真的，三個全是查甫囝仔。但是，一個六歲溺水死的，另一個還在吃奶就養不活……」
明珠瞪大眼珠，久久才吐出一句話：
「事情怎會這樣？」
「這是天公伯仔才知道的事，我們哪能回答？」阿官語氣一轉，神情變得嚴肅，問道：「若是孫師傅來要翰青，妳怎麼辦才好？你們畢竟不曾離緣。」

明珠默默想了一下，才說：

「翰青若要認他父親，我不會阻擋。但是，若要翰青過去和他們生活，要翰青喚那女子——即使是阿姨，我也不甘心。」

阿官深表同意的點點頭：「我也這樣想。」

明珠想想，又說：

「翰青對他老爸懷有恨意，這是一定的。但父子是天性，或許過幾年，翰青長大了，自己也結婚生子，他就能原諒他的老爸也不一定。人生迢迢長，誰也不知往後會怎樣呀。不過，我倒覺得，死了三個兒子，最傷心的應該是孫武元，阿妙容或傷心，也比不上他，因為伊自己早有了三個囝仔，不管父親是誰，是伊親腹所生總是事實。伊吃老亦不怕，有囝仔可靠呀。糊塗的是那孫武元，看起來是巧巧人，做事卻如此不顧前不顧後……」

阿官一直坐到翰青來幫明珠收攤時才走。

看到翰青，阿官忍不住誇獎：

「明珠姐，妳有福啦，這囝仔長得如此將才，妳的辛苦不會白費的。」

明珠淡淡一笑，說道：

「阿官，靠自己手肘生肉才重要，我不會讓這苦命孩子為了我加重太多負擔的。」

兩人又談了些保重的話，互相留下地址，這才分手。

在回家的路上，翰青狐疑問著明珠：「這什麼阿官阿姨，是哪裏的朋友？」

「是你老爸過去包飼的查某，在阿妙之前。伊現在已經從良嫁人，很好命咧。」

翰青頓了一下，又問：「伊無緣無故，來做什麼？」

明珠便將阿官所說的話，一五一十告訴兒子，最後又說：

「十二年不曾踏入舊厝，但外媽重病，做人後輩的不能不回去。這一回去，一定會讓你老爸知道。他現在四、五十歲的人了，沒半個子嗣，定想要你回去——」

翰青沒聽完話，忽然大聲充滿怒意的說道：

「世間敢有這種事情？做人老爸的，因為有了別人為他生的兒子，就把元配所生的長子連丟帶趕；等到別的兒子死光，才又厚顏回來要原來的兒子！這十二年間，不，說得更公平一點，自我出生到現在，他盡過一點做父親的責任嗎？這十二年來，我們是死是活他完全不管，如果我們也有三長兩短，他又哪裏還會有什麼兒子？」

「翰青——」明珠駭然大聲斥責兒子：「你別胡言亂語說些不祥的話。」

「阿母，養兒子，不是不要就丟，要就去撿，沒這麼簡單的事！即使是父子親情，也要彼此有恩有情，不然，還不如一個陌生人。陌生人有時還可能仗義相助，他呢？他管過我們、找過我們嗎？阿母何以這樣容易就忘掉？」

「我不是忘掉，但記著又有什麼好處？人生是要往前看呀，一直記著怨恨，自己會受苦，不是別人。你長大以後，做了老爸，或許就比較能原諒他——當時，你老爸也不過三十多歲，還太年輕，事情想不周全，才會做出這種糊塗事。」

翰青依然氣呼呼的，他轉個彎，突然問明珠一個問題：

「阿母，糊塗的是您，不是他。想想看，如果他後來所生的三個兒子都好好活著，或者不必多，只要有一兩個活著就好，他會來找我們嗎？他根本不是糊塗，他是絕情絕義呀。阿母，糊塗的是您！千辛萬苦將我養大，人家來要，您就雙手奉上，妳怎麼這樣傻？」

明珠不語，默默跟在兒子後面。

雨已經停了，冷風吹著地面，看起來有種一閃一閃的不定感。

翰青突然停下腳步，伸出右手去拉明珠的手，哽咽的說著：

「每次摸到阿母這雙手，我就心像被刀割一般……沒有父親，我不遺憾，也不怕別人知道！我的母親，這世間無人能比——阿母，不要心軟！那阿妙所享的一切，原該是您享的。我不會忘記小時候，阿母去車衣，做一整日，回家還要繼續加班……阿母，我們莫再提他了。若他是無錢過活，將來我自會看在父子名分上接濟他；但他不是，他的日子過得比我們好千萬倍……十二年前被他遺棄，他應該不要厚臉皮來相尋才對……」

明珠禁錮多時的淚水，此時終於潸潸流下：

「翰青，阿母是捨不得你沒有父親第蔭……」

「憨老母，您不是一直告訴我，要靠自己手掌生肉嗎？」

明珠聽到兒子如是說，不覺破涕為笑，笑罵道：

「這個囝仔，就會抓我的話尾！」
「快點走吧，如此走法，到家都要天亮了！」
明珠又被兒子誇張的話惹笑了，她拍了下翰青的背，說道：
「我覺得你這幾日又抽高了些，若是一直長高，將來買不到長褲穿。」
「那怕什麼？我老母會車衣，幫我多車幾件好穿！」
「這個囝仔──」
明珠開懷的笑開了，說道：「阿母老囉！」
「老什麼？我將來要帶您去環遊世界哩，現在怎能說老？」
「這個囝仔，吹牛吹這麼早，又吹這麼大！」
「我是說真的，不然和阿母先約好。」
翰青停下步子，伸出一隻手的大拇指和小指。明珠湊趣，也伸出手和他互勾又打印。
「好，約好了，從今天起，阿母不要太勞累，要加倍保重身體才是。」
「知道了。」
母子兩人停在家門口，明珠開鎖打開大門，翰青將車拉進，明珠返身再將大門扣上。
不一會兒，屋裏電燈亮了。暖暖的黃色燈泡的光亮，暖暖的燃起一屋子的溫暖。

（全文完）

廖輝英作品集 24

相逢一笑宮前町

著者　廖輝英
創辦人　蔡文甫
發行人　蔡澤玉
出版發行　九歌出版社有限公司
臺北市八德路3段12巷57弄40號
電話／25776564傳真／25789205
郵政劃撥／0112295-1
九歌文學網　www.chiuko.com.tw
印刷　晨捷印製股份有限公司
法律顧問　龍躍天律師・蕭雄淋律師・董安丹律師
初版　2005年5月
增訂新版　2017年2月
定價　**360元**

書號　0110424
ISBN　978-986-450-113-7
（缺頁、破損或裝訂錯誤，請寄回本公司更換）

國家圖書館出版品預行編目資料

相逢一笑宮前町 / 廖輝英著. – 增訂新版.
-- 臺北市：九歌, 2017.02

面； 公分. -- (廖輝英作品集 ; 24)

ISBN 978-986-450-113-7(平裝)

857.7 105025425